사랑–특별한 선물

한경민

도서출판 월인

책머리에

우리들의 귀에 익은 음악 중에 〈헝가리 무곡〉이나 〈헝가리 광시곡〉같은 곡도 있다. 많은 사람들이 흥얼거리며 따라 부르는 그 밝고 신명나는 분위기의 나라 헝가리. 그 나라의 문학에 대해 궁금한 분들이 헝가리만의 특별한 색채를 만날 수 있는 기회를 마련하고자 헝가리 현대 작가의 단편을 번역해 보았다. 동양이든 서양이든 사람이 살아가는 것은 비슷하고 헝가리 문학도 우리의 삶과 다름없이 낯익고 정겨운 삶의 내음을 간직하고 있기에, 작품을 읽으며 그들과 교감하고 공감할 수 있으리라 생각한다.

이 단편집에 담은 작품은 요커이 모르 Jókai Mór, 모라 페렌츠 Móra Ferenc, 믹사트 칼만 Mikszáth Kálmán, 모르츠 지그몬드 Moricz Zsigmond, 코스톨라니 데죄 Kosztolányi Dezső, 디리 티보르 Déry Tibor, 터마시 아론 Tamás Áron, 머이테니 미하이 Majtényi Mihály, 외르케니 이스트반 Örkény István, 마러이 샨도르 Márai Sándor의 작품이다. 이들은 헝가리 현대문학을 대표하는 작가들로 각각 독특한 문학적 방향을 가지고 당시 헝가리가 처한 사회 문제와 헝가리 인의 삶을 작품화하는데 열과 성의를 다한 작가들이다.

특별히 모리츠 지그몬드와 코스톨라니 데죄의 작품을 각각 6편씩 다루었다. 그 이유는 두 작가가 헝가리 문학을 근대에서 현대로 이끈 거장으로 아직까지도 높은 평가를 받고 있는 작가이기 때문이다. 모리츠는 가난한 농민의 아들로 태어나 봉건주의의 잔재 속에 신음하고 있는 농촌의 열악한 삶의 현장을 고발한 작가이다. 반면 코스톨라니는 부다페스트의 중산층 가정에서 태어나 부유하게 자라났고, 당시에 사회문제로 대두되고 있던 계급갈등과 도시 빈민의 모습을 세밀하게 그려냈다.

모라 페렌츠는 헝가리 역사에서 소재를 잡아 마치 옛날이야기처럼 재미난 내용을 선보이고 있다. 반면 요커이 모르는 헝가리 최대의 인기작가로, 작품이 발표될 때마다 많은 독자들의 선풍적인 인기를 얻었다. 하지만 요커이의 작품은 단편보다는 중·장편이 대부분이어서, 단편 가운데서 〈아홉 명 가운데 누구를?〉을 소개하였지만, 이 작품이 그의 대표작은 아니라는 사실을 밝혀둔다.

헝가리 사실주의의 선구자로 손꼽히는 믹사트 칼만은 신문기자로, 당시의 현실을 풍자한 짧은 스케치 형식의 글을 신문에 발표하여 인기를 얻었다. 여기에 소개한 〈썩은 다리 난간〉도 바로 신문에 실린 스케치이다. 관료주의의 잔재를 잘 표현한 이 작품은 공산화된 헝가리가 얼마나 정체된 관료사회인지를 예리하게 비판하고 있다.

〈특별한 선물〉을 쓴 머이테니 미하이는 크로아티아 지방 출신으로 방송극으로 많은 청취자들을 사로잡았다. 어린아이의 눈높이에 맞추어 아이들의 꿈과 희망을 담아낸 이 작품은 방송극으로 소개되었다. 어른들의 현실적인 시선과 대비된 아이들의 순진무구한 행동이 거친 현실을 넘어 꿈과 소망의 동심으로 돌아가게 하는 작품이다.

현대로 들어오면서 순수한 문학작품에서 신문이나 방송 대본으로까지 반경을 넓힌 헝가리 문학을 다시 본연의 순수 문학작품으로 회귀하게 만든 사람은 바로 디리 티보르이다. 그는 헝가리 작가 중 해외에 가장 많이 알려져 있는데, 인간의 본성과 심리를 드러내기 위해 익명의 주인공들을 등장시킨다. 여기에 소개한 〈사랑〉은 얼핏 보아 낭만적인 사랑 이야기이다. 하지만 그 내면에는 B라는 주인공이 처한 이해할 수 없는 현실 - 수감되고 석방되는 과정 - 이 자기의 범죄나 노력의 결과가 아님이 분명하게 나타난다. 자신의 행위에 따른 결과가 나타나는 것이 아니라, 알 수 없는 힘에 의해서 의외의 결과가 나타난다. 작품의 주인공은 원인과 결과를 예측하지 못하고 급변하는 현대 사회에서 살아가는 우리를 대변하고 있다. 우리, 다시 말해 혼돈의 시대에서 방향을 잃고 자신의 의지와는 상관없이 살아가는 사람들을 대변한다. 그래서 작가는 주인공을 특정한 이름이 아닌 B라는 익명의 이름으로 부르고 있다.

마지막으로 소개하는 작품은 외르케니의 〈일분 소설〉이다. 작품을 처음 읽으면 대체 무엇을 이야기하는지 잘 모르겠고, 그저 짧은 농담이나 유머를 읽은 기분이 든다. 하지만 자세히 읽어보면, 작품에는 우리가 당연히 받아들이는 사건들을 전혀 반대의 시각에서 당연하지 않은 사건으로 바라보게 하는 의식의 전환이 담겨있다. 또 일분이면 읽어낼 수 있는 짧은 이야기에 현대인이 가진 무력감, 삶의 당혹감, 인간적인 소외감이 잘 나타나 있다. 그는 우리가 당연하게 받아들이는 현실을 뒤집어 보기, 낯설게 보면서 새롭게 바라보도록 의식을 자극한다.

첫 번역본에는 없었으나 개정판을 내면서 덧붙인 부분은 모리츠의 〈마지막 산적〉과 코스톨라니의 〈수영〉과 〈1910년, 체레그디 번디가 파리에서〉이다. 하지만 새롭게 첨가한 작가는 마러이로, 그의 작품을 본문의 마지막에 배치하였다. 〈식물 책〉에 수록된 202개의 단상 가운데 가장 훌륭한 글 9개를 선택하여 소개하였다. 이 글은 식물을 키우듯, 인간의 마음과 이해심을 키우기 위해 가장 단순한 비유를 사용하여, 모든 사람들에게 보편적이며 일반적인 교훈을 전해준다. 작가는 세밀하고 적확하게 현대인들이 잊기 쉬운 마음의 소리와 상대방에 대한 이해와 사랑이 삶에서 필수불가결한 요소임을 밝히고, 우리의 아픈 마음을 다스리는 처방전을 글로 적고 있다.

19세기부터 20세기 사이에 활동한 여덟 명의 작가들이 쓴 작품을 통해 헝가리가 근대에서 현대로 변화하는 모습을 확인할 수 있으며, 그 속에서 삶을 이어가는 헝가리 사람들의 일상을 이해할 수 있다. 또한 사회주의 체제에서 자행된 개인적 삶의 왜곡과 소외에도 불구하고 미래를 꿈꾸고 행복을 추구하는 아름다운 사람들의 모습이 나타난다.

처음 책을 낼 때 작품 가운데 가장 분량이 긴 〈가난한 사람들〉을 제목으로 정한 것은 우연이었다. 하지만 이 책을 통해 가난하다는 것이 물질적인 가난이 아니라 자신의 의지와 욕망을 내려놓고 하느님의 뜻에 자신을 내맡기는 영적 가난임을 체험하는 기회를 가질 수 있었다. 책을 재출간하는 긴 과정을 통해, 나의 의지와 욕망을 내려놓고 새로운 영적 성장의 시간을 가지도록 변화시켜주신 그분께 감사드린다. 그러므로 이번 개정판에는 수록 작품 가운데 가장 분량이 짧은 〈특별한 선물〉이나 마음에 가장 오래 남는 〈사랑〉을 제목으로 해야 적합할 것이다. 아니 〈사랑 - 특별한 선물〉이 나의 영적 가난을 표현하는 가장 정확한 메시지가 될 것이기에, 이것을 제목으로 결정하였다.

번역은 늘 힘들고 어려운 일이지만, 이번 작업은 한 글자 한 글자를 잘 번역하려고 애쓰지 않고 이 글을 읽는 사람들에게 어떤 작품이나 작품의 한 부분에서 마음 깊은 곳을 울리는 한 구절이 있기를 소망하며 작업했다. 수정하는 시간 내내 평화와 행복을 주시고, 끝까지 마무리할 수 있는 힘을 주심에도 깊이 감사드린다. 이 책을 읽는 누군가가 헝가리라는 사회의 특징과, 헝가리 사람이 표현하는 삶의 진한 향기를 느낄 수 있다면 좋겠다. 하지만 그 보다는 한 사람 한 사람 모두 영적으로 가난한 사람이 되어, 이웃과 함께 사랑과 평화를 나누고 서로의 부족함을 이해하고 위로하는 사람으로 변화된다면 그것이야말로 더할 나위 없이 특별한 선물인 사랑을 체험하는 행복한 시간이 될 것이다.

차 례

사랑 - 특별한 선물

요커이 모르 Jókai Mór (1825~904)

1825 두나 강변에 위치한 코마롬에서 변호사 가정의 셋째 아이로 태어남

1831~46 코마롬, 브라티슬라바, 페스트 등지에서 공부

1846 <평일>이라는 단편집으로 작품성을 인정받고, 페퇴피와 문학적 동료가 됨

1847 잡지 <삶의 모습> 편집장

1848 헝가리 시민혁명과 독립전쟁에 가담

1849 독립 전쟁이 실패로 끝나자 잠시 떠돌이 생활

1853 <헝가리인 나봅>으로 유명해짐

1854 <일요일의 신문> 책임자

1859 <돌 심장을 가진 사나이>에서 독립을 이루어 내는 헝가리 인을 그림

1863 <우리가 늙어갈 때까지>라는 자기 고백적 소설 발표, 일간 신문 <조국> 창간

1867 국회의원, 불멸의 국회 연설로 인기를 얻음

1882 신문 <조국>을 <감시자>와 합병하여 <민족>이라는 정부기관지 창간

1884 <글과 그림에서의 오스트리아 헝가리 제국>의 헝가리 담당 책임자

1894 <노란 장미>로 페체이 상 수상

아홉 명 가운데 누구를?
Melyiket a kilenc közül?

옛날 여기 이 대도시인 페스트 시에 가난한 구두장이가 하나 살고 있었습니다. 그는 자기 기술로는 전혀 돈을 모을 수가 없었습니다.

사람들이 모두 이 사람에게 구두를 가져가서는 안 된다고 이야기하기 때문은 아니었습니다. 지금부터는 구두를 반값으로 팔아야만 한다고 시장이 명령을 내렸기 때문도 아니었습니다. 이 정직한 사람은 일을 아주 잘했습니다. (그가 만든) 신발을 산 사람들은 그가 한 번 꿰맨 신발은 찢어지지 않는다고 불평을 할 정도였습니다. 일거리도 충분히 많았습니다. 게다가 사람들은 기꺼이 수선비를 지불했고, 누구도 부도난 수표를 내고 도망가지도 않았습니다. 그런데도, 그런데도 구두장이 야노시는 살림이 피지 못했습니다.[1] 심지어 그럭저럭 먹고 살만한 형편도 아니었습니다.[2] 그를 두고 사람들은 이렇게 뒷말을 했습니다. 구두장이 야노시는 진정한 그리스도 교인이야. 하느님을 믿는 사람은 어떤 쪼들리는 상황에서라도 목을 매 죽지는 않아.

하느님은 특별한 은총으로 구두장이 야노시에게 해마다 규칙적으로 아이가 태어나게 해 주셨습니다. 어느 해에는 아들이 어느 해에는 딸이 어느 해에는 도토리처럼 튼튼한 아이가 태어났기 때문에 부자가 될 수 없었습니다.

"아이고, 하느님!" 구두장이 야노시는 아이가 새로 태어날 때마다 한숨을 쉬었습니다. 여섯이 태어나고, 일곱, 여덟. 대체 언제야 이 긴 줄 뒤에 마침표가 찍혀질까요? 그러다가 아홉째 아이가 태어나고, 부인이 세상을 떠났고, 드디어 마침표가 찍혔습니다.

구두장이 야노시 혼자 아홉 아이와 이 세상에 남겨졌습니다.

그 때에 그는 "하, 많아!"라고 말했습니다.

이미 두, 세 아이는 학교에 다니고 있었습니다. 한 두 아이에게는 걸음마를 가르쳐야 했고, 다른 아이는 무릎에 앉히고, 한 아이에게는 밥을 먹이고, 다른 아이에게는 죽을 끓여 주어야 했습니다. 이 아이에게 옷을 입혀야 했고, 저 아이를 씻겨야 했고 거기다가 돈도 얼마만큼 벌어야 했습니다. 사랑하는 형제들, 분명 이것은 하찮은 일이 아니겠지요. 누가 한 번 시도해 보십시오.

---

1) 원문은: 독일식으로 말해서 푸른 나무 가지위로 올라갈 수 없었습니다.
2) 원문은: 어떤 메마른 나뭇가지 위에서 아래를 내려다볼 수 있는 적당한 자리를 찾지도 못했습니다.

신발을 재단할라치면 한 번에 아홉 개를 해야 했습니다. 또 빵을 잘라도 한 번에 아홉 조각을 잘라야하니! 잠자리에 들려면, 한 번에 문에서부터 창문까지 침대가 가득하고, 방 전체에 작고 큰 금발과 갈색의 머리통이 가득 채워지고 그득해졌습니다!

“아이고, 하느님, 저를 불쌍히 여기소서!” 경건한 구두장이는 이 많은 아이들을 먹여 살리기 위해서 한밤중에도 통나무 옆에서 혼자 신발바닥을 두드리면서, 수없이 탄식했습니다. 잠결에 몸을 뒤척이는 아이 하나를 똑바로 눕히고 나서, 또 다른 아이를 똑바로 눕혀야 했습니다. 분명 아홉입니다, 9라는 숫자는 완전히 가득 찬 숫자입니다. 하지만 바로 이 때문에 주님께 영광이었습니다. 불평할 이유가 없지요. 아홉 아이 모두가 건강하고, 모두 바르고, 예쁘고, 착하고, 신체 건강하고 튼튼한 위장을 가졌으니 말입니다. 한 병의 약보다는 아홉 조각의 빵이 더 소중하지요. 침대 사이에 관 하나가 놓인 것 보다는 9개의 침대가 나란히 놓인 것이 더 낫습니다. 주 하느님 그에게 다정다감한 아빠와 엄마의 모든 마음이 남아 있도록 지켜주소서. 하나를 데리고 가도, 여전히 여덟 아이가 남는 그 사람에게.

구두장이 야노시의 아이 가운데 어느 누구도 죽으려는 생각이 없었습니다. 이미 그들 아홉 모두는 살기위해 움직였고, 누구에게도 그들의 자리를 내어주지 않으려고 했습니다. 그들에게는 비도, 눈도, 마른 빵도 해를 끼치지 못했습니다.

어느 해 성탄절 전야에 구두장이 야노시는 급히 집으로 돌아가고 있었습니다. 가지가지의 수선을 해야만 하는 일거리와 푼돈을 받아서 집으로 가고 있었습니다. 그 돈으로는 일할 재료를 사고, 그 날 먹을 음식을 살 돈밖에는 되지 않았습니다. 집으로 뛰어가면서, 거리거리 귀퉁이마다 탁자 위에 금빛, 은빛 양 인형과 설탕으로 만든 인형이 쌓여 있는 것을 보았습니다. 성실한 장사꾼들은 착한 아이에게 선물을 주라며 물건을 팔았습니다. 그는 나쁜 아이에게는 이 물건을 안 파느냐고 먼저 물어보기도 했습니다. 구두장이 야노시는 여기저기에서 발길을 멈추었습니다. 이것을 사주어야만 하나? 뭐라고? 아홉 아이 전부에게? 그건 너무 많아. 한 아이에게만 사줄까? 다른 아이들이 얼마나 속상해할까? 아니야, 그는 아이들에게 다른 성탄 선물을 줄 것입니다, 멋지고, 훌륭하지만 깨지지 않고, 낡지 않고, 모두가 좋아하고, 다른 아이에게서 뺏을 수 없는 것을.

“자 얘들아! 하나, 둘, 셋, 넷… 너희들 모두 다 여기 있구나.” 그가 집에 돌아와 아홉 명의 식구 가운데에 둘러싸여 말했습니다. “너희들 오늘이 성탄절 전야라는 것을 아니? 축일이지. 아주 기쁜 축일이야. 우리 오늘 밤에는 아무 일도 하지 말고, 모두 기쁘게 지내자꾸나.” 아이들은 오늘이 즐거워해야만 하는 날이라는 사실에 어찌나 즐거워했는지, 집이 소란스러워졌습니다.

"잠깐만 가만 있어보아라, 그러면 내가 너희들에게 내가 아는 아주 멋진 노래를 가르쳐줄 수 있을 게다. 그래 내가 아주 멋진 노래를 알고 있지. 이 날을 위해, 성탄 선물로 간직해두었다."

작은 아이들은 소란스럽게 아빠의 품과 목으로 기어올랐습니다. 하지만 아름다운 노래를 부르기 위해 아이들을 내려놓아야만 했습니다.

"자! 내가 뭐라고 했지! 너희가 몸을 똑바로 펴고, 그 다음에 줄을 잘 서야만 한다. 이렇게 말고, 큰 사람이 앞에, 작은 사람이 뒤로 가거라."

그는 아이들을 오르간의 파이프처럼 순서대로 세웠습니다. 가장 어린 한 아이는 무릎에 앉히고, 또 한 아이는 팔로 안았습니다.

"자 이제 조용히 해라! 내가 먼저 노래할 테니, 너희들이 그 다음에 나를 따라 하거라."

그리고 구두장이 야노시는 아주 경건한 얼굴로 머리에 썼던 초록색 모자를 벗고 큰 소리로 아름다운 노래를 시작했는데, 노래는 이렇게 시작되었습니다.

'우리 주 그리스도 축복받은 탄생 때에…'

큰 아들들과 딸들은 한 번 듣자 노래를 알았습니다. 하지만 어린 아이들이 노래를 익히는 데에는 많은 어려움이 있었습니다. 어린 아이들은 계속 노래 가락에서 벗어나고 박자를 못 맞췄습니다. 마침내 모든 아이들이 노래를 익혔습니다. 아홉 아이들이 그 아름다운 노래를 한꺼번에 가는 목소리와 더 가는 목소리로 부르게 되는 순간 큰 기쁨이 느껴졌습니다. 그 노래는 예수님이 태어나던 밤 천사들이 노래한 것과 같이 아름다운 노래였습니다. 이렇게 멋진 아홉 명의 순수한 영혼들이 지순한 기쁨으로 표출하는 조화로운 목소리가 저기 저 천상에서 천사들의 화답을 청하여, 혹시 천사들도 지금 노래하고 있는 것이 아닌지요?

저기 천상에서도 아이들의 노래를 기뻐하는 것은 분명했습니다.

그러나 그 건물의 2층에서는 천상에서 기뻐하는 것만큼 기뻐하지 않았습니다. 그곳에는 한 부자가 부인도 없이 방이 아홉 개 있는 집에 살고 있었습니다. 한 방에서는 앉아 있고, 두 번째 방에서는 자고, 세 번째 방에서는 담배 피우고, 네 번째 방에서는 점심을 먹고, 나머지 방은 뭐에 사용하는지 누가 알겠습니까?

이 사람에게는 아내도 없고, 아이도 없고, 돈만 많았는데, 돈이 얼마나 되는지 그 자신도 몰랐습니다.

이 부유한 사람은 그날 밤, 막 여덟 번째 방에 앉아서, '왜 음식이 맛이 없을까?'를 생각하고 있었습니다. '왜 신문엔 흥미로운 기사가 없을까? 왜 이 큰 방에 충분한 공기가 없을까? 왜 이 탄력 좋은 침대에 누워서 편안하게 꿈을 꾸지 못하는 걸까?'를 생각하고 있었습니다. 그때 구두장이 야노시의 1층 방에서 즐거운 노랫소리가 흘러나오기 시작했습니다. 처음에는 천천히, 나중에는 점점 더 강하게 행복감을 고무하는 노래가 울려나왔습니다.

처음에는 곧 끝이 나려니 하고 상관하지 않았습니다. 하지만 10번째로 다시 노래를 시작하자, 그는 더 이상 참을 수가 없었습니다.

불 꺼진 시가를 눌러 부러뜨리고는, 잠옷 가운을 입은 채 구두장이의 집으로 내려왔습니다.

부자가 그 집으로 들어가려고 문을 열었을 때, 마침 노래가 끝난 참이었습니다. 구두장이 야노시는 높으신 주인을 보자, 존경심에 가득차서 다리가 세 개인 의자에서 일어섰습니다.

"야노시, 자네 구두장이, 맞는가?" 부유한 주인이 물었습니다.

"그렇습니다. 존경하는 주인님, 광택 나는 구두 한 켤레 주문하시렵니까?"

"그래서 온 곳이 아니네. 자네에게는 아이들이 많군."

"예. 주인님. 작은 아이도 있고, 큰 아이도 있지요. 먹을 때에는, 입이 많습지요."

"노래 부를 때에 그보다 더 입이 많겠지. 이보게 구두장이 야노시, 내 자네를 행운의 사람이 되게 만들어줌세. 자네 자식 가운데서 한 명만 나에게 주게나. 내가 그 아이를 내 아들로 받아들이고, 키움세. 나하고 함께 외국으로 여행을 다니고, 나중에는 귀족이 되어 다른 형제들을 도와줄 수도 있을 걸세."

야노시는 이 말에 눈을 크게 부릅뜨고 바라보았습니다. 이건 정말 엄청난 말이었습니다! 한 아이를 귀족으로 만들어준다니. 누구인들 이 말에 생각에 잠기지 않겠습니까?

"어떻게 안 드리겠습니까? 당연히 드려야지요! 엄청난 행운인데요."

"자 자네가 어서 아이들 가운데서 하나를 선택하게. 그러면 내가 그 아이와 함께 가겠네." 야노시는 선택을 하기 시작했습니다.

"이 아이는 산도르커입니다. 그런데 이 아이는 줄 수가 없어요, 공부를 잘 하거든요. 나중에 커서 신부님이 되어야만 합니다. 이 아이는 딸이니, 주인님께 필요가 없겠지요. 이 아이는 페렌츠케인데, 벌써 제 일을 잘 거들어 줍니다. 이 애 없이는 편안히 지낼 수 없습니다. 얘는 야노시커인데, 아시지요, 이 아이는 제 이름을 따서 세례를 받았으니 줄 수 없습니다. 그 다음은 어린 요지입니다. 얘는 지 에미를 빼 닮았어요. 이 애를 보면, 아내를 보는 것 같습니다. 이 아이가 더 이상 집에 없으면? 안 됩니다. 다음은 다시 딸아이라서 안 되겠고, 그 다음이 여기 있는 펄리커입니다. 얘는 지 에미가 제일 예뻐하던 녀석이지요. 아구 가엾은 마누라, 만약 얘를 다른 사람에게 준다면, 마누라가 무덤에서 제대로 눈도 못 감을 겁니다. 여기 이 두 아이는 너무 어리니 주인님이 이 아이들을 어떻게 키우시겠어요?"

막내까지 살폈지만, 그는 여전히 한 아이를 골라낼 수 없었습니다. 그래서 이제는 어린 아이로부터 시작하여 큰 애들로 올라가 보았지만, 누구를 주어야할 지 알지 못한 채 끝이 나고 말았습니다. 왜냐하면 그는 모든 아이들을 사랑했기 때문입니다.

"자 애들아! 너희들이 선택해라, 누가 가고 싶으냐? 누가 지주가 되어, 마차 타고 다니고 싶은 사람이냐? 자 말해봐라, 가고 싶은 사람은 앞으로 나오너라."

불쌍한 구두장이는 이 말을 하면서 거의 울음을 터트렸습니다. 그런데 아이들은 아버지의 태도에 안심을 하고는 종처럼 모두 아버지의 등 뒤로 숨었습니다. 어떤 아이는 아빠의 손을, 어떤 아이는 아빠의 다리를, 어떤 아이는 아빠의 가죽 앞치마를 잡았습니다. 아빠에게 달라붙어 주인 앞에서 숨어버렸습니다.

마침내 구두장이 야노시는 더 이상 서있지 못하고, 그들을 끌어안았습니다, 모두를 끌어안고는 아이들 머리 위에서 눈물을 흘리기 시작하자, 아이들도 아빠와 함께 울기 시작했습니다.

"존경하는 주인님. 안되겠습니다. 안 되겠어요. 저에게 이 세상 무엇을 달라고 하시면 다 드릴 수 있지만, 이미 주 하느님께서 저에게 주신 이 아이들은, 한 아이라도 어느 누구에게 줄 수가 없습니다."

그러자 주인은 알겠다고 말했습니다. 하지만 자신이 원하는 대로 더 이상 아이들과 노래하지 않는다면, 그 희생의 대가로 자기가 천 펭궤를 주겠다고 했습니다.

야노시는 누가 '천 펭궤'라는 단어를 말하는 것을 들어본 적이 한 번도 없었습니다, 그런데 지금 그의 손바닥에는 돈의 감촉이 느껴졌습니다.

높으신 주인 나리는 다시 심심해하기 위해서 자기 방으로 올라갔습니다. 야노시는 천포린트 짜리 수표의 낯선 모습에 놀라워하다가, 두려움을 느끼며 상자에 넣고 잠근 다음, 열쇠를 주머니에 넣고 입을 다물었습니다.

어린 아이도 입을 다물었습니다. 노래해서는 안 되었습니다.

큰 아이들이 투덜거리며 의자에 털썩 앉았습니다. 높으신 나으리가 위층에서 듣고 있으니, 노래를 불러서는 안 된다고 어린 아이들에게 조용히 하라고 했습니다.

야노시 자신도 입을 다문 채로 방안을 위 아래로 걸었습니다. 아내가 가장 사랑했던 어린 아이가 그에게 다가와서, 그 아름다운 노래를 잊었으니 다시 가르쳐 달라고 조르자, 아이를 거칠게 쫓아버렸습니다.

"노래 부르면 안 돼."

그러더니 화가 나 통나무 옆에 앉아, 열심히 가죽을 자르기 시작했습니다. 자신이 '우리 주 그리스도 축복받은 탄생 때에'를 부르기 시작했다는 사실을 알아차리기 까지 망치질을 하고, 가죽을 잘랐습니다.

그는 처음엔 입을 때렸습니다. 그러나 곧 화가 치밀어 올랐습니다. 망치로 통나무 위를 세게 때리고는, 의자를 차버리고 일어나 상자를 열고 천 펭궈 수표를 꺼내 2층의 높으신 주인장께로 뛰어 올라갔습니다.

"고귀하시고 선하신 주인님! 부디 청하니, 이 돈을 도로 가져가시고 제게 주지 마십시오. 제가 노래 부르고 싶을 때 노래 할 수 있도록 허락해 주십시오. 노래가 천 펭궈 이상이랍니다."

이 말과 함께 그는 수표를 책상위에 내려놓고 자기 아이들에게 뛰어 내려왔습니다. 모든 아이들에게 차례로 입맞춤을 하고 그들을 파이프 오르간처럼 순서대로 세웠습니다. 그는 아이들 가운데 낮은 의자에 앉았습니다, 그리고 순수한 마음으로 다시 노래를 시작했습니다.

'우리 주 그리스도 축복받은 탄생 때에.'

이 큰 집이 그들 집이 된 것처럼 그들은 몹시 기분이 좋았습니다. 하지만 그 집은 커다란 아홉 개의 방을 혼자 가로질러 다니며, 과연 다른 사람들은 이 지겨운 세상에서 무슨 즐거워 할 거리를 발견하나 곰곰이 생각하는 사람의 집이었습니다.

믹사트 칼만 Mikszáth Kálmán (1847~1910)

1847 노그라드 주 스클러보녀에서 출생(현재 슬로바키아의 스클로비나)
1857~66 개신교 고등학교와 부다페스트 법과 대학에서 수학
1873 <노그라드 신문>의 편집기자, 결혼
1874 <이야기>라는 산문집 발표, 이혼
1877 <세게드 신문>의 편집기자. 많은 단편 작품 발표
1881 작가로 명성을 쌓아 전부인과 재결합. <슬로바키아 농부들> 발표
1882 <좋은 펄로츠족> 발표. 이때부터 그의 글이 신문과 잡지에 실리게 됨
1883 이혼, 이후 문학적 삶에만 헌신함
1884 학술원 회원, 국회의원이 됨
1890 아들 사망. 남은 생애 동안 슬픔에서 벗어나지 못함
1894 <베스테르체의 멸망>
1895 걸작 <성 베드로의 우산> 발표
1900 <특별한 결혼>
1908 <노스니의 아들이 토트 마리아와 함께 한 경우>
1910 <검은 도시> 발표

재무 장관의 아침 식사

(반대당의 요약)

식당 안에 있는 단 두 개의 식탁에만 하얀 식탁보가 덮여있다. 민주당원들이 사용할 다른 식탁에는 식탁보가 덮여 있지 않다. 이런 이유 때문에 매운 베이컨도 유리그릇에 담겨 있다. 베이컨을 유리그릇에 담다니! 끔직한 생각이야!

한 식탁보가 다른 식탁보보다 훨씬 더 하얗다. 그 식탁 위에는 디저트용 와인 한 잔과 햄을 덜어 먹을 빈 접시가 있고, 마지막에 약간 긴 접시에 맛있는 사탕이 가득 담겨 있다.

그곳에는 벌써 의자도 준비되어있다. 그 밖의 의자는 다른 사람이 앉지 못하도록 옮겨놓았다.

안으로 들어오는 의원들은 자신들이 이곳에 공무상 얼마나 많이 다녀갔는지를 드러내기를 원하며 경건하게 식탁을 바라보고는 예의바르게 속삭인다.

"재무 장관님이 아직 아침 식사를 못 하셨어!"

새로운 의원들이 안으로 들어와 한 테이블을 가리킨다.

"여기서 장관님이 아침을 드실 거야."

비조이가 들어왔다. 바로 그곳에 앉았다. 그가 팔꿈치를 식탁보 위에 올려놓자마자 병과 그릇이 이렇게 말하는 듯 흔들리기 시작했다.

'곧 장관님이 여기 올 거야.'

그러자 비조이도 자기의 실수를 인지하고 즉시 자신에게 양해를 구했다.

"죄송합니다! 여기서 장관님이 아침식사를 할 것입니다."

그는 벌떡 일어나 옆에 있는 식탁으로 갔다. 그 식탁의 테이블보는 눈처럼 희지 않았고 독자적인 당적 유지에 따른 다양한 대표들이 적포도주와 햄, 쉐리 주를 먹고 있었다.

"자리를 혼동했습니다. 이 빌어먹을 근시 때문에…"

"투덜대지 마" 한 여당 당원이 말했다.

"근시가 당신을 우리의 대통령으로 만들어 줄 테니까."

"하지만 방금 전에 제가 앉았던 자리는…"

"그래, 그래, 장관님이 식사할 자리지."

"아, 사탕! 끔찍해!" 두셰[3])은 예전에 아주 짧은 시가를 피웠지- 어떤 끈적거리는 목소리가 말했다.

"그리고 나라 돈을 쓰지 않기 위해 날마다 다른 사람이 아침 식사를 초대하도록 했지."

"오, 그게 두섹이었어! 위대한 두섹! 여러분, 두섹의 시대는 지나갔습니다. 지금은 사탕의 시대입니다."

"사탕의 시대?" 한 극좌파 사람이 냉소적으로 끼어들었다. "사탕은 납세자들에게 줘야만 해, 그리고 세무 관리들은 독약을 먹어야 해."

"그게 당신 계획이야?"

"이런 계획에 근거해서 국회의원으로 뽑아준 거요."

바로 이 순간에 소리 없이 장관이 들어섰다. 모두 침묵했다. 카펫은 장관의 발자국 소리를 삼키고, 부드럽게 속삭였다. 〈각하께서 아침식사를 하러 오셨습니다.〉

파리들이 우유 위로 날아들어 장난꾸러기처럼 둥글게 날아다니며, "이리 와서 장관님과 함께 식사하자"라고 서로서로를 격려하는 듯 했다.

의원들의 입 위에 상냥하고, 비굴한 미소가 나타나고, 극좌파들의 얼굴에서 불만이 사라졌다. 모든 사람의 얼굴이 밝아지고 햇살이 비춰 들어와, 식당 안에 있는 헤베[4] 꽃의 파란 눈들이 매혹적인 빛 속에서 반짝였다. 버터는 녹고, 청어와 치즈는 향기로운 냄새를 퍼트리고, 모두가, 모두가 흥겨웠는데, 그건 재무장관이 아침 식사를 하고 있기 때문이었다.

자비로운 신사가 앉자, 의자가 그의 밑에서 삐걱거렸다. 그 소리는 마치 큰 영광에 감사하는 듯 했다. 그의 앞에 햄을 가져다 놓았다. 돼지가 도살되기 전에 죽은 몸이 될 것을 의식하지 못한 것이 유감이었다.

장관은 조금 먹었지만 우아하게 먹었다. 칼과 포크가 분명한 기품으로 서로서로를 벗겨냈다.

처음 포도주를 한 모금 마시다가 식탁에 조금 흘렸다. 다시 한 모금, 또 한 모금, 또 한 모금… 장관은 식욕이 좋았다.

그 동안에 모두가 재빨리 회의실로 들어갔다. 웅변가들이 자신의 이야기를 짧게 했다. 말해봐야 무슨 소용이 있겠는가? 아무 결과도 없을 터인데 - 비참한 납세자들에 대해 이야기해도, 그 때문에 누구도 분노하지 않을 것이다. 재무장관이 그곳에 있지 않기 때문이다. 재무장관이 아침식사를 한다.

---

3) 두섹 페렌츠Duschek Ferenc(1797년 러도베시니체Radovesnice 출생-1873년 초르느코베츠 Csornkovec 사망). 헝가리가 합스부르크 제국으로부터 독립하기 위해서 전쟁을 했던 1848~49년에 재무장관을 역임했다.

4) 헤베의 뜻은 1. 그리스 신화에서 제우스와 헤라의 딸로 신들의 연회에서 넥타를 따르는 일을 했고 나중에 헤라클레스와 결혼을 한 청춘의 여신. 2. 식물의 한 종류로 작은 꽃송이들이 모여 큰 다발을 이룬다. 여기서는 2번의 의미인 꽃을 의미하고, 파란 색을 가진 작은 꽃송이가 가득 피어 있는 상태이다.

식당의 문은 밖으로 열려있다. 밖을 내다볼 수도 있고 안을 볼 수도 있다.

밖에서 두 트란실바니아 대표가 매우 침울하게 서성거린다. 그들은 세케이 족[5]의 전체적인 유랑에 대해서 이야기를 나누고 있다. 끔직한 상황이야… 불쌍한 세케이 족이 배를 곯아.

"쉿! 그렇게 크게 이야기하지 마! 재무 장관님이 안에서 아침을 드시고 계셔"

5) 트란실바니아 남동쪽에 거주하는 헝가리 민족의 이름. 16세기 독일에서 카르파티아로 이주해 온 사람들과 그 자손을 부르는 말.

다리 난간

국도 변의 어느 곳, 다리 난간이 썩어가고 있음을, 가정해 보자. 우리가 가정하지 않아도, 난간은 썩어가고 있다.

그 지역의 관리자가 이를 알아차리고, 혼자서 이렇게 말한다(이렇게 말한다고, 가정해보자).

'이곳에서 술 취한 마부가 말이나 마차에서 떨어지기 십상이군. 이런 걱정이 없도록 해야지.'

그래서 그는 썩어가는 다리 난간에 관해 시 직원에게 알렸다. 시 직원은 그 지방의 도 직원에게 알려주었다. 도 직원은 도지사에게 서류를 올렸다. 도지사는 그 일을 정부의 건설부 담당관에게 넘겨주었다. 건설부의 담당관이 사람을 파견하여, 다리 난간이 썩어있는지를 확인하게 했다. 건설부에서 파견 나온 사람은, 다리 난간이 부러져 있기까지 하다고 보고하였다

건설부의 담당관은 일에 착수하여, 사업비를 타기 위해서, 장관에게 보고한다. 장관은(이 일은 문서나, 비서, 혹은 담당자의 손을 통과하여 장관에게 올라가) 경리과에 서류를 보낸다. 경리과는 한참 시간을 끈 뒤에 사업비를 허가하고, 새로이 장관에게 결재서류를 올린다. 장관은 해당 도에 명령을 하달한다. 해당 도는 보수비용을 산정한다. 건설책임자가 신청을 한다. 이에 대해 회의가 열린다. 회의 후에 어떤 건설책임자에게 지체하지 말고 다리 난간을 수리하라고 일을 맡긴다.

건설책임자는 자신이 목재를 가지고 가서 현장에서 나무를 다듬은 다음, 썩은 난간 대신에 끼워 맞춘다.

그러면 당신들, 친절한 독자들은, 이렇게 생각할 것이다, 이미 난간이 새로 보수되었으니, 이제 더 이상 난간에는 문제가 없으리라고.

오호, 여러분, 그렇지가 않습니다. 지역 관리가 난간이 보수되었다고 도 직원 에게 알린다. 도 직원이 도지사에게 보고를 한다. 도지사는 정부 건설부 담당관에게 현장 확인을 위해 한 사람을 내보내, 사실을 확인하고 보수한 난간이 약정에 적합한지 아닌지? 서류를 제출하도록 한다. 여기에 합당한 가장 좋을 경우를 가정해보자.

건설부는 보고서를 회계감사원으로 넘긴다. 회계감사원이 수락하여 (수락하지 않으면, 정말로 그 서류의 내용에 무언가를 끼워 넣을 엄두를 내지 못하기 때문에) 그것을 건설부로 돌려보낸다.

건설부는 도에 서류를 내려 보내고, 그와 함께 세무서에 통지한다.

도는 모든 서류 꾸러미를 건설부 담당관에게 제출한다.

건설부 담당관은 영수금액을 수락하고, 이제 벌써 총액을 집행한다.

건설 책임자는 세무서에 가고, 그곳에서 감사직원과 경리직원이 우표가 붙은 수령증에 사인을 하고 돈을 지급한다.

"…그래도 이제 그 형편없는 난간의 목록이 끝났어"라고 여러분이 말할 것이다.

"오호, 여러분" 벌써 다른 문제가 생겨난다.

건설부의 담당관이 두 대리인을 보내, 한 사람은, 그 다리에서 일어날 문제를 점검하게 하고, 다른 한 사람은 완수한 작업을 살펴보고, 보고서를 제출하도록 하기 위해 차량비와 일당을 청구한다. 건설부 담당관은 건설부에 보고한다. 건설부는 회계감사원으로 넘긴다. 가장 빠른 방법을 가정하면, 회계감사원은 이를 옳다고 여기고 다시 건설부로 서류를 돌려보낸다고 말할 수 있다.

건설부는 도에 하달하고, 세무서에 통지한다. 도는 건설부 담당관에게 통지하고, 총액을 감사하며, 두 대리인이 세무서로 가서 그들의 일당을 지급받는다.

그리고 이제 계속된 행정 회의의 의제에서부터 마침내 다리 난간이 제외된다.

그러나 어디에 이르렀는가? 우리가 가장 빠른 경로를 가정했지만, 그 사이 다른 다리 난간이 다시 썩게 될 만큼, 시간이 지났다. 지역 관리자가 다시 이 사실을 도 직원에게 보고한다, 도 직원은 도지사에게, 도지사는 건설부 담당관에게, 이렇게 계속 계속… 영원히 영원히. 아멘.

모라 페렌츠 Móra Ferenc (1879~1934)

1879 끼시쿤펠에지하즈의 가난한 집안에서 출생
경제적인 문제 때문에 어렵게 공부
페스트 대학에서 지리-역사 교사자격증 취득
펠쇠뢰브에서 1년간 조교로 재직
1900 문단에 등단
1902 시작품 발표
1904 작품 활동과 함께 박물관 전문가로 세게드 연합 박물관과 도서관에 근무. 이 도서관은 이후 그의 이름을 따서 명칭을 바꿈
1905 포셔 러요시와 알게 되면서 문학적 관심을 문학, 특히 아동문학에 집중하게 됨. 이때부터 1922년까지 <나의 신문>에 약 1,000편의 글 발표
1918 <작은 외투를 입고 보물찾기>라는 동화집 발표
1922 <호두 속의 왕자님> 발표
1927 <밀밭의 노래>라는 시와 산문의 중간 단계적인 작품 완성
1932 <금빛 관>에서 어린이들을 위한 작품을 다양하게 선보임

골방 샌님

Kuckó király

지금 내가 하려는 이야기는 우리아버지에게서 여러 번 들었던 이야기다. 추수 때, 아름다운 달빛이 빛나는 밤에 타작마당가에는 오직 골방 샌님의 이야기만이 회자되었다. 긴 겨울 밤, 바람이 우리 집의 초가지붕을 포효하며 찢어놓을 때, 나에게는 골방 샌님 이외의 다른 옛날이야기는 필요하지 않았다. 나는 이야기를 완전히 알게 되었다, 그래서 지금 내가 들은 대로 전해주려고 한다. 거기에 덧붙인 것도 없고 뺀 것도 없다.

독립전쟁[6] 시기에 나는 너무 어린 아이였다. 그래서 보리 향 사탕을 사러 뛰어가면 내 주머니에 언제나 사탕을 넣어주고 싶어 하던 사탕 파는 아저씨에게 어떻게 해야 좋을지도 몰랐다. 내가 그렇게 작았지만, 그럼에도 불구하고 나만이 코수트 러요시의 군인[7]이었고, 그래서 사람들도 나를 그렇게 바라보았다. 나는 시련을 겪은 사병이 아니었다. 진짜 금별을 단 장교였다. 아버지는 모피옷을 만드는 사람이었고, 빨간 가죽으로 금별을 만들어주셨다.

우리 마을에 사는 신체 건강한 사람은 모두 군인으로 나갔다. 단지 우리 같은 어린 아이들만 집에 남았다. 우리도 가게 해 달라고 간청했지만, 데려 가지 않았다. 전쟁은 아이들 장난이 아니며, 전쟁터에서는 사탕을 나누어주지 않는다 했다.

그래서 우리는 스스로 해결 방법을 찾아냈다. 나는 두-세 명의 동무들과 함께 모여, 온 마을을 돌아다녔다. 우리 같은 아이들이 사는 집마다 찾아가서 대문을 두들겼다.

"일어나라, 젊은이여! 코수트 러요시가 군사가 부족하다고 알려왔다! 진짜 헝가리 젊은이는, 밖으로 나와라!"

마을 끝에 도착했을 때 우리 무리는 한 연대를 채울 수 있을 만큼 많아졌다. 나는 내 스스로 장군이 되었다. 그리고 무리를 전투 대열로 배열했다. 전의에 가득 찬 병사들을 보는 것은 기쁨이

6) 헝가리는 1848~49년에 합스부르크에서 벗어나 자주 독립 국가를 건설하기 위해서 대대적인 전투를 시작한다. 초기에는 무력항쟁이 아닌 시민 중심의 시위로 시작되었지만, 후일에는 코수트의 지휘 아래 전 민족적인 전쟁으로 확산된다.

7) 헝가리 독립군.

었다. 유감스럽다면 어디에서고 적이 보이지 않는다는 점이었다. 그래서 슬퍼하고 있을 때, 바로 그 때 대위 한 명이 내 앞으로 튀어나왔다.

"장군님! 보고 드립니다. 커서 펄코가 아직 대열에 없습니다."

나는 곧장 장난감 목마에 뛰어 올라 병사들 삼분의 일을 데리고 커서 펄코의 집으로 갔다. 그 집은 작고 나지막한 집이었다. 대문이 낮아 머리를 부딪쳤지만, 나는 말에서 내리지 않았다. 양털을 깎는 가난한 아주머니가 펄코의 엄마였다. 아주머니는 문간에서 분주하게 움직이고 계셨다. 우리가 큰 소리를 내며 안으로 들어서자, 어머니는 놀라서 양털을 깎는 가위를 내려놓았다.

"무슨 일이니, 얘들아?"

"군인이 될 커서 펄코라는 이름의 젊은이를 찾고 있습니다, 아주머니!"

커서 펄코는 화덕 뒤 골방에 낡은 털외투를 입고 누워 있었다. 낡아빠진 커다란 책에 파묻혀 있다가, 우리를 보고는, 겁을 내면서 부수수한 머리를 책에서 들어올렸다.

"가자, 펄코, 군인놀이하자! 밖에 마을 끝에 부대가 진을 쳤어, 너만 빠졌어."

"난 이런 놀이를 좋아하지 않아."라고 펄코가 내키지 않아하며 말했다.

"이건 놀이가 아니야! 우린 독일군을 지옥으로 쫓고 있어."

펄코에게는 다른 것이 필요 없었다. 그는 벽으로 고개를 돌리고, 낡은 외투 속으로 머리를 집어넣고, 그 안에서 밖을 향해 이렇게 중얼거렸다.

"어쩌지, 나는 절대 거기로 가지 않을 거야! 나는 군인이 되기엔 너무 약해! 나는 여기 골방에서 톨디 미클로시[8]의 이야기를 읽는 게 더 좋아."

내 목마는 벌써 떠나고자 했다. 나는 달려 나가면서 펄코에게 소리쳤다.

"골방 샌님아, 멋진 꿈이나 꾸셔! 네가 여기 골방에 남는다면, 적어도 내 군대를 조롱거리로 만들지는 않겠지."

이 커서 펄코는 살아있는 동안에는 언제나 허약한 아이였다. 모든 정신이 책에 빠져있고, 우리들이 하는 어떤 장난도 같이 하지 않았다. 우리도 그 애가 없다고 많이 서운해 하지는 않았다. 그

8) 헝가리의 전설적인 전쟁 영웅. 중세 민간에 회자되던 톨디의 이야기는 누구도 제압할 수 없는 무시무시한 힘을 가진 장군에 얽힌 일화를 다루고 있다. 톨디가 헝가리 사람들의 인기를 끌게 된 때는 헝가리가 합스부르크의 지배를 받던 18~19세기이다. 헝가리인의 민족의식을 고취시키기 위한 인물에 톨디가 적합한 사람이었기 때문이다. 18세기 유명한 시인인 어러니 야노시는 이 소재를 47년간의 열과 성을 다해 다듬어 〈톨디〉 3부작으로 완성한다. 3부작에 표현된 톨디는 단순한 옛날이야기의 주인공이 아니라, 헝가리 인이 합스부르크의 지배에서 벗어나도록 활약하는 민족적 영웅으로 나타난다.

가 없어도 우리는 전쟁놀이를 할 수 있었다. 목검으로 때려서 얼마나 덤불을 짓이겨놓았는지, 그 이후로 그 자리에서는 어떤 덤불도 자라나지 않았다. 모래 강둑에서는 구멍속의 쥐를 얼마나 소스라치게 만들었는지, 그 쥐는 아마 지금도 도망치고 있을 것이다. 어떤 독일 군인도, 그렇게 재빠르게 쥐의 가죽을 벗겨낼 수는 없을 것이다.

그 시절엔 병정놀이 이외에 다른 놀이는 없었다. 게다가 이 놀이는 해도 해도 지겹지 않았다. 한 번은 큰 전투를 치르고 피곤하게 집으로 걸어오고 있을 때였다. 그 때 맞은편에서 골방 샌님이 다가오는 것을 발견했다. 한 자루의 밀기울을 끌고 방앗간에서 집으로 가느라, 그의 약한 몸은 완전히 구부정하게 휘어 있었다. 가여운 그 아이는 우리를 보자 기겁을 했다. 그러나 그는 우리 앞에서 어디로도 도망칠 수가 없었다. 우리는 황조롱이가 새끼 비둘기를 쪼듯이 그를 실컷 두들겨 팼다. 그를 만난 우리는, 마지막으로 진짜 적을 찾아냈다고 기뻐했다.

"멈춰, 골방 샌님! 나라를 지키는 군인이 어떤 것인지 알게 해주지!"

가여운 소년은 어깨에서 자루를 내던지고는 커다란 파란 눈을 부릅뜨고 우리를 슬프게 바라보았다. 이때만큼 쉽게 승리한 적은 없었다. 이 순진한 아이는 우리가 더 이상 등을 때리지 않을 때까지 꼼짝도 하지 않았다. 우리가 화를 폭발시키고 나자, 그는 겉옷 소매로 눈물범벅된 눈을 닦고, 어깨에 자루를 졌다. 그리고 자기 집 대문에 들어서서야 우리에게 돌아서서 대꾸했다.

"나중에 되갚아 줄 테니까, 기다려!"

하지만 불쌍한 골방샌님은 아주 오랫동안 거리로 나오지 못했다. 그가 다시 우리 무리에 섞이게 되었을 때는 이미 군인의 명예는 오래 전에 끝이 나 있었다. 나라의 주인은 독일인이 되었고, 독일군 앞에서 가여운 헝가리 군인들은 어딘가로 숨어버렸다.

떠돌던 헝가리 장교 한 명이 우리 마을로도 숨어들었다. 그는 진짜 좋은 곳으로 왔다. 세상은 갈대로 뒤덮인 황무지에 묻혀 있는 작은 마을을 잘 알지 못했다. 우리들 사이에 머무르려고 온 사람을 세상은 마치 죽은 사람처럼 잊고는 했다.

바로 이런 이유 때문에 장교도 이곳을 선택했을 것이다. 적들은 그를 잡아 처형하려고 했다. 그러나 누가 우리 마을에 그가 숨어 있으니 찾아내야겠다고 생각했겠는가? 게다가 그는 멋진 장교복을 거지의 넝마와 바꿔 입고 결럼보시 임레 선장에게 와서 어부 일을 시작했다. 그는 어떤 어부들보다도 더 팽팽하게 그물을 당겼다. 게다가 저녁마다 우리가 결럼보시의 대문간에 모이면, 우리가 이제까지 들어본 적이 없는 너무나 아름다운 옛날이야기를 들려주었다. 그가 헝가리군의 전투에 대해서 이야기하면, 우리는 때로 울고 때로 눈을 반짝였다. 그 가운데 골방 샌님의 눈이 가장 초롱초롱 반짝였다.

어느 매서운 겨울날 어부들에게는 어려운 일이 생겼다. 고기를 잡을 수 있도록, 얼어붙은 티서 강에 구멍을 내야만 했다. 우리가 모여서 걸럼보시네 집으로 가 장교가 오기를 기다리자마자, 골방 샌님도 우리 사이에서 왔다갔다 돌아다녔다. 추위가 뼛속까지 스며들어도, 그는 우리의 이야기꾼이 도착했는지 계속해서 문간을 기웃거렸다. 우리의 이야기꾼이 도착했어? 그가 왔다. 하지만 지금 그는 옛날이야기를 할 수 없었다.

"얘들아, 큰 일 났어." 그가 문 안으로 뛰어들었다. "적이 마을에 나타났고, 길에서 나를 보고 뒤쫓아 와!"

장교가 광으로 숨어들자마자, 벌써 적이 도착했다. 깃털을 단 군인 모자를 쓴, 험상궂은 눈매의 세 명의 독일 군인이었다. 들판의 까마귀 사이로 돌을 던져 까마귀들을 흩어버리듯 그들은 우리를 흩어버렸다. 뛸 수 있는 사람은 뛰고, 몇몇은 울타리 밑으로 들어갔고 오직 골방 샌님만이 마당 한가운데 남게 되었다. 불쌍한 아이는 무서워서 꼼짝할 엄두도 내지 못했다.

"얘, 꼬마야" - 독일 군인들이 샌님에게 물었다. "너희 마을에 도망 다니는 독립군 장교가 숨어들지는 않았니?"

"그러니까. 그러니까 (그런 사람) 있어요."라고 골방 샌님이 끙끙대며 말했다.

"그 사람 어디에 있니? 어디로 도망갔니?"라고 군인이 말을 받았다.

군인은 골방 샌님이 대답할 때까지 계속해서 세 번을 물었다.

"저기, 티서 강 너머, 바트커의 농장에 있어요."

군인 하나가 배낭에서 금화 하나를 꺼내 아이의 손에 쥐어 주었다.

"봐라, 네가 사실을 말하면, 이 돈은 네 것이다. 만약 네가 우리를 장교가 숨어 있는 곳까지 안내해 준다면, 돈을 더 받을 수 있을 게다. 그 돈으로 판사의 집도 살 수 있을 거야."

골방 샌님은 수줍어하면서 고개를 숙였다.

"어두워질 때까지 기다리세요. 당신들이 찾는 사람이 꿈꾸며 자고 있을 때, 깜짝 놀라게 해요."

"이 아이가 아주 영리하게 말하는군." 이렇게 한 군인이 동료들에게 말했다. 그러고 나서 그들 가운데 한 사람이 대문 앞으로 나와 보초를 섰고, 다른 두 사람은 걸럼보시 가족의 깨끗한 방으로 들어가 자리에 들었다. 그들은 골방샌님이 어디로 가지 못하게 그도 데리고 들어갔다. 가여운 소년은 어찌해야 좋을지 몰랐다. 그저 늙은 선주에게 말을 걸기 위해서 창문을 내다보고만 있었다.

"임레 아저씨, 오늘 티서 강 어디에 구멍을 냈어요?"

"너하고 무슨 상관이냐?" 늙은 어부는 화를 내며 투덜거렸다. "거기 빠져 죽고 싶으면, 머코시 둑 방향이다."

골방 샌님도 더 이상 다른 말을 하지 않고 잠자는 것처럼 머리를 숙이고 눈을 감았다. 얼마 지나지 않아 군인들이 그를 깨웠다.

"야, 꼬마야, 정신 차려. 어두워지기 시작했으니 이제 출발하자."

세 명의 군인이 아이를 빙 둘러싸고, 아이가 밤길을 헤치고 나가게 했다. 자욱하고 짙게 낀 안개에다 눈이 펑펑 내려 거의 아무것도 볼 수가 없었다. 마침내 티서 강변에 도착하자, 골방 샌님이 이렇게 말했다.

"이제 모두 일렬로 서서, 멀리 떨어지기로 해요. 얼음이 미끄러운데, 혹시 누구 한 사람이 넘어져서 다른 사람의 발을 걸지 않도록 말이에요. 제가 제일 앞에서 걸어갈게요."

티서 강에 들어서자 즉시 맞바람이 그들을 덮쳤다. 어찌나 거칠게 그들을 뒤로 물러나게 만드는지, 거의 앞으로 나갈 수가 없었다. 가끔은 군인의 입에서 욕설이 튀어나왔다. 그러다가 골방샌님이 뒤로 돌아서서 이렇게 말했다.

"이제 더 용감하게 앞으로 나가지요, 곧 강둑 밖으로 나가게 될 거예요. 금방 목적지에 도착할 거예요."

그 말을 하면서 그는, 그 날 어부들이 티서 강에 깨놓은 얼음구멍 속으로 자기 몸을 조용히 빠져들게 했다. 얼음물은 풍덩 소리조차 내지 않았고, 심지어 소년은 고함을 지르지도 않았다. 세 군인은 캄캄한 밤에 더듬더듬 그의 뒤를 따라 발을 내디뎠다.

세 군인 모두가 그 구멍 속으로 빠졌다. 그들은 어디로 가고 있는지 전혀 알아차리지 못했고, 그래서 그들 머리 위로 물이 덮였다.

다음 날 아침 어부들이 얼음 구멍 둘레에서, 얼음 위에 던져져 있는 금화를 발견했다. 골방 샌님은 죽을 때조차 원수의 돈을 지니고 싶어 하지 않았던 것이다.

모르츠 지그몬드 Móricz Zsigmond (1879~1942)

1879 얼필드의 작은 마을에서 가난한 가정의 맏아들로 출생. 아버지는 농부, 어머니는 개신교 목사의 딸

1885 가정형편이 어려워지자 큰아들을 외가에 보내, 외할머니가 양육

1888 다시 집으로 돌아옴

1890 데브레첸, 샤로시퍼터크, 우이쌀라시 헤이의 고등학교에서 공부

1899~1900 데브레첸 대학에서 법학과 개신교 신학 공부
<데브레첸 신문>의 보조 편집기사, <데브레첸의 수비수> 발표

1900 부다페스트로 이사. 페스트 대학에서 법학대학, 인문대학에서 수학

1903 <페스트 신문>의 편집자

1903~06 5번에 걸쳐 민요, 옛날이야기를 수집하러 전국을 다님. 작가로서 발전하는 데 큰 도움을 얻음

1908 <서쪽>이라는 문예잡지에 <7푼>을 발표하면서 등단
이 작품으로 독자들의 비상한 관심을 받으며 작가로서의 입지를 마련

1909 <비극> 발표

1916 <가난한 사람들>이라는 사실주의 작품 발표

1919 사회주의 혁명에 동조, 혁면이 실패로 끝나자 잠시 수감됨

1929~33 버비츠 미하이와 잡지 <서쪽> 편집

1930 민중작가들과 민족문학의 발굴 운동에 동참

1932 그의 단편 가운데 가장 뛰어나다고 인정받는 <야만인> 발표

1937 <야반도주> 발표

1939 문학 평론지 <동구의 사람들> 주필이 됨

7푼

Hét krajcár

신들은 가난한 사람들도 깔깔 웃을 수 있도록 잘 섭리해 놓으셨다. 오막살이에서 우는소리와 탄식소리만 들리지 않고, 가슴속에서 터져 나오는 웃음소리도 풍족하게 들린다. 물론 가난한 사람은 차라리 울어야 할 순간에 그 보다 더 자주 웃는 것이 사실이기는 하지만.

나는 이 세상을 잘 알고 있다. 아버지가 태어난 집안은 소오시 가문으로 찢어지게 가난한 집안이었다. 당시 아버지는 기계 수리하는 작업장에서 하루벌이를 하고 계셨다. 아버지는 그 시절도, 그리고 다른 어떤 시절도 결코 좋았다고 이야기하지 않았다. 물론 맞는 말이었다.

그 이후 살아오면서 내 어릴 적의 이 2년만큼 실컷 웃어 본 적이 없는 것도 사실이다. 우리 엄마는 얼굴이 볼그스레하고 유쾌한 분으로 정말 달콤하게 웃을 줄 알았다. 웃음 끝에 눈에서부터 눈물이 흐르고, 기침이 터져 나와 거의 숨을 쉬지 못했다. 이제는 이미 엄마가 안 계시지만 나는 엄마가 웃던 대로 그렇게 웃고 싶다…

하지만 엄마도 나와 함께 7푼을 찾기 위해 애썼던 그날 오후처럼 웃으신 적은 결코 없었다. 우리는 찾아 헤맸고, 마침내 찾아냈다. 3푼은 재봉틀 서랍에서, 1푼은 유리 장에서… 나머지 돈은 정말로 어렵게 나타났다.

처음 3푼은 엄마가 스스로 찾았다. 엄마는 나머지 돈도 서랍에서 찾아내리라 생각했다, 엄마는 삯바느질로 돈을 벌었는데, 품삯을 받으면 언제나 서랍 속에 넣어 두셨기 때문이다. 서랍은 나에게 고갈되지 않는 보물 창고였다. 그 속으로 손을 집어넣기만 하면, 순식간에 내 작은 탁자 위에는 물건이 가득했다.

엄마가 서랍 안을 뒤져 바늘, 골무, 가위, 천 조각, 끈, 단추들을 찾아내고, 모든 것을 뒤죽박죽으로 만들더니 정말 신기해하며 이렇게 말하셨을 때 나도 정말 놀랐다.

"숨었어."

"뭐가?"

"돈 말이야." 엄마가 갑자기 웃기 시작하며 말했다.

엄마는 서랍을 빼냈다.

"이리 오렴, 아들, 자 이제 우리 나쁜 놈들을 찾아내자. 교활한, 교활한 돈들."

엄마가 땅에 웅크리고 앉았다. 마치 서랍에서 돈이 날아갈까 겁이 나는 것처럼 서랍을 몸으로 감싸면서 아래로 내리더니, 순식간에 서랍을 뒤집었다. 마치 나비를 잡을 때 사람들이 모자로 덮어씌우듯이.

그 모습을 보고는 웃지 않을 수 없었다.

"여기 있어, 이 속에 있어." 엄마가 웃었다, 하지만 서랍을 들어 올리려고 서두르지 않았다. "만약 한 푼이라도 있다면, 여기에 들어 있어야 만 해."

나는 바닥에 쭈그려 앉았다. 그리고는 살폈다. 반짝이는 동전 한 닢이 어디론가 뛰어나가지 않는지? 아무 것도 그 곳에서 움직이지 않았다. 실상 우리는 그 안에 무언가가 있으리라고 강하게 믿지 않았다.

우리는 아이들이 장난치듯 서로 바라보고는, 웃었다.

내가 뒤집혀진 서랍을 향해 몸을 내 밀었다.

"쉿!" 엄마가 나를 놀라게 했다. "조용해라, 돈은 계속해서 도망가. 넌 돈이 얼마나 교활한 동물인지 아직 몰라. 데굴데굴 굴러 정말 빨리 뛰어가 버려. 계속해서 굴러…"

우리는 오른쪽, 왼쪽으로 몸을 기울였다. 우리도 돈이 잘 굴러가는 것을 이미 여러 번 경험했다.

우리가 마음을 가라앉혔을 때, 내가 다시 서랍을 뒤집기 위해 손을 내밀었다.

"아이고!" 엄마가 다시 나에게 소리쳤다. 나는 깜짝 놀라, 마치 화덕에 손가락이 닿은 것처럼 재빨리 손가락을 움츠렸다.

"조심해야지, 조그만 말썽쟁이 녀석. 벌써 돈이 제 길을 만드느라 바쁠 거야. 그래도 이 속에 있는 동안은 우리 것이야. 잠시 그곳에 있도록 내버려두자. 너도 알고 있지, 엄마는 빨래를 하고 싶어, 빨래하려면 비누가 꼭 필요하잖아. 비누를 사려면 아무리 싼 것이라도 7푼이 필요하단다. 돈이 모자라면 비누를 주지 않아. 엄마한테 벌써 3푼이 있어. 4푼이 더 필요하단다. 여기 이 작은 집에 돈이 있어. 돈이 이 집에 살고 있어, 하지만 사람들이 돈을 괴롭히면, 좋아하지 않는단다. 화가 나면 자신을 더 이상 볼 수 없도록 떠나가. 그러니 조심해라, 돈은 아주 괴팍해서, 조심스레 다루어야해, 존경심을 가지고. 돈은 귀부인같이 쉽게 상처를 받는단다… 너, 살아있는 달팽이를 껍질 밖으로 나오도록 유혹하는 꼬이는 노래를 알고 있지 않니."

이런 수다를 떠는 동안 우리는 몇 번이나 웃었다. 나는 그 노래를 당연히 안다. 달팽이 꼬이는 노래는 아주 요상했다.

돈 아저씨 밖으로 나오세요,

아저씨네 집에 불났어요, 여기 밖으로…

이 노래를 부르며 서랍을 뒤집었다.

그 밑에는 오만가지 물건이 있었지만, 돈은 없었다.

엄마가 기분이 좋지 않은지 입술을 위로 끌어올린 채 찾아보아도, 소용이 없었다.

"너무 안타깝다." 엄마가 말했다. "탁자가 없어서 말이야. 존경을 드러내며 탁자 위에 쏟았다면, 이 속에서 돈을 찾아낼 수 있었을 텐데."

나는 잡동사니를 끌어 모아서, 서랍 속에 집어넣었다. 엄마는 그 사이에 생각에 잠겨 있었다. 이전에, 어디에 무슨 돈을 넣어두지 않았는가를 곰곰이 생각하셨지만, 그러나 그런 돈을 알지 못했다.

갑자기 내 머리를 스치는 게 있었다.

"엄마, 돈이 있는 곳을 알아요."

"어딘데, 아들, 우리가 찾아내자. 돈이 눈처럼 녹아 없어지기 전에."

"유리 장 안에, 서랍 속에 있어요."

"오, 애물단지, 일찍 말을 안 한 건 정말 잘했다, 지금 그 돈이 없을 수도 있으니."

우리는 일어서서 유리 장 쪽으로 갔다. 장문에 붙어 있던 유리는 이미 오래 전에 사라졌지만, 내가 돈이 있는 걸 알고 있던 장소인 서랍 속에는 한 푼이 들어 있었다. 나는 삼일 전부터 거기에서 돈을 빼내려고 준비를 하고 있었지만, 엄두를 내지 못했다. 엄두를 냈더라면, 그 돈으로 사탕을 사 먹었으련만.

"자 벌써 4푼이 있다. 절대 슬퍼하지 마라, 아들아, 이제 절반 이상이 있다. 이제 3푼만 있으면 된다. 이 한 푼을 찾기까지 한 시간이 걸렸다, 이제 3푼을 오후 간식 시간까지 찾자. 그러면 저녁까지는 옷 한 벌을 빨 수 있을 거다. 자 빨리 오너라. 다른 서랍에도 한 푼-또 한 푼이 들어 있을 거다."

만약 서랍마다 돈이 들어있었다면. 많았을 텐데. 낡은 유리 장은 새것이었을 때에도 많은 물건을 처박아 둘 수 있는 장소로 사용이 되고 있었기 때문이다. 하지만 우리는 내버려진 장롱에 넣어둘 많은 짐이 없었다. 그토록 삐걱거리고, 벌레 먹고, 이가 빠졌어도 상관없었다.

엄마는 새 서랍을 열 때마다 짧은 설교를 했다.

“이건 풍요로운 서랍이다 - 서랍이었었다. 이 서랍이 비어 있는 적은 없었어. 언제나 신의를 지키며 살았단다. 아이고, 이 나쁜 거지야. 한 푼도 없다니. 이 서랍에는 돈이 들어오지 않을 거야, 우리의 가난을 보호하고 있으니까. 지금 처음으로 내가 너한테 돈을 달라고 했는데, 지금도 주지 않으니 너한테는 돈이 생기지 않을 거야. 이 서랍에 제일 많이 있을 거야, 자!”

맨 밑의 서랍을 밖으로 끌어낼 때 엄마가 웃으며 소리쳤다. 거기에는 서랍 바닥이 조금도 남아 있지 않았다.

어머니가 내 목을 감싸 안으셨고, 우리는 웃으며 바닥에 앉았다.

“잠깐 기다려.” 엄마가 갑자기 이렇게 말하셨다. “우리한테 곧 돈이 생길거야. 네 아빠 옷 속에서 찾아내마.”

벽 위에 못이 박혀있고, 그 위에 옷이 걸려 있었다. 그리고 엄마가 첫 번째 주머니에 손을 집어넣으시자마자 한 푼을 건져낸 것은 기적중의 기적이었다. 엄마는 자기 눈을 의심했다.

“있다!” 엄마가 소리를 질렀다. “여기 있다! 벌써 얼마냐? 참지 말고 세 보자. 하나 - 둘 - 셋 - 넷 - 다섯… 다섯 푼이야! 인제 두 푼만 더 있으면 된다. 두 푼 따위는 아무 것도 아니야. 5푼이 있는 곳에서는, 두 푼도 나오게 마련이지.”

엄마가 아주 열심히 주머니란 주머니를 다 뒤지셨지만, 불행히도 아무 소득도 없었다. 한 푼도 더 찾아낼 수가 없었다. 어떤 주문을 외워도 두 푼이 나오도록 꼬여낼 수가 없었다.

이미 엄마의 얼굴은 흥분과 노동으로 새빨간 장미꽃처럼 불타고 있었다. 엄마는 일을 하면 안 됐다. 일만 하면 곧 병이 나기 때문이었다. 물론 이것은 예외적인 일이었다, 돈을 찾지 말라고 누구에게도 금지할 수 없었다.

3시의 간식시간이 왔고, 지나갔다. 곧 저녁이 될 것이다. 내일 아빠가 입으실 셔츠가 필요한데, 빨래를 할 수가 없었다. 거친 샘물은 셔츠의 기름때를 없애주지 못했다.

그때 엄마가 자기 이마를 탁 쳤다.

“오, 오, 내가, 내가 멍청이야! 내 주머니는 아직도 안 봤어. 물론, 이제 생각이 났으니, 살펴봐야지.”

그리고 엄마가 살펴보았다. 그리고 자, 그곳에서도 한 푼을 찾아냈다. 6번째의 돈을.

우리는 흥분했다. 이제 한 푼만 더 필요하다.

“네 주머니도 보여주렴. 아마 그 속에도 돈이 있을 거다.”

내 주머니! 물론 내 주머니들을 보여 드릴 수는 있었다. 하지만 그 속에는 아무 것도 없었다.

석양이 졌다, 우리는 돈이 한 푼도 없는 것과 같이 쓸모없는 6푼을 지니고 있었다. 유태 상인에게 외상은 없었고, 이웃 사람들도 우리와 똑같이 가난해서 우리는 한 푼을 달라고 하지 않았다!

마음을 비우고 우리의 가난을 웃어 버리는 것 이외에, 우리는 다른 것을 할 수가 없었다.

그 때에 거지가 들어왔다. 노래하는 어조로 아주 슬픈 애원을 했다.

엄마는 그 애원에 마음을 뺏기시고, 미소를 지으셨다.

"그만두세요, 착한 분." 엄마가 말했다. "저희는 오후 내내 한 푼이 없어서 여기에 있었어요. 반 킬로의 비누를 사야하는데, 한 푼이 모자라거든요."

그 거지는, 아주 쾌활한 얼굴의 노인이었는데, 그 말에 놀랐다.

"한 푼이요?" 그가 물었다.

"그래요."

"제가 드리지요."

"아니에요. 구걸하시는 분께 자선을 받다니요."

"괜찮아요, 아주머니, 제게는 부족하지 않아요. 제게 필요한 건 괭이질 할 땅이에요. 그거면 만사형통이지요."

거지는 내 손에다 한 푼을 쥐어주고는, 긴 덕담을 해 주었다.

"축복 받으세요." 엄마가 말했다. "그럼, 네가 뛰어 가거라…"

그 순간 엄마가 갑자기 멈추더니, 크게, 더 크게 웃기 시작했다.

"참 좋은 때에 돈이 다 모였구나, 하지만 오늘은 세탁을 할 수가 없다. 날도 저물었고, 등잔 기름도 없어."

웃음에 이어 기침이 튀어나왔다. 아주 쓰디쓰고 살인적인 기침이었다. 나는 엄마를 부축하기 위해 엄마 아래에 서 있었다. 엄마가 두 손바닥으로 얼굴을 가리고, 몸을 구부리자 무언가 뜨거운 것이 내 손 위에 쏟아져 내렸다.

피였다. 엄마의 값진 피였다. 가난한 사람 중에 달콤하게 웃을 줄 아는 사람은 몇 안 되는데, 우리 엄마는 그렇게 달콤하게 웃을 줄 아는 분이었다.

비극

Tragédia

모두들 내일 열릴 서루디의 딸 결혼식에 대해 이야기했다. 점심을 먹고 난 뒤에 추수하던 사람들은 십자가 아래쪽이나 쇠갈퀴나 갈고리가 번득이는 작은 천막 아래로, 누워 있는 사람들의 얼굴 위에 작은 그늘이 드리워지는 곳에 누웠다. 이렇게만 해도 일사병에 걸리지 않기에 충분했다.

드넓은 누런 들판에서 개미처럼 부지런한 이 사람들은 행복하게 이리저리 움직였다. 잔인하게 엄청난 일을 하는 사이에 끝없는 무제한의 휴식이라도 얻은 양, 사람들은 팔을 흔들고 입을 놀리며 즐거움을 찾았다. 젊은 총각들과 아가씨들은 살면서 꼭 해야 하는 일인 것처럼 그렇게 깔깔대며 말과, 손짓으로 서로를 놀려대었다.

끼시 야노시는 자신을 끔찍하게 꼭 닮은 주근깨 많고 멍청한 아들이 가져온 사과 요리를 다 먹었다. 그리고 주위를 둘러보았지만, 십자가 나무 있는 데까지 걸어가기는 싫었다. 그래서 그 자리에, 곡식을 베고 난 밭에 벌러덩 누웠다. 모자를 얼굴 위에 올려놓자마자 즉시 잠이 들었다. 잠들기 전에 서루디 팔이 결혼식에 쓰려고 송아지도 잡았다는 말이 들려왔다.

그 소리를 들으며 잠이 들었다.

아무도 그에게 관심을 두지 않았다, 그의 아들조차 관심이 없었다. 아들은 도자기 그릇을 앞으로 끌어당겨 안을 들여다보았다. '혹시 아버지가 자기를 주려고 음식을 조금이라도 남겨 놓지 않았을까?' 살펴보았다. 분명 아무 것도 없었다. 그릇은 강아지 보드리가 깨끗하게 핥아 먹은 듯이 완전히 비어 있었다. 아들은 곧 광택이 나는 그릇을 뒤집어엎고 땅콩을 주우러 강아지 뒤를 따라가 버렸다.

끼시 야노시가 잠이 깨었을 때, 첫 번째로 한 일은 입술을 핥는 일이었다. 그는 꿈에서 결혼식 피로연에 있었고 먹을 수 있는 한 실컷 먹었다. 하지만 그가 어디에 있었고, 무엇을 먹었는지 전부 잊었다는 사실이 떠오르자 기분이 나빠졌다. 잠에서 깨지 않았으면 좋았을 것을.

살아오는 내내 그는 모든 것을 포기하는 일에 익숙해져 있었으므로, 오랫동안 속상해하지 않았다. 몸을 돌려, 다시 잠들려고 했다. 하지만 잠이 오지 않았다. 모자로 가렸지만 그의 얼굴은 찐 가재처럼 벌겋게 변했다. 그는 먼지로 검어진 밀짚모자를 아래로 내던졌다. 들판의 바람이 피부에 서늘하게 닿는 것이 마음에 들었다.

'늙어빠진 서루디를 가만 놔두지 않겠어.' 그는 속으로 생각했다. '내 평생 그 인간을 위해 일할만큼 했으니, 딸 결혼식에 오라고는 하겠지. 배가 터지게 한 번 먹어 볼 거야.'

그는 엄지를 들어올렸다.

'고기 스프가 나오겠지. 샛노랗고 기름진 닭고기 스프가. 그건 맛있을 거야. 그 스프를 한 대접 먹어주지.'

그는 벌써 스프를 꿀꺽 삼키고, 빽빽하게 들어있는 작은 노란 색의 마카로니를 쭉 빨아들여 목구멍으로 꾸역꾸역 내려가게 했다.

"일합시다!" 누군가가 소리를 질렀다.

끼시 야노시는 여전히 움직이지 않았다. 옛날에 그가 어릴 때 어떤 결혼식 잔치에 갔던 일이 생각났다. 그 가족은 친척이기도 했는데, 잔치 내내 다른 것은 받지 못하고 겨우 닭다리를 받아먹었다.

어쩔 줄 모르는 노여움이, 거친 분노가 그를 사로잡았다. 그는 손을 불끈 쥐어 주먹을 만들었다. 그리고 지금 모든 것이 부서지도록 무언가를 때려 부수는 듯한 느낌을 받았다.

그러다 자신의 엄지손가락이 뻗어 있는 것을 보자, 방금 전까지 무슨 생각을 했었는지 서서히 기억이 돌아왔다.

'그 다음에는 뙬뙤뜨 카포스터[9]가 나오겠지… 60개를 먹어야지… 50개를 못 먹을 것 같으면, 한 개도 안 먹을 거야.'

"일하자구!" 저쪽에서 사람들이 소리 질렀다.

그도 힘들게 일어났다. 배가 고팠다. 검은 칠이 된 도자기 그릇을 바라보았다. 비어 있었다… 맛없는 스프라도 그 속에 들어 있을 리가 없었다.

그는 성이 나서 비웃으며 그릇을 걷어찼다. 발길질에 그릇의 한 쪽이 깨졌다. 그렇지 않아도 벌써 깨져서 철사로 묶어놓았던 그릇이었다. 그 철사 줄이 신발에 달라붙었다.

"뒈져버려!" 끼시 야노시는 욕을 하고, 발에 붙은 줄을 걷어차며 벗겼다. "지금까지 살아오는 동안, 언제나 이놈의 가난 속에서 헐떡거려야만 했어. 그 늙은 악당은 나를 결혼식에 초대하지 않을 거야."

하루 종일 기분이 좋지 않았다. 아무도 알아채지 못했다. 끼시 야노시는 누구도 알아채지 못할 정도로 눈에 뜨이지 않는 사람이었다. 평생을 이렇게 살았다. 그는 한 순간도 절대 관심을 끄는

---

9) 원어는 töltött káposzta. 삶은 양배추 잎으로 다진 고기에 각종 양념을 해서 둥글게 빚은 것을 넣고 싼 뒤, 토마토소스에 뭉근하게 끓인 요리. 결혼식 피로연에 닭고기 스프와 함께 꼭 등장하는 음식.

사람이 아니었다. 힘이 센 것도 아니고, 약하지도 않았다. 몸집이 작지도 않았고 크지도 않았다. 다리를 절지도 않았고, 가슴이 부풀어 있지도 않았다. 그에게 눈에 띄는 것이 무엇이었을까. 그는 평범한 사람이었다. 눈은 두 개고 코는 하나였다. 아침이면 일어나고, 밤이면 자리에 누웠다. 때가 되자 결혼을 했다. 그 때가 그가 마지막으로 실컷 먹은 때였는데, 얼마나 많이 먹었는지 탈이 나기까지 했다. 군대에 가지 않았고, 마을을 벗어난 것이 채 열 번이 안 됐다. 그나마도 장에 가기 위해서였다. 그의 일생에서 실컷 웃어본 것은 단 한 번이다. 아버지가 걸루시커[10] 한 접시를 다 먹은 아들을 내리치다가, 그 힘에 못 이겨 비틀거리더니 머리를 벽에 부딪쳤을 때였다. 그 순간 아버지가 돌아가셨다.

그가 언제나 관심 있어 하는 단 한 가지는 바로 먹는 것이었다. 먹는 것 때문에 그는 아내를 때리곤 했다. 어느 때 무언가를 생각하게 된다면, 그것은 무엇을 먹으면 좋을까 하는 것이었다. 그러나 그는 여러 가지 음식을 상상할 수 없었다. 그가 먹어본 음식이 많지 않았기 때문이다.

사람들이 저녁에 집에 돌아오자마자, 주인에게 무슨 일을 끝마쳤는지 보고했다. 그 마을에서는 모두가 자기 식사는 자기가 준비해서 일을 나갔다. 늙은 서루디가 이렇게 말했다.

"자네들, 아주머니들, 내일 저녁에 모두 우리 딸 결혼식에 오게. 먹고 싶은 만큼 드시게나."

끼시 야노시는 어질어질했다. 사실 두려웠다. 주어진 임무를 완수하지 못할까 두려웠다. 다른 사람들은 환성을 지르고, 만세를 불렀지만 그는 가만히 입을 다물고 있었다. 사람들 뒤쪽에 서 있었다. 어둑어둑해져가는 저녁이었고 아무도 그에게 관심을 두지 않았다. 다른 사람들 사이에 섞여 그도 무거운 발걸음으로 집을 향해 출발했다.

집에서 저녁 식사를 했다. 밀기울로 끓인 스프였다. 조용히, 아무 말 없이 먹었다. 정강이에 달라붙어 야옹거리는 고양이를 걷어찼다. 아무 생각도 하지 않았다. 그런데 정말 자신이 이상하게 느껴졌다. 그의 인생에서 위대하고 거대하며 가장 큰 임무가 그를 기다리고 있는 것 같았다. 정확하게 무엇인지는 알 수 없었지만, 두려워하면서 내일의 결혼식을 떠올렸다.

밤새도록 잠을 잘 수가 없었다. 계속 잠에서 깨어, 잠을 이루지 못하고 뒤척거렸다. 내일 무슨 일이 있을까에 생각이 미치면, 엄청난 불안이 엄습했다.

그는 엄지손가락을 쭉 내밀었다.

'제일 먼저 닭고기 스프가 나올 거야… 한 통을 먹어 치워야지.'

---

10) 수제비와 비슷한 음식. 밀가루와 달걀, 소금, 물을 넣고 반죽하여 수저로 얇고 길게 잘라 끓는 물에 삶아낸 것.

그가 빙긋 웃었다. 그가 이제까지 살면서 먹은 엄청난 양의 감자 스프, 회향 스프, 체리스프, 밀기울 스프, 잼 스프와 물을 부어 양을 늘린 모든 종류의 음식을 한 통에 붓는다면 - 에구구, 그렇게 큰 통은 이 세상에 없을 걸. 에게르[11]의 주교관 지하에 있는 저장소에도 그런 통은 없을 거야. 그가 과거에 먹었던 맛난 음식을 모두 모아 붓는다면 - 그 양은 오늘 들판에서 차버렸던 낡은 도자기 그릇도 다 채우지 못할 것이다.

갑자기 철사로 붙들어 맨 그릇처럼 그의 발에 신발이 붙들어 매진 것 같은 느낌이 들었다. 그는 세게 걷어찼다. 그가 침대위에 누워 있었더라면, 발길질에 침대가 부서졌을 것이다. 그러나 짚을 채워놓은 잠자리는 이런 발길질에 큰 지장이 없었다. 하지만 끼시 야노시는 정말 세게 걷어찼다. 그는 자신에게서 가난을 걷어차 버린 것이다.

다음 날 아침 기분이 좋지 않은 채로 잠에서 깨어났다. 눈가에서 악몽을 떨어내자마자, 그는 분명하게 몹시 가슴이 답답하다는 것을 느꼈다. 끈으로 가슴을 조이는 것처럼 갑갑했다.

'빌어먹을 늙은 서루디를 먹어치워야지, 그 영감 재산을 오늘 내가 다 먹어버려야지. 그 영감을 위해서 실컷 곡괭이질을 했잖아.'

그는 아침을 먹지 않았다. 점심에도 음식을 입에 대지 않았다. 혹시 저녁에 배가 고프지 않을까 걱정이 되었다.

다른 때, 마누라와 싸웠을 때는 하루 종일 굶어도 배고픈 줄을 몰랐다. 그런데 지금은 내장 전체가 떨리면서 배고픔 때문에 어지러울 정도였다.

그는 이빨을 꽉 물었다, 넓고 강하고 큰 뼈가 나온 턱을 다물었다, 그리고 회색 눈으로 멍하니 앞을 바라보았다. 거친 야수의 분노가 그를 휘감았다. 그러나 그는 먹지 않고, 그 분노를 억눌렀다.

'50개의 뙬뙤뜨 카포스터를 먹을 거야!' 그는 속으로 이 말을 반복했고, 강철같이 굳은 결심과 함께 수확기처럼 박자에 맞추어서 낫을 들고 밀을 잘랐다.

그의 주변에 있던 세상이 사라졌다. 그는 넓은 밀밭을 보지 못했고, 그의 옆에서 일하는 사람들도 보이지 않았다. 그는 아무도, 아무 것도 인식하지 못했고, 그에게는 과거도 미래도 없었다. 그에게 존재하는 완전한 현실은 점점 더 단단해져 단 하나의 커다란 소망으로 변했다. 그 소망은 인간적인 존재를 넘어서는 과제에 다가갔다. 그는 그의 내장 전부가 위장으로 변해서, 믿을 수 없는 일을 해 낼 능력을 가지는 것처럼 느꼈다. 불길이 번득이는 눈으로 세상을 바라보는 동안, 그

11) 헝가리의 북동부에 위치한 주교좌 도시로 고성과 포도주 저장소가 유명하다.

는 탈곡기 입구에 볏단을 집어넣으면 둥근 통 속으로 들어가듯이, 자신도 음식을 뱃속으로 삼켜 넣을 과업을 수행할 능력이 있는 것 같았다.

마침내 해가 졌다. 사람들은 일을 마치고 집으로 돌아갔다. 이미 점심때부터 결혼식은 진행되고 있었다. 결혼식에 갈 채비를 할 시간도 없어서, 일하던 옷차림 그대로 상이 차려진 식탁에 앉아야만 했다.

끼시 야노시는 귀퉁이의 오른 편에 다다랐다. 벽에 등을 기대고, 적을 맞이할 준비를 했다. 그의 선조가운데 누군가가 이천 명이라는 수로 터키 대군과 맞섰을 때처럼 맹목적이고 거친 결심을 지닌 채로.

스프가 나왔다.

야노시는 많이 담긴 것이나, 조금 담긴 것 가운데 어떤 것도 받지 않았다. 요리사가 오목한 그릇 위까지 찰랑찰랑하게 담아놓은 것을 받았다. 스프 위에 뜬 노란 기름이 갈라지지 않고 손가락 굵기로 두툼하게 하나로 엉겨있었다.

끼시 야노시는 나무 숟가락을 쥐었다. 편안하게, 진지하게 작업에 착수했다. 내장이 떨렸다. 그는 내장의 게걸스러움을 거의 통제할 수 없었다.

열 숟가락을 먹었을 때 끔찍한 충격이 그를 엄습했다.

배가 부르게 잘 먹은 느낌이 들었다.

그의 얼굴은 온통 창백해졌다. 거대한 과제가 자신에게 주어졌다고 느꼈다. 인간의 왜소함을 느꼈다. 자신이 맡은 임무를 완수하지 못할 것이라는 생각이 바람처럼 그의 뇌리를 스쳐갔다.

그는 눈썹을 찡그렸다. 평평한 이마에 수직의 주름이 생겼다. 넓은 강철 같은 턱을 꽉 물고, 그는 다시 전투에 전력을 기울였다.

낫을 오른쪽에서 왼쪽으로 둥글게 올리듯이, 그는 지금 기계적으로 박자에 맞추어 수저를 그의 입으로 들어올렸다. 접시가 빌 때까지

그러는 순간 어지러움을 느꼈고, 역겨워 구역질이 나는 걸 느꼈다. 이 음식은 거칠고, 묽고, 담백한 스프에 길들여진 그의 위장에는 너무 기름졌다.

다음에 나온 음식은 뚜로시 추써[12]였다. 유지방과 베이컨을 얹은 맛있고, 기름진 음식이었다. 그의 접시에 가득 담아 주었다.

---

12) 원문 Túrós csusza 넓적한 마카로니를 물에 불린 다음, 오븐에 구워 위에 응유와 구운 베이컨을 올린 다음 다시 오븐에 살짝 구운 음식으로 이태리의 라자냐와 비슷하다.

끼시 야노시는 노란 손잡이가 달린 부러진 포크를 꺼냈다. 그리고 지금까지와 마찬가지로 그렇게 편안하게, 이것도 순서대로 안으로 밀어 넣었다. 그는 음식 맛이 어떤지 느끼지 못했다. 위장 속이 가득 찬 것 같은 압박감이 느껴졌다. 바람을 쐬러 나가고 싶었다. 그럴 수 없다면 최소한 거친 욕을 실컷 하고 싶었다. 그는 계속되는 고통과, 시기심에 싸여 사람들을 둘러보았다. 모두들 즐거웠고, 껄껄거리며 게걸스럽게 먹었다. 그러나 그는 자신의 끝이 왔음을 이미 알고 있었다. 오늘 그는 자기 평생에 배부르게 먹었던 단 한 번의 식사, 그 때 먹었던 양을 이미 먹었다. 그러나 이를 꽉 깨물고, 세 번째 음식을 받으려고 접시를 내밀었다. 돼지 등뼈와 완두콩 요리였다. 집 안에서는 신랑 다루기와 함께 정해진 식사 순서가 지켜졌지만, 밖에 있는 하인과 소작농들 사이에는 이런 관습적인 식사 순서가 지켜지지 않았다. 사람들은 가까이에 있는 음식을 가져다주었다. 그래서 이 음식을 먹다가, 저 음식을 먹었다. 끼시 야노시는 모든 음식을 먹었다.

이렇게 멈추지도 않고, 쉬지도 않고 두 시간 가량 지나갔다.

그때야 뙬뙤뜨 카포스타가 나왔다.

"오십 개를 먹어야지!" 끼시 야노시 혼자서 말했다. 그의 눈에 꺼풀이 씌었다.

양배추 완자 속에는 덤으로 큰 덩어리의 고기가 들어있었다. 끼시 야노시는 세 개의 큰 완자 덩어리를 먹은 다음 설익어, 질기고 씹을 수 없는 고기 덩어리를 꿀꺽 삼키려고 했다 - 그러다가 질겁해서 일어섰다. 눈이 튀어나와서, 거의 눈썹 아래로 떨어질 정도였다. 게다가 목 위로 혈관이 밧줄 두께로 툭 튀어나왔다.

마지막으로 그는 정신을 차리고 집 밖으로 뛰어나왔다.

뽕나무 열매 가까이에 다다랐을 때, 그는 문제에서 벗어났다. 숨을 못 쉴 만큼 그의 목에 꽉 끼어있던 고기 덩어리가 다시 그의 입 속으로 되넘어왔다.

그의 눈에는 눈물이 고였다. 그는 그 사이로 쐐기도 박아 넣지 못할 정도로 턱뼈를 꽉 물었다.

"뒈져, 개새끼."

그는 다시 그 고기를 삼켰다.

역시 이번에도 그 고기를 꿀꺽 넘길 수가 없었다. 고기는 목에 걸렸고, 더 이상 아래로 내려가거나 위로 올라오지 않았다.

그는 두 손을 허공에서 허우적댔다. 마르고, 홀쭉한 그의 몸이 휘청하며 넘어지더니 털썩 땅으로 쓰러졌다.

그는 땅 위에서 온 몸을 끔찍하게 떨었다. 마침내 떨림이 멈출 때까지, 소리 없이 버둥거렸다.

아무도 그가 사라진 것을 알아채지 못했다. 그가 그곳에 있었는지, 그가 살았었는지 조차도 알지 못했다.

끼시 셔무 요시커

Kis Samu Jóska

두 사람은 에르데이[13]의 국경지대에 위치한 한 마을 출신이지만, 마치 세케이 족처럼 시끌벅적했다. 그들은 언제나 즐거워하고, 언제나 유쾌했으며, 항상 둘이 함께 다녀서 결국에는 이름을 붙여서 하나로 부르게 되었다. 연대 전체가 그들의 소문을 알게 되었다. 한 젊은이의 이름은 끼시 셔무이고, 다른 하나는 셔무 요시커로, 두 사람을 합쳐 끼시 셔무 요시커가 되었다.

"이봐" 끼시 셔무가 말했다. "나 배고프기 시작해."

그 때 두 사람은 이미 이틀을 굶은 터였다. 온 천지에 아무 것도 없었다. 정찰대로 미리 철책 근처로 파견되었던 것이다. 철책 뒤에는 넓은 초원이 펼쳐져 있었다. 밤이 되면 몇몇 군인이 철책을 넘어갔는데, 그들이 가져온 것조차 음식이 아니고 탄약통이었다.

"친구, 우리 무얼 먹지?" 셔무 요시커가 말했다.

"뭐가 있는데?"

"나한테 물이 있어."

"나한테는 아직 소금이 있어."

"다행이네, 스프 끓이자."

"뭐로?"

"풀로."

"그게 맛있을까?"

"물론 맛있지."

"잠깐, 그건 맛이 없을 거야. 내가 퍼레이[14] 스프를 끓일게, 그게 더 맛있을 거야."

"하지만 페레이가 없어."

"캐면 되지. 이 넓은 들판 어딘가에 있을 거야. 우리 엄마는 집에서 나가기만 하면 금방 요리에 쓸 만큼 캐 오셨어."

"그럼 진짜 좋겠다."

---

13) 헝가리의 동쪽에 위치한 카르파티아 지역. 현재는 루마니아 땅이다.
14) 시금치 종류의 하나. 보통은 말들이 많이 뜯어먹어서 말시금치라고도 부른다.

그 말을 하며 그들은 웃었다. 하지만 뭉개진 덤불을 끝까지 엎드려서 헤매 다녀도, 그들이 요리하고자 하는 퍼레이는 하나도 캐지 못했다.

"자, 이봐, 내가 철조망 앞쪽으로 나가볼게. 거기는 아무도 안 다녀서 풀이 무성하니까, 거기서는 발견할 수 있을 거야…"

"나도 갈게."

"한 사람이면 충분하니까 오지 마. 그까짓 퍼레이 때문에 너까지 거기 갈 필요 없어."

"그렇다면, 내가 갈게."

"나를 앞질러서 네가 먼저 들판에 있는 풀을 따려는 거군. 내가 너를 알지."

그 말을 하면서 끼시 셔무는 벌써 쇠 가시가 솟은 철조망 밑으로 빠져나갔다.

그는 크고 뚱뚱한 두더지처럼 천천히 앞으로 미끄러졌다. 풀마다 만져보고, 냄새를 맡아보고, 잎의 맛을 보았지만, 어머니가 따오시곤 하던 그런 부드럽고 달콤한 잎사귀는 찾을 수가 없었다. 하지만 어머니와 고향은 멀리 있었다.

그는 기어갔다, 계속 앞으로 기어갔다. 푸른 풀 속을 부드럽게, 조용하게 기어가는 건 정말 좋았다. 풀에 베이면서, 높이 솟아서 낫질을 해야 할 정도로 자란 풀벼[15] 속에 그의 머리를 놓은 채 기어갔다.

러시아군의 진지가 멀지 않은 것은 분명했다. 백 미터 떨어진 곳에 러시아 군의 참호가 있었다. 그렇지만 참호와의 사이에 빽빽하게 지리난 덤불이 있었다. 풀들이 얼마나 높이 자랐는지, 무릎을 꿇고 일어서도 밖에서는 풀밭에 무엇이 들어 있는지 아무 것도 보이지 않았다. 끼시 셔무는 앞으로, 앞으로 갔다. 왜 가는지, 어디로 가는지 알지 못했다. 그저 달팽이처럼 미끄러져갔다. 눈은 거의 감겼고, 자신이 앞으로 나가고 있음도 눈으로는 거의 알아채지 못했다. 똑바로 서 있던 연약한 풀이 그의 몸 아래로 구부러지면서 그가 여기 있다는 사실을 알게 해 주었다.

어느 순간 무언가 이상한 소리가 그의 귀를 때렸다.

처음에는 겁을 먹고 귀를 기울였다, 그러고 나서 소리가 나지 않도록 낮게 웃기 시작했다.

코고는 소리가 들렸다.

저 사람 지금 뭐 하는 거야?

이 넓고 둥근 하늘 밑에서 저토록 편하게 잠을 잘 수 있는 사람은 누구일까? 그가 눈을 들어

---

15) 원문은 perje. 볏과에 속하는 풀의 종류.

위를 바라보니, 깊고 푸른 하늘만이 보였다. 동쪽으로부터 새하얀 구름이 하늘 위에서 헤엄치고 있었다. 맙소사, 이 사람은 어떻게 이 낯선 곳, 적들 사이에서 잠을 잘 수 있는 걸까… 육체가 휴식을 요구했다. 고향에서 하루 일이 끝나면 사람들은 어떻게 집으로 갔던가. 짚을 보관하는 곳에 있는 부드럽고 푹신한 짚 속으로 들어가 누우면 아침까지 세상모르게 잤다. 한밤중에 말들이 히힝거리기 시작하면, 그때 일어나 비몽사몽 자신이 해야만 하는 일 즉 말에게 먹을 짚을 놓아주었다… 그리고 모든 것에 익숙해 질 수 있었다. 지금 끼시의 눈이 졸려서 감겨왔다. 하지만 잠들어서는 안 될 이유가 있었다… 그런데도 조용하고 달콤하게 잠자는 러시아 군인으로부터 그를 매혹하는 어떤 꿈 자락이 펴져 나온 듯, 그의 눈꺼풀에 달콤한 꿀이 발라진 듯했고, 그의 이마가 멍하게 느껴졌다. 부드러운 흙 둔덕에 기대기만 하면 이 세상에 대해서, 문제와 피곤과 끔직한 배고픔에 대해서 잊어버릴 수 있었다. 그래서 그는 자신을 가장 달콤한 꿈속으로 넘겨주려고 했다…

하지만 갑자기 다른 생각이 떠올랐다. 스프를 끓이려고 철조망 뒤에서 달콤한 풀을 기다리는 셔무 요시카라는 친구가.

갑자기 그의 눈에서 잠이 달아났다… 그의 목숨은 분명 대단한 가치가 없었다. 벌써 다른 사람들이 수천, 수만 명 죽었다. 세상이 창조된 이래로 몇 사람이나 죽었을까. 또 누구나 앞으로 언젠가 죽는다… 하지만 셔무 요시커가 맛난 풀을 기다린다…

끼시 셔무는 고통스럽게 생각했다.

그는 앞으로 나가기 위해서, 자기가 가진 모든 힘을 다 기울였다. 그리고 앞으로 나갔다. 도마뱀처럼 계속해서 천천히.

그런데 그의 앞에 러시아 군인이 있었다.

풀 속에 누워 있었다, 초록색 옷을 입고 몸을 쭉 뻗고 누워 있었다. 모자는 머리에서 반은 벗겨져 있고, 땀에 젖은 따뜻한 이마 위에 긴 금빛 나는 갈색 머리카락이 딱 붙어 있었다. 입을 조금 벌린 채 잠든 얼굴이 어린 아이의 얼굴처럼 부드럽고, 평화스러웠다. 그는 저만큼 풀이 난 언덕에 누워 있었다. 무기는 손에서 벗어나 있고, 빵 가방이 그의 옆에 있었다. 엄마 품에 안긴 젖먹이 아기처럼 그는 아주 행복하고 편안하게 아무 걱정이 없었다. 그의 머리를 때리거나, 머리에 입을 맞추거나, 어떤 일이 일어난다고 해도 아무 걱정이 없었다… 도대체 이 러시아 군인은 뭘 믿고 자신을 맡긴 걸까? … 성스러운 대지가 그의 아래에 있었다. 그는 땅의 따뜻한 맥박을 러시아 군인의 조용한 숨소리와 함께 느낄 수 있었다.

끼시 셔무의 눈이 반짝였다. 번득이는 순간이었다. 그는 러시아 군인이 얼마나 깊이 잠들어 있는지를 살피고, 탐지했다.

그 후에 그가 손을 뻗었다, 손에 꽉 쥔 날카롭고 뾰족한 검을 쭉 내밀었다…

러시아 군인의 몸에서 1센티미터 떨어진 곳에서, 풀어진 단추 사이로 보이는 털이 난 붉은 피부가 부풀었다 줄어드는 가슴께에서, 그의 손이 멈추었다… 단단한 쇠 검이, 무자비한 살인자가 마치 스스로 멈춘 것처럼, 망설이는 것처럼, 어떤 아름답고 진실한 생각에 영향을 받아 흔들리고 있었다. 그러고 나자 끼시는 검을 거두더니, 다른 손으로 잡았다.

끼시 셔무는 거친 손으로 러시아 군인의 장총을 움켜잡고는, 풀 위로 들어 올렸다… 무기와 권총은 살아있는 인간의 영혼과 결합되지 않은 채로 있다면 얼마나 순종적인 동물인가. 이미 러시아 군인의 목숨은 헝가리 군의 손아귀에 있었다… 그는 다시 손을 내밀었다. 헝가리 군인의 손이 앞으로 뻗어 나가더니, 갈색 빵 자루를 들어 올렸다…

그에게 다른 것은 필요 없었다.

그는 다시 한 번 벌건 피부의 잠자는, 덩치가 큰 사람을 살펴보았다. 그는 이미 젊은 사람이 아니었다. 길게 듬성듬성 나있는 금빛 갈색 수염이 그의 얼굴위에 솟아있었다. 삶이라는 전투에서 늙어버린 가장의 얼굴처럼, 군인의 모습은 피곤해 보였다.

'잘 자게, 동지' 끼시 셔무가 혼잣말을 했다. 그 말과 함께 장총과 빵 가방을 목에 걸고는 뒤쪽으로 미끄러지기 시작했다.

코고는 소리가 들려왔다. 그 소리에 끼시는 깜짝 놀랐다. 소스라칠 듯 놀랐다. 그가 불행하게도 잠에서 깨어난다면, 그 때에는 그를 죽여야만 했다.

아주 작은 소리에도 죽은 척 가만히 있는 벌레처럼, 그는 소리를 내지 않고 기다리다가 아주 오랜 시간이 지난 다음에야 다시 출발하기 시작했다…

그는 이렇게 길을 떠나, 간 길을 되돌아왔다… 눈 속에 찍힌 두 쌍의 발자국이 앞에 작은 것 두 개, 뒤에 큰 것 두 개가 있으면 토끼가 걸어간 길을 알아볼 수 있다. 혹은 어긋난 발자국에 긴 꼬리로 부드러운 눈을 쓸어놓은 것을 보면 여우의 길도 알아 볼 수 있다… 하지만 사람의 길은 그보다 훨씬 심각했다. 살아있는 풀이 흩어져서 배수구의 도랑처럼, 초원에 길이 새겨져 있었다.

전선 아래로 기어 들어왔을 때, 그는 초소에서 셔무 요시커를 찾았다. 그는 앉은 채로 자고 있었다. 러시아 군인처럼 깊이 잠들어 깨어나지 않았다.

잠을 자면, 큰 벌을 받았다. 막대로 맞거나, 묶이거나 아주 위급한 상황에서는 머리를 쏘아 죽였다… 그런데 이 녀석도 자고 있다니… 불쌍한 녀석은 달콤한 풀이 도착하기까지 기다리지 못했다.

"이봐, 이봐…" 동료가 그를 흔들었다. "자, 자…"

정신을 차리게 할 수 없었다.

"여기 먹을 게 있어!"

셔무 요시커가 졸린 눈으로 불룩한 빵 가방을 보더니 눈을 크게 떴다.

그는 친구를 가만히 바라보더니, 머리를 내저었다. 어떻게 된 것인지를 이해한 것이다.

빵 가방 안에는 정말 이상한, 정말 특별한 것이 들어있었다. 두 사람은 그걸 보고 눈이 휘둥그레졌다.

손으로 만든 정말 이상한 물건이 들어 있었다. 아주 작은 아기 요람이었다.

셔무 요시커가 요람을 손에 잡았다. 손바닥 위에 올려놓고 살펴보았다. 완벽히 정교한, 작지만 멋진 요람이었다. 주머니칼로 파서 만든, 아주 작고, 흔들거리기까지 하는 요람이었다.

그들은 입을 다물고, 바라보았다.

태양이 하늘에서 뜨겁게 내리 쪼였다. 그늘이 없는 곳이기 때문에 그들은 거의 정신을 잃을 지경이었다. 이마에서 땀이 방울져 흘러내렸다. 땀이 그들의 눈가로 흘러 모여, 아래로 떨어졌다.

셔무 요시커의 눈물이 작은 요람 가운데에 떨어졌다.

"친구, 이걸 어디서 주웠어?"

"저쪽에 한 사람이 혼자 떨어져서 자고 있어." 끼시 셔무가 말했다.

셔무 요시커가 머리를 저었다.

그들은 입을 다물었다. 한 사람은 "우리 딸 뵈지에게 이것을 주면 좋을걸! …"이라는 말이 하고 싶었다… 하지만 입 밖으로 내지는 않았다. 그냥 입을 다물고 있었다. 다른 한사람도 "집에 가져가서 자네 딸 뵈지에게 줘!"라는 말이 하고 싶었다… 하지만 그도 이 말을 하지 않았다.

그들은 빵을 잘라서, 천천히 먹기 시작했다. 하느님이 주신 빵을 한 입에 들어갈 덩어리로 잘랐다…

어느 순간 셔무 요시커가 말했다.

"이봐."

"왜 그래?, 친구"

"그 혼자 떨어져 있는 사람이 자고 있는 데가 어디야?"

"저쪽 아래."

그 말을 하면서 그들은 계속 먹었다. 어느 순간 끼시 셔무가 입을 열었다.

"에이 참, 내가 만들 수 있었다면 좋았을걸…"

그리고 그들은 다시 계속 먹었다.

셔무 요시커가 또 다시 말했다.

"나도 우리 딸 뵈지에게 이런 것을 만들어 줄 수 있으면 좋을 텐데."

그리고 요람을 꼼꼼하게 살펴보고, 눈으로 요람의 형태를 익혔다.

그러자 끼시 셔무가 말했다.

"멋져, 마술을 부려 만든 건 아니야."

셔무 요시커가 그에게 말했다.

"그래."

끼시 셔무가 다시 말했다.

"이리 줘, 친구…"

"나보고 달라고? … 안 돼…"

"그러지 말고 이리 줘 봐, 내가 먹어치우려고 그러는 게 아니야."

"네가 뭘 원하는지, 난 모르겠어. 하지만 난 이걸 돌려주고 싶어."

"내가 가져 왔는데, 네가 어떻게 갖다 줘?"

"나는 알거든… 나도 자식이 있으니까… 왜 이걸 만들었는지, 난 알거든! …"

그는 더 이상 말을 하지 않았고, 돌아서 다른 길로 출발했다. 목이 메어서 말을 할 수 없을까 겁이 났다.

"자, 빈 요람만 가져가지 말고, 그 속에 뭔가 넣어가야지." 끼시 셔무가 퉁명스레 말하며, 빵을 한 덩어리 떼었다… "누가 아냐, 그 모스크바 인이 언제 다시 빵을 배급받을지."

그 모스크바 사람은 깨어서 그곳 풀밭에 앉아 있었다. 무슨 일이 일어났는지 몰라 고개를 숙이고 있었다.

사람 얼굴이 그 앞에 나타나자, 그때 그가 정신을 차렸다.

셔무 요시커가 손짓을 하고 한 쪽 손바닥 위에 요람을 얹어서 그에게 내밀었다.

그 모스크바 인은 놀라서, 겁을 내면서 핏발 선 눈으로 쳐다보기만 했다.

"자, 가져 가." 셔무 요시커가 다정하게 말했다. "그 속에 들어 있는 건 다이너마이트가 아니야. 뭔지 알잖아!"

그러자 러시아 군인이 요람을 가져갔다. 두 아빠는 서로를 바라보았고, 재빨리 몸을 돌렸다. 두 사람 모두 전쟁터에서 사나이 눈에 눈물이 맺히는 걸 부끄러워하고 있었다.

가난한 사람들

Szegény emberek

가난한 두 사람이 정원의 위쪽 땅을 갈고 있다. 두 사람은 번갈아서 삽으로 땅을 갈아엎는다. 노인은 계속해서 말을 한다. 그러자 젊은 사람은 정신이 없어서 무기력하게 일손을 멈춘다. 노인은 쓸데없는 말로 몇 번이나 젊은이의 일을 방해했는지 모른다.

젊은 일꾼은 힘이 있어 보이고, 검은 머리카락을 지녔다. 닳아빠진 갈색 옷을 입고, 군화를 신었으며 아주 이상하게 생긴 군모를 쓰고 있다. 이런 차림은 10개월, 아니 15개월 혹은 20개월간 참호에서 지낸 군인에게, 기력이 다 빠지고 뼈만 앙상한 채 길 끝까지 무감각하고 기계적으로 발을 질질 끌며 걸어가는 군인에게서 볼 수 있는 모습이었다.

"할멈에게 오늘 마늘을 묻으라고 했지." 부인을 언제나 할멈이라고 들먹이는 노인이 말했다. 그는 다시 일손을 멈추고 삽자루에 몸을 기댔다. "이때쯤 씨 마늘을 땅 속에 묻어야해. 가을에. 그래야 봄에 잘 자라."

"서리를 맞아 죽지는 않나요?" 젊은 사람이 어리둥절해 하며 말했다.

"아니야. 절대 그렇지 않아. 땅속에 있으면, 서리는 마늘에 절대로 해를 입히지 못해. 흙이 마늘 위에 덮여있으면, 흙에 감싸진 상태로 있으니까, 서리가 해를 입히지 못하지… 하지만 지금은 마늘도 비싸."

젊은이는, 누가 발이라도 밟은 듯, 오그라든다.

"모든 게 다 비싸요." 그가 어두운 목소리로 말했다, 그리고 삽을 들었다.

"모든 게 아주 비싸." 노인도 고개를 끄떡였다. "엄청나게 비싸. 빵 1킬로에 26크로이짜르[16]야. 비싸지 않다 해도 살 수가 있어야 말이지. 이 세상 어디를 간다 해도 빵을 구할 수가 없다고. 우리 마을에 어떤 관리가 들어왔는지는 모두가 알지, 그래서 우리는 밀가루를, 배급 밀가루를 받을 수가 없단 말일세. 다른 마을에서는 어디서나 인정이 넘쳐 흐르는 게 보이는데, 우리 마을만 그렇지 못해. 얼마 전에 할멈이 와서 말하더군. 그 관리가 자기를 욕하는 사람은 혼줄 날거라고 했다나.

---

16) 헝가리가 합스부르크의 지배를 받으면서부터 1892년까지 사용한 화폐의 단위. 100크로이짜르는 1포린트나 1펭궤.

노인은 머리를 흔들며 피식 웃었다.

"하지만 요즘 같은 세상에 공무원을 욕하기는 얼마나 쉬운가."

젊은이는 엄숙하게 노인의 눈을 쳐다보고, 아주 거대하고 엄청난 사실을 알려주는 것처럼 이렇게 말했다.

"이스트반 아저씨, 아시다시피 제가 집에 온지 삼일 되었습니다. 하지만 전 정말 이해할 수가 없습니다. 이건 추악한 세상이에요! 아시잖아요… 전 무려 26개월간 전방에 있었지만, 부족한 것이 아무 것도 없었어요."

"그랬겠지."

"먹을 것, 마실 것이 다 있었어요. 사람들이 다 못 먹을 만큼 소고기가 많았어요. 어떤 사람들은 고기에 물리기도 했지요."

"휴! 여기도 그러면 좋겠구먼. 여기선 쇠고기 1킬로가 12코로나[17]야. 가격이 그렇다고들 하더군. 나야 사 본 적이 없으니까."

젊은이가 노인 반대편에서, 흐린 눈으로 오랫동안 쳐다보았다.

"아침은 무얼 드셨어요?"

"그러니까… 저번에 세르비아 사람인, 꼬바치 야노시에게 아주 좋은 파프리카를 사 놓은 게 있었어, 이곳에 세르비아 사람이 사라진 이후로 그가 장사를 하거든… 파프리카 12개를 10크로이짜르에 샀지. 비싼 건 아니야. 빵하고 파프리카를 두 개 먹었네."

군인은 벌써 귀를 기울이고 있지 않았다. 그의 눈길은 다시 저 먼 곳, 자기 자신 속으로 들어가 헤매고 있었다. 하지만 노인은 계속했다.

"할멈이 점심으로 아주 싱싱한 오이를 식초에 절여 놓았대. 그거하고… 빵을 먹어야지. 저녁 먹으러 집에 가면 할멈이 요리를 해놓았을 거야. 되는 대로 콩 스프나, 감자 스프를 준비하지. 오늘은 양배추 스프야. 내가 집 마당에 감자하고, 양배추를 키우거든. 올해는 수확이 많지는 않지만 그런대로 괜찮은 편이야. 그나마 하느님께 감사할 일이지…"

"밀가루는 있나요?"

"밀이 2미터 쯤 자랐어. 아주 깨끗해. 밀가루를 빻으려면 제분허가서를 받아야만 하는데. 그걸 받았지. 할멈이 배급 밀가루도 타오고."

---

17) 1892년부터 코로나가 주 화폐단위가 됨.

"기름은 있나요?"

"있지. 내가 말한 대로 남아 있다면, 얼마나 좋을까. 거짓말 하는 게 아니라면 한 2리터쯤 있을 거야."

"장화는 있나요?"

"글쎄 장화라면 사실 없어. 이 발목 짧고 끈으로 묶는 신발을 샀네. 누가 60펭궤로 장화 한 켤레를 살 수 있겠는가, 그래도 이나마 발목 짧은 신발로 대용할 수 있어서, 아주 좋아."

그는 천천히 노인에게서 눈을 돌렸다.

"제겐 28일의 휴가가 있습니다. 이곳에서, 28일이 뭡니까! 지금 이틀 동안 버르거 씨네 집에서 일했죠. 그리고 저녁에 4펭궤를 받았습지요. 아내가 30크로이짜르를 주고 우유 1리터를 사고, 2포린트 50크로이짜르 주고 250그람의 베이컨을 샀어요. 큰 빵 두개와 작은 빵 하나를 1포린트 10크로이짜르 주고 사니, 단 돈 10크로이짜르가 남더군요… 28일 일해서 뭐가 될지…"

"해가 점점 짧아지니 그나마 일당도 줄어들 걸세." 노인이 말했다.

"겨울동안 먹고 지낼 것이 아무 것도 없어요… 애는 셋인데…" 그는 마치 폐에서부터 찢어져 나오듯, 무거운 낱말로 말했다.

"자식이라! … 어리석은 일이야!" 노인이 말했다. "정말 어리석은 일이구만. 제 핏줄이 여러 사람을 괴롭히지. 애를 만들면, 애들은 아버지가 어떻게 해서 먹을 것을 구해오는지 묻질 않아. 애들은 고통만 유발한다고. 훔치러 가게나! … 이웃에게 달라고 해봐. 주지 않으면 머리통을 부수어 버리라고…

노인은 늙고 게으르고 짙은 목소리로 연이어 다른 말을 했다. 하지만 젊은이는 온 몸이 마비된 듯, 거의 얼어붙은 듯, 노인을 뚫어지게 바라보았다. 그의 눈이 점점 흐려지더니 천천히 눈꺼풀이 내려왔다. 머리에 현기증이 나자 그는 몸을 삽의 손잡이 위로 기댔다. 아마 기대지 않았더라면 갑작스러운 현기증으로 쓰러졌을 것이다.

"일이나 합시다!" 그가 투덜거리며 말했다.

"애들은 어른 생각은 하지 않는 법이야." 노인도 삽을 향해 몸을 돌렸다. 그리고 편안하게 일을 할 준비를 했다. "애들은. 배가 고프면 야단스럽게 울지… 그것만으로도 부모 마음을 찢어 놓잖아…"

삽은 땅속 깊이 파내려갔다. 노인은 대 여섯 번 삽질을 하더니, 또 다시 말을 하지 않고 견디질 못했다.

"자네 삽이 안 좋아. 이런 단단한 땅에는 적당하지 않은 삽이야. 그런 삽을 가지고는 일 하기가 어렵지. 힘만 빼거든. 삽자루가 너무 길어. 이런 단단한 땅에는 자루가 짧은 삽이 필요해. 강철삽이. 내 것처럼 말일세. 자루가 너무 길지 않아서, 땅속으로 잘 들어가지. 발로 밀어 넣는 자리도 있지. 여기에 발을 대고 누르면 일에 속도가 붙지. 괭이도 내 것은 강철 괭이야. 얼마나 좋은가. 이 강철괭이만 있으면 이곳에 사는 사람들이 가진 어떤 괭이라도 다 부러뜨릴 수 있지."

젊은이는 노인의 삽을 건너다보았다, 그리고는 크게 한숨을 쉬었다.

그리고 자신의 삽을 슬쩍 쳐다보았다. 약한 삽, 휘지 않도록 조심해서 다루어야만 했다. 이런 삽으로 이렇게 딱딱한 땅을 파는 것은 너무 힘들었다.

그 순간 그는 자기가 그 집 안으로 들어가는 모습을 분명하게 보았다. 왼쪽 모퉁이에 장롱이 있었다. 주인 여자가 장 속에서 돈을 꺼냈다. 그 장이라면 못 하나로 억지로 비틀어 열 수 있을 것이다. 그 속에는 돈이 가득 들어있다, 수천 크로이짜르가! …

"그래, 공격해 봤나?" 노인이 물었다.

젊은이가 눈을 들었다, 눈앞에 세상이 흐릿하게 나타났다, 그는 노인의 말을 알아듣지 못했다.

"공격해 봤겠지. 여러 번 했겠지."

그는 끄덕거리기만 했다. 목소리가 나오질 않았다.

"끔직한 잔치였겠군." 노인이 약하게 웃었다, 그리고는 고개를 갸우뚱거렸다. "서로서로 칼을 들고, 목구멍을 찌르려고 했겠지… 제일 처음 누구를 죽였나? … 사람…"

젊은 일꾼은 전전히 움직였다. 그 말을 뒤늦게 알아들은 것처럼.

"어른이 아니라." 그는 머리를 흔들며 조용히 말했다. "여자 애를, 어린 여자 애를 처음으로…"

"어린 여자 애를" 노인이 자연스럽게 말했다, 세상에서 가장 단순한 일에 대해 말하는 것처럼.

"샤바츠[18]에 있을 땝니다." 젊은 사람이 약간 떨며 아주 천천히, 얼이 나간 목소리로 말했다. 머뭇거리며 군모 아래로 눈썹을 끌어올렸다. 생각하면서, 기억을 더듬으면서. "어떤 집에서, 창문 너머로 총을 쏩디다, 세 방을 쏩디다. 총알 하나가 제 옆을 지나가 돌에 맞았지요. 두 번째 총알은 요리사를 맞췄는데, 빵 자루를 뚫고나가 허벅다리를 찢어 놓았죠. 세 번째 총알은 분대장의 왼쪽 볼에 들어갔는데, 얼마나 운이 좋던지 이빨만 두 개 뽑아내고는 다시 튀어나갔어요. 그러자 대장 유로비치가 병장에게 사병 여섯 명을 데리고 집안으로 들어가, 집에서 발견되는 사람은 모두

18) 세르비아의 서쪽에 위치한 도시.

다 죽여 버리라고 명령을 내렸습니다. 아이들까지도 죽이라고.

그는 태연하게 아주 진지하게 말했다, 하지만 그의 손은 무의식적으로 삽의 손잡이를 만지고 있었다. 그리고 계속해서 언제 출발할지, 늦을 텐데… 생각했다. 누군가 집에 오면 그때는 일을 끝낼 수가 없었다… 시작한 이야기를 그만 두고, 곧바로 출발하기 위해 그는 멈추었다… 하지만 다리가 움직이려고 하지 않았다, 손이 삽자루에서 떨어지려고 하지 않았다… 그의 혀가 다시 움직이더니, 이야기를 이어갔다.

"그래서 그 집으로 들어갔습니다. 낮은 연립 주택이었죠. 아래에도 집이 있고, 위에도 집이 있어서, 세 명은 아래에 있는 방으로 갔어요. 아랫집으로 내려간 사람들이 무슨 일을 했는지는 모르겠습니다. 나는 병장님과 다른 사병 둘과 함께 윗집으로 들어갔습죠. 그곳에 방이 잘 정돈되어 있더군요. 고급스럽게 정돈되어, 가구와 모든 것이 다 있더군요… 탁자가 하나 있고, 그 주위에 의자들이 놓여 있는데. 탁자 위에 식사 준비가 되어 있었어요. 음식이, 점심식사가 차려져 있었죠… 딱 정오였고, 점심시간이었거든요. 사람들이 의자에 앉아 있었지요…"

"그랬군."

"그래요. 점심을 먹고 있더군요… 하지만 병장님은, 저승사자처럼 '당장!'이라고 말했어요… 사람들의 손에 포크가 들려 있고 나이프도 들려 있고, 식사하는 중 이었어요… 창문은 닫혀 있었어요… 그 사람들은 총을 쏘지 않았더군요… 나중에 천장에 있는 한 여자를 붙잡았어요. 가정부였는데, 그 여자가 천장에서 총을 쏘았더군요… 무슨 이유였는지. 우리가 두 줄로 거리에 나타났을 때에, 자기가 총을 쏘아야한다고… 한 멍청이 가정부가 왜 그런 생각을 했는지. 결국 그 여자를 세 번 쏴야했지요."

"그리고 자네들은?"

"저희요?" 젊은이가 물었다, 마치 꿈에서 깬 것처럼.

노인이 말없이 쳐다보았다.

"그 다음에 모두 죽여 버렸나?"

"총검만 사용해서…" 군인이 투덜거렸다.

"제일 처음 어린 여자애를 죽였단 말이지? …"

"네?"

"자네가 말했잖아, 제일 처음 여자 애를 죽였다고…"

하지만 군인은, 의식이 멈춘 듯, 멍하니 자기 앞만 바라보았다. 어딘가 저 먼 곳에 신경을 쓰고 있는 듯 했다.

“큰 여자애였나, 아니면 아직 어린 여자애였나? …”

“잠깐만요” 젊은이가 급하게 말했다. “잠시 집에 다녀오겠습니다, 집사람에게 상자 열쇠를 어디 두었는지… 말하는 것을 잊었군요.”

그는 재빨리 삽을 땅속에 꽂았다.

“지금 탑에서 종이 열 번 울렸지요?”

젊은이 자신도 거짓말을 입 밖으로 내고 나서야, 저 멀리서 울리는 시계 종소리에 귀를 기울이고 있었다는 사실을 비로소 알아차렸다. 그는 밤에 이렇게 하기로 결심했다. 시계가 아홉 번 울리면 출발한다. 하지만 출발하기 전에 열시라고, 말해야 한다. 나중에, 사람들이 심문하게 된다면, 그가 10시쯤 이곳에 있었다는, 증거가 될 것이니까…

노인은 고개를 흔들었다. 그리고 군인의 뒷모습을 바라보았다. 닳아빠진 군화를 끌면서, 구겨진 회색 모자를 눈 밑까지 끌어당겨 쓴 채 성큼성큼 걸어가는 군인을.

“저 사람이 뭐라는 거야?” 노인이 낮게 혼잣말을 했다. “벌써 10시라고.”

노인이 주머니에서 니켈 시계를 꺼냈다, 그리고 자세히 들여다보았다.

9시였다, 정확히 9시에서 3분이 지나 있었다.

군인은 길로 나갔다, 천천히 규칙적인 걸음으로 앞 쪽으로 성당 방향으로 나아갔다.

미리 생각해 둔대로, 그렇게 걸어갔다. 느리지도 않고, 성급하지도 않게, 하지만 약간 빠른 걸음으로 걸어갔다. 일을 하다가 잠깐 가는 것이기 때문이었다. 서둘러야만 했다… 그는 누군가 아는 사람이 보지 않는지, 인사를 해야 하는 사람을 만나지 않는지 주의를 기울였다. 그런데 턱수염을 기른 사람이 울타리 너머에서 바라보자, 마치 예기치 못한 채 사형집행관을 본 듯 몹시 놀랐다. 심장이 큰 망치처럼 쿵쿵 소리를 내며 그의 가슴을 때렸다. 마치 경보를 울리기 위해 종을 칠 때처럼.

성당 옆에 높다란 라일락 덤불 가운데에 있는 어두운 길로 들어서야 했다. 덤불은 벌써 앙상해질 대로 앙상해져 있었다, 나뭇잎은 노랗게 되어 땅에 떨어져 있었고, 왼편에는 어린 호두나무들이 길 옆에 서 있었다. 그 너머에는 갈아엎은 크고 넓은 정원이 있었다. 오른쪽에는 깊은 고랑과 틈이 있고 고랑의 바닥에는 작은 시내가 졸졸 흘러내리고 있었다. 그 도랑을 넘으면 바로 그 집이었다.

그는 보는 사람이 없는지 주위를 둘러보았다.

이 근방엔 아무도 살고 있지 않았다, 아무도 지나다니지 않았다. 그는 도랑 안으로 미끄러져 들어갔다. 슬며시 미소를 지었다. 그전 같으면 이 도랑 속으로 숨어 다니리라는 생각을 미처 하지 못했으리라. 볼품없는 아카시아 나무 구덩이, 이런 구덩이 속으로는 애들이 들어오는 것조차 어리석은 일이다. 하지만 그는 군대에서 무엇을 배웠던가? … 어떤 곳으로 다녔던가, 어떤 마을 어귀에서, 적을 쫓아 살금살금 기어 마을로 들어가거나, 정찰대를 생포하고, 집을 뒤지고, 마을을 불태우고, 돼지나 닭을 죽이고, 암소의 배를 찢어 반으로 가르고, 나머지는 그곳에 내버렸다. 휴가 나와 집에 온 이후 처음으로 마음에 드는 장소에 온 느낌이었다. 산다는 게 뭐란 말인가… 이게 진짜 삶이다. 싸워야한다! 정신을 집중해서 적을 찾아내고, 뒤에서 역습하기… 적군이 몇 명이며, 얼마나 많은 위험이 산재해 있다는 사실을 거듭 생각한다면 숫자가 적은 헝가리 군인이 어떻게 살아남을 수 있겠는가? 한 가운데로 뛰어들어라! … 이 순간에 법은 없다, 정의도 없다! 단지 힘만이, 의식만이 있다. 견디어 내는 사람이 얻어낸다. 이까짓 고랑을 건널 수 없단 말인가? 이태리의 둑은 높이가 1,000m, 폭이 2km, 깊이가 500m였는데 한 뼘의 땅도 없었다. 유탄이 사람을 건드리지 않으면, 쇳조각이 사람을 잘라 놓아, 내장이 밖으로 튀어나오게 했다. 모든 것을 흩어 놓고, 돌을 부수고, 땅을 부수고, 쇳조각으로 뒤덮었다. 이곳에서 밀이 이랑을 덮고 있는 것처럼… 쏟아지던 폭탄 비가 멈추는 때, 빌어먹을 땅 속으로, 폭탄이 떨어진 땅은 부어터진 눈을 벌리고 그 속으로 끌어내렸다. 폭탄은 그의 다리를 움켜쥐고 몸을 아래로 끌어내렸다. 대포가 입을 벌리고 모든 것을 손바닥만큼 작은 조각으로 만들었다. 허허벌판에 느닷없이 쏟아지는 폭우처럼 기관총은 총알을 뱉어내고, 여름에 쏟아지는 우박처럼 권총의 총알이 돌아갔다. 그런 곳에서 싸웠다, 죽음의 들판으로 가기 위하여, 오스러비아[19]의 무덤에 가기 위하여…

구덩이의 한 편에서 굶주린 늑대같이 살피는 잠깐 사이에, 빙빙 도는 그의 머릿속에는 계속해서 전쟁의 굉음이 불꽃을 튀겼다. 그런데도 마음 속 깊은 곳에는 전쟁터에서 결코 느껴 본 적이 없는 어떤 두려움이 숨어 있는 것 같았다,

명령이 있어야 했다. 명령을 내리는 상사가 서 있지 않았고, 속삭이듯 명령하는 병장도 없었다. 아무도 "개자식, 쏴버려…"라고 명령을 내리지 않았다. 차가운 땀방울이 그의 이마에 맺혔다.

마침내 그는 그곳에 한참이나 멍한 상태로 오래 있었다는 사실을 깨닫고, 밖으로 나가려 했다. 그러다 작은 아카시아 나뭇가지에 걸렸다. 화가 나서 가지를 떼어내려고 하는데, 가시 하나가 셔

19) 현재는 이태리 지역. 이태리와 슬로베니아 국경지대에 위치한 도시.

츠를 뚫고 잔인하게 손목 관절 속으로 깊이 파고들었다.

"이런 빌어먹을!" 투덜거리며, 가시를 잡아 뺐다. 가시가 빠지고 나자 피가 흘러 나왔다. 그는 입으로 상처를 빨아 낸 뒤, 도랑 밖으로 기어 나왔다.

무언가 걷잡을 수 없는 분노가 그의 마음속에서 치밀어 올랐다. 걷잡을 수 없는 화가 끓어올랐고, 눈에서 불길이 타올랐다.

"자 멈춰!" 그가 혼자 중얼거렸다. 누구에게, 무엇 때문에 나쁜 마음을 먹는지는 그도 몰랐다.

무거운 발길로 저벅저벅 걸으며 고개를 숙인 채 그 집까지 갔다. 도랑 옆에 울타리는 없었다. 풀 위를 지나 그 집까지 갔다. 몇 걸음밖에 되지 않았다. 집 모퉁이에서 멈추어 섰다. 가슴이 찌르는 듯이 아팠다. 입을 벌리고 노래를 부르던, 거만하고, 날카로운 눈빛의 졸병들을 생각했다. 만약 지금 졸병들이 날 본다면, 무슨 순찰을 다니는 거냐고 하겠지…

그는 두 눈을 부릅떴다. 지금은 가난이 대장이다. 지금은 가난이 명령한다… 그는 단단한 손가락으로 얼굴을 만졌다, 다시 한 번 그의 머릿속의 생각을 움켜쥐려는 듯이… 이렇게 해야 하나, 정말 이렇게 해야만 하나?

멀리서 자신의 목소리가 들려왔다. 그 목소리는 아내가 빚진 사람에게 '12시까지 드리겠습니다.'라고 말했다.

'12시까지 드리겠습니다! … 12시까지 드리겠습니다…' 오른쪽 왼쪽에서 유탄이 떨어져, 검은 땅에 무시무시한 원뿔 구덩이를 파헤치듯, 그의 속이 끓어올랐다. 그는 이렇게 거기에 서 있었다. 두들기는 소리, 우르릉거리는 소리, 미칠 듯한 폭음 사이에 서 있었다. 땅에서 시커먼 진흙이 하늘로 치솟아 올랐고, 언덕 위에는 세르비아 사람들이 시베리아 사람들의 숨통을 조이고 있었다… 그 때에 장교들이 칼을 뽑아들고, 입에서 입으로 명령을 전달했다. "내버려둘 수 없다… 돌진!"

그는 지금 머리를 앞으로 내밀고 불로 뛰어들듯이 달린다.

눈 깜짝할 사이에 일병은, 그 헝가리 사람은 불의 장벽을 뚫었다. 그는 언제나 돌격하는 데는 일등이었다! … 어느새 그는 캄캄한 부엌에 서 있었다.

그는 숨을 헐떡거렸다… 무기를 지니고 있는 것처럼.

허파에서 뜨거운 연기가 뿜어져 나왔다. 문 옆에 기대어놓은 쇠스랑으로 손을 뻗쳤다.

이제 어찌해야 하나.

부엌은 어두웠다. 나지막한 빈 화덕이 있고, 아래쪽에 하얀 칠이 된 오븐과 도자기 항아리… 그의 손에는 쇠스랑이 쥐어져 있었다. 버르거 가족도 전쟁이 일어나기 전에는 가난했다, 하지만 지금은, 소와 송아지를 팔아서, 엄청난 돈을 모았다…

"누구세요?" 방안에서 어린 계집아이가 소리쳤다.

군인의 입이 떡 벌어지며, 피가 멈추어 섰다.

"집에 있군." 그가 으르렁거렸다.

그의 시커먼 얼굴이 창백해지더니, 놀라서 뒷걸음질을 쳤다.

계집아이가 방문을 열고, 깜짝 놀라 눈을 동그랗게 뜨고 입을 벌린 채 쳐다보았다.

그들은 한동안 서로를 마주 보았다. 그는 서서히 알아차렸다, 그 아이가 버르거의 아이가 아니라 이웃집 써보 언드라시의 딸, 써보 에스테르라는 것을…

"집에 누가 있니?" 마침내 그가 쉰 목소리로 물었다.

"아 아니요."

"그럼."

"아침에 나가셨어요."

"나가셨어?"

"네, 장에 가셨어요. 아저씨도 보셨잖아요."

군인이 눈을 크게 떴다. '아하. 이게 벌써 공격하네. 이건 이미 적이로군.'

이 생각이 들자 그는 적을 굴복시켜야 하는 권리가 있는 듯 아주 침착해졌고, 눈은 더더욱 번득거렸다…

계집아이의 뒤쪽에서 버르거의 딸이 머리를 내밀었다. 이 아이도 아주 놀란 눈으로 그를 바라보고 있었다… 마치 그 소녀처럼 쳐다보았다, 그때 전쟁에 나간 초기에… 제일 처음… (죽여야 했던) 소녀처럼… 거기 셔버츠라는 마을에서… 그 소녀처럼 그렇게…

그는 쇠갈고리를 움켜쥐었다. 피가 심장으로 내려왔다, 그는 기다렸다. 명령이 내려지기를 기다렸다…

정신이 나간 채 창백한 얼굴로 아이들에게 달려들자, 아이들은 아무 말도 하지 못했다. 그의 머리에는 아무 생각도 떠오르지 않았다, 오로지, (돈이) 있어야만 한다는 것만, 알고 있었다.

"12시까지 드리겠습니다!" 그가 커다란 소리로 말했다, 그 말을 하면서 쇠스랑을 들어올려, 여자아이를 푹 찔렀다.

버르거의 아이를, 그 적군을… 쇠스랑이 목구멍 속을 뚫고 지나가서 피가 솟구쳐 나오는 걸 보았다. 이런 광경을 보는 것은 이미 익숙한 일이었다. 이러한 피를 벌써 잘 알고 있었다! … 몇 명의 머리에 구멍을 냈던가… 모두가 이렇게 피를 쏟아냈다…

그는 쇠스랑을 잡아 뺐다, 아이는, 작은 고무튜브처럼 어두운 방안에 쓰러졌다.

큰 아이가 아무 소리도 못 내고, 입을 딱 벌리고 덜덜 떠는 짐승처럼 군인의 하는 짓을 멍하니 바라보았다.

군인이 들어가라고 손짓을 했다.

소녀가 뒤돌아 들어갔다, 하지만 잠시도 군인에게서 눈길을 떼지 않았다.

군인이 뒤따라 들어갔다, 힘 있고, 규칙적인 군인의 걸음걸이로.

그는 큰 장롱을 보았다, 그 속에 돈이 가득 있을 것이다.

"열쇠 어디 있어?" 그가 말했다.

어린 소녀의 온 몸이 기계가 진동하듯 계속 떨렸다,

"열쇠 어디 있어?" 군인이 다시 소리쳤다.

"몰라요." 소녀가 웅얼거렸고, 이가 맞부딪쳤다.

"말 안 하면, 네 머리통도 부숴 버릴 거야."

"다른 방 장 속에 있어요."

군인이 소녀에게 손짓을 하자 소녀가 앞장섰다. 아이는 재빨리 경대 서랍을 빼내고, 자포자기한 상태로 서랍 속을 뒤졌다.

"빨리!"

소녀는 극도로 무서워하면서 몸을 웅크린 채 그를 올려다보았다.

"아줌마가 가지고 가셨어요."

군인이 경멸적으로 입을 씰룩이더니, 쇠스랑으로 아이의 배를 찔렀다. 하지만 쇠스랑의 날이 옷을 뚫지 못했다, 그래서 다시 쇠스랑을 잡고, 들어올렸다. 그리고 온 힘을 다해 찔렀다.

그러나 아이는 가격당한 순간 죽지 않았다. 그동안 아이가 몸을 돌렸다, 그래서 팔이 쇠스랑의 두 갈고리 사이에 있었다.

군인이 두리번거렸다, 탁자 위에 빵을 써는 큰 칼이 있는 것을 발견했다. 칼을 가지러 큰 방으로 돌아갔다가. 다시 되돌아왔다. 그리고 목을 두 번 찔렀다, 그리고 세 번째로 세게 내리쳐 목을 두 동강 내버리자, 머리가 바닥으로 떨어졌다.

"악마가 잡아먹어!" 그가 몸을 일으켜 세웠다.

그의 손은 피범벅이었다. 손에서 피가 땅으로 흘러 내렸다, 피가 침대 위에도, 장롱 위에도 튄 것을 보았다. 군인은 이걸 보고 다시 웃었다. 그들이 집에 돌아오면, 대단한 것을 보게 되겠군.

바로 그 순간 요람에서 어린 아기가 울음을 터트렸다.

군인이 그쪽을 쳐다보았다, 젖먹이의 입에서 쫄쫄이가 떨어져 아기가 우는 것을 알았다.

"자, 화내지 마라. 어린 도둑놈아" 그가 아기에게 말했다. "손을 수건에 닦게만 해 줘."

하지만 아기는 찢어지는 소리를 내며 울어대기 시작했다. 울음소리에 놀라 그가 아기에게로 뛰어갔다. 쫄쫄이를 쥐고 아기 입에 밀어 넣었다. 아이가 게걸스럽게 받아 물었고 잠잠해졌다.

"피가 좀 묻었어" 군인이 중얼거리며, 조용히 미소 지었다. "괜찮아, 네가 뭘 먹어서 통통해 졌는지, 넌 절대 모를 거야…" 그가 부드럽게 말했다. "내가 3일 동안 이태리 사람의 피를 먹었을 때…"

끔찍했던 9일이 떠오르자, 그는 아리게 입술을 끌어 당겼다. 도베르도이 언덕에서 이미 죽은 동료들을 앞에 두고 매복하고 있었을 때였다. 식량이 모두 동이 나 버렸을 때, 막 죽은 이태리 군인의 피를 빨아먹었다. 햄스터가 닭의 피를 빨아먹듯이.

그는 이제 다시 손을 닦았다, 아기의 봉긋한 얼굴을 넘겨-넘겨보았다…

도둑놈, 도적의 새끼… 혼자 중얼거렸다.

그러고 나서 칼로 장롱을 열어보려고 했다. 열리지가 않았다, 쇠스랑을 앞쪽으로 들었다, 하지만 먼저 아이의 몸에서 빼내야만 했다, 피가 흘러 나왔다. 이제 더 이상은 참을 수가 없어 장롱의 옆쪽 아래를 내리 쳤다, 전부 끌어냈다.

그는 장이 무너지게 하거나 큰 소리가 나지 않게 해야 한다는 것을 알아차렸다.

곧 갈색의 작은 린넨 자루를 찾아냈다. 어제 그들이 그 자루에서 돈이 가득 들은 가죽 지갑을 꺼냈었다.

손톱으로 차례차례 편안하게 자루를 묶어놓은 끈을 풀었다.

그리고 속에 들어 있는 것을 손바닥에 쏟았다. 그 속에 큰 가죽 지갑이 들어 있지 않았다.

'장에 가지고 갔군.' 그가 혼잣말을 했다. 자신에 대해 부아가 치밀어 올랐다. 간밤 내내 잠도 못 자고, 두 번이나 일어나면서 이것만을 생각했다. 아내가 "무슨 일이냐고" 물어보자, "총소리를 들었어…"라고 말했다, 정말 들었던 것이다… 하지만 완전히 잘못 생각했던 것이다, 모든 것을 다 헤아리지 못했다… 아이들을 집에 놔두고, 애를 보라고 이웃집 아이까지 불러다 놓고 가리라는 것을 염두에 두지 못했다… 오히려 아이들을 다른 사람에게 맡길 것이라고 생각했었다… 문이 열려 있을지 아니면 닫혀있을지, 생각하지 못했다… 돈지갑을 가지고 가리라는 것도 생각지 못했다.

“내 정신이 완전히 썩어 버렸군.” 그가 말했다. “솔로 털어버려…”

그럼에도 불구하고 작은 주머니에 얼마간의 돈이 들어 있자 그는 기뻐했다. 탁자위로 쏟아놓고, 셈을 했다. 지폐와 은 동전이 있었다. 모두 합쳐 145포린트와 몇 크로이짜르였다.

“많지는 않아.” 그가 말했다, 10포린트 두 개를 주머니 속에 집어넣었다. “빚진 것 전부를 줄 수는 없어, 빚을 다 갚으면 돈이 한 푼도 안 남으니 말이야. 그 늙은 부자를 기다리게 만들어야지… 전쟁 중에 빚 독촉을 하다니.”

은 동전 중에서 1포린트를 꺼냈다, 탁자 위에 있던 나머지 돈 전부를 손수건 속에 넣고 묶었다. 묶기 전에, 1코로나를 빼냈다, 물가가 비싸기 때문에, 분명히 그것도 비쌀 것이 틀림없었다.

담배쌈지를 싸는 것처럼, 손수건을 싸서 작은 꾸러미를 만들어, 외투 겉주머니에 넣었다.

이렇게 해서 일이 끝났다, 그는 이제 입을 다문 채 서 있었다, 다시 깊은 얼빠진 상태로 자신의 앞을 바라보았다.

작은 강아지가 문지방 앞에 누어있듯이 문 앞에 작은 소녀의 몸이 놓여 있었다, 그는 바라보았다, 그저 보기만 했다. 보다가 고개를 끄떡였다.

“요즘 세상은 이처럼 더러운 세상이야.” 그가 말했다, 그리고 큰 한숨을 쉬었다. “우리가 집시섬으로 들어갔을 때… 썩은 자두를 나무에서 흔들어 떨어내듯이 발칸군대[20]를 쓰러뜨렸어… 로트만 장군의 목에 총알이 관통했는데, 장군이 손으로 상처를 눌렀어. 손가락 사이로 피가 줄줄 흘러내렸지, 입에서도… 머리가 탁탁 소리를 냈어, 우리는 잘라진 손들을 집어 던지고, 심지어는 머리도 내던졌지. 세르브 군인과 헝가리 군인도 섞여서 누워 있었고, 나중에는 서로의 목을 물어뜯었지. …”

요람에서 아기가 움직였다… 이것이 그를 깨웠다, 그 자신도 어떤 꿈에서 깨어나는지 알지 못했다… 이제 모든 것이 끝나 있었다. 그의 주머니엔 돈이 있고, 이제 아무 것도 그를 불안하게 하지 않았다…

주위를 살폈다, 무언가 해야 할 일이 없는가… 한 순간 어린 아이의 몸을 침대에 올려 놓아주어야겠다는 생각이 들었다… 가엾은 것들이 바닥에 누워있지 않도록… 하지만 갑자기 몸이 떨렸다, 세상을 다 준다 해도 그들에게 다가가지 못할 것 같이 느껴졌다…

그는 서둘러 출발했다, 문지방에 놓인 어린 애의 죽은 몸을 둘러 지나가야 했다. 머릿속에 ‘어

20) 제1차 세계대전 당시 오스트리아-헝가리 군대와 맞서서 싸웠던 발칸(세르비아와 보스니아 등등의) 저항군.

린애를 가로 질러 넘어가면, 아이의 키가 더 이상 크지 않는다'는 금기가 떠올라 시체를 넘어 가지 않았다. 밖으로 나오자 그는 쇠갈고리를 원래 있던 자리인 현관에 기대놓고 밖으로 나왔다.

마침내 탁 트인 하늘 아래 있으니 깊이 탄식을 하고 싶었다. 신선한 공기를 가득 들이마시기 위해서 입을 크게 벌리자마자 즉시 입을 다물었다. 그리고 불편하게 자신의 움직임을 억제했다… 안에서 누군가가, 그들이 아직도 바라보고 있는 것 같았다… 무언가가 잘못된 것 같았다… 다른 때 누군가를 죽였을 때는 그의 가슴이 자랑스러움으로 터질 것 같았다, 그런데 지금은…

재빨리 집의 뒤쪽으로 숨어들었다, 그리고 빽빽한 수풀 속으로 상체를 깊이 숙이며 몸을 숨겼다. 정신이 나갈 만큼, 재빠르게 수로를 건넜다, 그리고 성당 쪽으로 향하는 어두운 길을 되돌아갔다.

울타리 옆을 지날 때, 누군가가 그를 향해 소리쳤다.

"이봐, 자네."

그는 놀란 얼굴로 귀에 익은 목소리가 나는 곳을 바라보았다. 그 순간 이스트반 아저씨가 땅을 파면서 소리를 질렀음을 깨달았다.

"자, 이제 땅을 갈러 가게. 벌써부터 자네를 찾고 있어."

"12시까지는 못 갑니다. 삽을 하나 사러 가는 길입니다. 이 삽으로는 삽질을 할 수가 없어서 말이지요."

"어디서 사는가?"

"장에 나가보지요… 이스트반 아저씨… 제가 여기서 일했을 때가, 몇 시였지요… 열 시지요, 그렇지요?"

노인은 웃었다.

군인은 질문을 하며 노인의 마음을 엿볼 엄두를 내지 못했다.

"제가 종이 울릴 때, 귀 기울여 들었는데…"

그 말을 하면서 계속 걸어갔다. 하지만 노인에게 시계가 있다는 강한 의심이 들었다. 그가 가고 난 뒤에 주머니 속에 손을 집어넣고 시간을 보았으리라는 의심이 들었다. 하지만 더 이상 뒤돌아볼 엄두가 나지 않았다.

마을의 다른 쪽으로 갔다, 사르쾨즈로 갔다. 아내가 50포린트를 빌린 부자의 집으로 들어갔다.

"가져올 수 있는 만큼, 가지고 왔습니다, 존경하는 나리." 그가 깡마르고 작은 노인에게 말했다.

"잘했군."

"더는 드릴 수가 없고, 20펭궤만 드릴 수 있습니다."

노인이 돈을 받았다.

"잘했네. 자네 아침에 돈 구하기 시작하더니 어디서 돈을 구했는가. 아침에는 자네한테 돈이 없지 않았는가. 그런데 벌써 돈이 마련되다니."

군인은 어두운 시선으로, 늙어 빠진 노인을 바라보았다. 그는 빈정거리고 다니며, 어쨌거나 가난한 사람을 측은하게 여겨야 한다는 사실을 숨기고 잔인한 말을 하는 노인이다.

"이보게나, 자네들은, 돈을 빌릴 때는 애걸복걸하면서, 갚을 때는 큰 소리를 쳐도 된다고 생각하지. 나는 이런 종류의 인간들을 잘 알고 있네. 그 사람들 자존심을 조금 눌러줄 필요가 있어. 그래야 이 세상에 의무가 있다는 걸 알게 되니 말이야." 그는 짧고, 킥킥거리는 목소리로 실컷 웃었다. "마치 헝가리의 기병이 코사크 족한테 하듯 말이야…" -그는 계속 지껄였다. 전쟁터에서 일어났던 어떤 사건이 그의 머리에 떠올랐다.

"자네에게도 이런 일이 일어난 적 있나?"

군인은 이제는 가고 싶었다. 하지만 부자의 이야기를 끝까지 들어주지 않아, 부자의 기분을 상하게 만들고 싶지 않았다.

"병원에 있는 침상에 두 명의 부상당한 병사가 누워 있었어. 한 사람은 세르브와 전투하던 곳에서 병원으로 오게 되었고, 다른 사람은 북쪽에서 왔지… 그런데… 북쪽에서 온 사람이 세르브와 전투하다 부상당한 사람에게 묻는 거야. '동지, 코사크 족이 그렇게 무시무시하던가? 말해보게나. 정말 털북숭이에, 수염이 가득해? 머리에 커다란 곰 가죽 모자를 쓰고, 큰 소리로 후이 후이 소리치며 진격을 해?'"

군인은 움직임이 많은 작은 사람 앞에, 마치 초등학교 아이처럼 서 있었다. 노인이 팔짝 뛰는 것을 보고 또 가르치는, 훈계하는 목소리를 잠자코 듣는 동안 그는 무겁게 숨을 쉬며, 풀이 죽어 있었고, 슬픈 얼굴에는 끔찍스럽게 지겹다는 표정이 나타났다. 노인의 손은 몹시 더러웠다, 방금 전에 비료를 섞다가 군인 때문에 일을 멈추었던 탓이다. 무뚝뚝한 목소리로 그는 계속 전쟁 일화를 이야기했다.

"그러니까 북쪽의 전쟁터에서 온 자가 이렇게 말했다네. '동지, 자네도 알지' 그리고는 이렇게 말했다네. '처음에 거의 천명이나 되는 러시아 군인이 우리 쪽으로 모였을 때(그는 시골 사람들이 말하는 것처럼, 모이다는 말에 아주 힘을 주었다), 우리는 조금 긴장을 했지. 하지만 그 다음에 우리는 그들의 작전을 알아냈다네…' '대체… 어떤 작전이었나?' 세르브와의 전투에서, 부상당한 다른 군인이 물었다, 그는 이제껏 러시아 군인을 본 적이 없었고, 그들의 작전을 알게 되는 것이 너무 기뻤던 게야! … 러시아 땅에서 행군했던 군인은, 영특한 사람들이 자기가 알고 있는 것을 감출 때 하는 것처럼, 이렇게 말했지. '알다시피, 코사크 족은 모였을 때, 한바탕 소리를 지르네! 하지만 배에 단검을 쑤셔 넣으면, 뒤에서부터 대열에서 벗어나고, 그때는 코사크 족이 입을 다물어!'"

부자가 군인을 바라보며 큰 소리로 웃었다. 진지하게 받아들인다면, 그 이야기 뒤에 서늘함이 있음을 느낄 수 있을 테지만, 전쟁터에 있어보지 않은 건강한 사람들은, 전쟁 이야기에 실컷 웃어댔다. "하, 그런데 요즘 시대는!" 그가 군인에게 덧붙였다.

"그래서 자네에게 하는 말이네만, 이게 헝가리 사람이네! … 헝가리 사람 속에, 전쟁 속에 이런 더러운 피가 있어. 다른 편에 있는 사람들, 프랑스 사람이나 영국 사람들은 '코사크 족이 큰 털모자를 쓰고, 무시무시하게 소리를 지르며 공격을 하면, 정말 끔찍하다'고 엄청나게 많이 이야기할 거야! … 토트 족이나 올라 족이나 스밥 족도 이렇게 이야기할거야… 하지만 헝가리 사람은? 헝가리 사람은 이렇게 이야기할 걸세. '우리는 그들의 작전을 알아냈다!'고… '코사크의 배에 단검을 쑤셔 넣으면, 그들이 뒤에서부터 물러나고 그 때에 코사크 족이 조용해진다.'고, 하하하… 나도 믿네, 이런 사람이 있으면, 조용해진다… 자 좋아, 사랑하는 내 친구, 단 한 가지만 배우게나, 빚은 절대 지지 말아야 한다는 걸… 절대 빚을 얻어서는 안 되네! 절대… 빚이 모든 죄의 온상이지… 차라리 배를 곯거나, 없이 살거나, 일을 하게나! 절대 빚을 져서는 안 돼…"

"하지만, 소바고 어른, 제가 집에 있었더라면, 빚을 지지는 않았을 겁니다…"

"그래그래, 좋아, 좋아… 그래서 하는 이야기일세." 노인은, 군인이 '존경하는 나리'라는 말을 하지 않아 조금 기분이 상해서 투덜거렸다. 그는 건장하고 피부가 검은 남자의 어깨를 두들겼다. 그러고 나서 군인을 상관하지 않고, 서둘러 하던 일을 계속했다.

군인은 마당을 나오면서, 자신이 돈을 갚아도 부자에게는 한 마리 파리와 같으리라고 느꼈다. 그가 자기에게 관심을 가지고 상관하는 이유는… 아직 20포린트를 되돌려 받아야하기 때문이라고…

그는 이제 안장걸음으로, 불쾌하게 집 쪽으로 걸음을 옮겼다.

'도대체 어떻게 빚이 그렇게 많아? … 그 자에게는, 죽기 전까지 이 20포린트를 쓰지 않을 정도로, 그렇게 많은 돈이 있는데… 그러면 이 돈이 그에게 왜 필요한 거야… 뭐 때문에 대체 그만큼을 달라는 거냐고? 그의 살을 잘라줄 준비가 되어있었는데…' 그도 알고 있었다. 자신이 26 개월 동안 전쟁터에 있었고, 아내에게는 돈이 필요했다는 것을… '아이 셋을 데리고 어떻게 살았겠는가?' 그동안 그는 전쟁터에서 싸우다가… 병원에 누워 있다가… 다시 전쟁터에서 싸웠다…

그는 군인 모자를 머리에 꾹 눌러 썼다, 부리부리한 눈으로, 핏발이 선 눈으로 주위를 둘러보았다. '살기 위해서 산다면, 사람이 왜 사는 건가… 26개월 동안 전쟁터에 있었다. 그 시간동안, 포로를 생포하지도 않았고 부상을 입히지 않았다. 오직 죽이기만 했다… 이것만이 소용 있었고, 이것만이 끝이었다…'

작은 마당으로 난 쪽문을 안쪽으로 밀어 열었다. 작은 집에서 아내가 세 아이들과 살고 있었다. 아이들이 마당에서 작은 장난감 차를 가지고 놀고 있었다. 집에 정원은 없었다. 소작농들이 사는 곳은 집이라기 보다는 오두막에 가까웠다.

"왜 집에 왔어요?" 아내가 놀라서 물었다.

그가 멈추어 섰다, 그리고 가만히 아내를 바라보았다…

"여러 말할 것 없고, 가자고."

"어디?"

"곧 알게 될 거야." 그리고 그는 머리를 돌렸다, 그리고 말했다. "장에…"

"장에?"

"그래."

여자는 더 이상 말하지 않았다. 아내는 집안으로 들어가는 남편을 찬찬히 바라보았다.

"뭘 사려고요?" 이렇게 물으며, 남편을 뒤따라갔다.

"삽을 사려고 그래, 이걸로는 땅을 팔 수가 없어. 이런 단단한 땅에는 쓸모없는 삽이야." 그가 투덜거렸다 "모래를 팔 때는 그런 대로 괜찮은데, 이런 단단한 땅에서는 쓸 수가 없어…"

아내는 아무 말도 하지 않고, 삽을 사기 위해 어디서 1포린트를 구할 수 있을까 생각했다. 남편의 새 삽을 20포린트에 팔아버린, 자신이 부끄러웠다.

큰 아이가 달려와서, 아버지의 무릎으로 뛰어 들었다.

"아빠."

"오냐, 아들아." 그가 손가락으로 아이의 코를 닦아주었다.

어린 소년의 눈이 휘둥그레졌다.

"손에 있는 게 뭐예요?" 아이가 물었다.

"뭐?"

"빨건 게 있어요."

"뻘건 거?"

"베였어요?" 아이가 말했다.

부인도 바라보았다.

"나는 안 베었는데, 아들아, 네가 다친 거다. 네가 손을 다쳤구나, 나는 안 다쳤다."

"내가?" 아이는 놀란 채 자신의 손을 바라보았다.

아빠는 아들이 자기 손을 오래 보지 못하도록 했고, 크고 억센 손바닥으로 아이의 작고 검은 손을 잡았다.

"기다려라, 내가 싸매주마."

아이의 주머니에는 손수건이 하나 있었다. 군인은 그것을 꺼내서 아주 꼼꼼하게 아이의 손을 싸매주었다.

아이는 아빠가 하는 행동을 놀래서 바라보았다. 아이들이 아빠의 행동을 비난하지 않듯 아이는 아무 말도 하지 않았고, 그렇게 되어야하는 것처럼 받아들였다.

아이는 잠시 뒤에 아빠를 뒤로하고, 다시 달려 나갔다.

군인은 한참동안 조용히 앉아 있었다. 아내는 말없이 무언가 이해할 수 없다는 듯 그를 바라보았지만 아주 조용히, 공손하게 준비를 했다. '그래 시장에 가야지'라는 생각이 그의 머리에 떠올랐다.

그는 부서진 식탁 옆에 앉아 손을 앞으로 내려놓고 있었다.

조용히 방안에서 움직이는 아내를 부드럽게 바라보았다. 슬프게 바라보았다.

"아침에, 일하러 가다가, 길에서 늙은 소바고를 만났어."

아내는 머리를 더 푹 숙였다.

"돈 달래요?" 빠르게 말했다.

"달래."

"뭐라고 했어요?"

"12시까지 준다고 했지."

아내가 놀라서 그를 쳐다보았다.

"12시까지요?"

"12시까지."

"금방 12신데…"

"벌써 갖다 줬어."

말이 느릿느릿 흘러 나왔다. 그 사이에 침묵이 흘렀고, 무엇인지 무시시한 긴장감이 돌았다.

"돈을 갖다 줬다구요!" 아내가 숨이 막힌 채 말했다.

"줬어." 그는 머리를 숙인 채 말했다. 마음이 엄청나게 아팠다, 너무 슬펐다. 아내의 얼굴을 보았을 때, 그녀가 미소를 짓지 않자 거의 견딜 수가 없었다. '만약 아내가 모든 사실을 알게 된다면, 무슨 말을 해야 할까! …' 그는 슬픈 듯이 낙담한 듯이 그렇게 행동했다…

"다 갚은 건 아니야." 뒤늦게 말했다. 아내는 천천히 치마끈을 동여맸다. "20포린트만 줬어."

"20포린트?" 아내가 되풀이했다.

"20포린트를"

"어디서 구했어요?"

"저… 버르거 네서."

아내는 생각에 잠겨 그를 바라보았다.

"버르거 네." 아내는 비밀스런 두려움을 느끼며 놀라서 말했다. "그 사람들은 장에 갔는데."

군인이 손짓을 했다. 아내를 쳐다보지 않았다. 아내를 볼 엄두가 나지 않았다. 무서움이나 미안함을 느껴 본 적이 없었다. 감동도 받은 적이 없었다. 아내를 사랑했다, 그녀와 즐겼다, 그러나 여자일 뿐이기 때문에, 아무 것도 아니라고 무시했다… 아내를 사랑했다, 아내를 위해 행동했다. 하지만 지금 그는 미소를 띠지 못하게 될까 겁이 났다. 장사지낼 때 관 옆에 있는 것처럼 두려웠다. 너무 어렵고 심각한 일에는 웃어서는 안 되기 때문이었다…

"그럼 그 사람들이 당신에게 돈을 줬어요?"

군인은 말하지 않았다. 멍하니 있는 것처럼 보였다, 그러고 나서 머리를 들었다.

"들어봐, 내가 그 집을 털었어."

아내는 말을 하지 않았다. 지금까지 그래왔던 것처럼, 그렇게 있었다. 그녀는 검은 눈을 남편에게 고정한 채로 바라보고, 계속 바라보았으나 아무 말도 하지 않았다.

"어제 그 집에서 하루 일을 했잖아… 내가 보는 앞에서 장롱 속에 있던 돈을 꺼내더군… 그 때 생각했어… 밤에도 생각을 했고…"

아내의 눈이 밝아졌다. 밤에 남편이 이상했던 이유를 이해한 것이다. 다른 날은 곧 곯아 떨어졌는데, 어제 밤에는 잠들지 못했던 것이다… 아이들이 일어나도, 세상모르고 자던 사람이었는데…

"꼭 훔쳐야만 한다고 생각한 것은 아니었어… 훔칠 수도 있다고 생각했지… 그런데 아침에 늙은 소바고를 만났는데, 빚진 것에 대해 이러쿵저러쿵 어찌나 말이 많은지… 그 때 훔칠 생각이 들었어…"

아내는 한숨을 쉬었다. 무거운 한숨을, 고통스러운 한숨을.

"한데 집에 아이들을 남겨두었더군… 써보 언드라시의 딸도 그 집 아이들과 같이 있더군, 함께 놀고 있더군…"

아내는 보기만, 바라보기만 하다가, 천천히 입이 벌어졌다.

군인이 천천히, 모든 단어를 아주 천천히 밖으로 끄집어내면서 말했다.

"어쩔 수 없이… 애들을 죽여야만 했어."

여자는 여전히 아무 말도 안했고, 일어서기만 했다.

"당신, 이 말을 누구에게도 하지 마. 가난이 그렇게 하도록 권했어." 군인은 성경에 나오는 단순한 비유를 들었다.

그 말을 하면서 일어섰다.

"물을 가져와." 그는 잠깐 생각한 뒤에 말했다. "피가 묻었어."

아내는 말없이, 몸을 획 돌려 밖으로 나갔다.

그가 외투를 벗자 셔츠의 소매는 피범벅이었다. 그는 옷을 벗었다, 셔츠도 벗었다.

"빨아" 아내가 들어오자, 그가 이렇게 말했다.

아내는 셔츠를 받아들었다. 그리고 상자에서 다른 셔츠를 꺼냈다. 하지만 잠시 동안 그 셔츠를 내려놓지 못했다.

남편이 깨끗이 씻고 나자, 그의 손에 수건을 주었다, 그리고 셔츠를 주었다, 깨끗한 셔츠를.

여자가 물을 가지고 밖으로 나갔고, 빨래할 준비를 했다. 마당을 지나, 대야를 부엌에 내려놓을 때까지 셔츠를 팔꿈치 아래에 꼭 끼고 있었다.

그러고 나서 빨래를 시작하고 셔츠를 빨았다.

그동안 군인은 장화의 흙을 털어 내고 깨끗이 씻고 옷을 갈아입었다. 그는 아주 기분이 좋았다.

머리카락 속 깊이 빗을 넣어 빗고, 거울 속에 비친 자기 모습을 힐끗 보았다.

'공격을 한 다음 이렇게 몸을 씻을 수 있었다면 좋았을 텐데. 게다가 깨끗한 셔츠를 입을 수 있었다면' 그는 혼잣말을 했다. '하지만 그 당시에는 그 피가 피부에 완전히 말라붙을 때까지, 피범벅이 된 채 일주일간이나 끔찍하게 지내야만 했지, 게다가 고약한 냄새가 나고…'

그는 큰소리로 이야기를 하고 싶었다. 하지만 아내가 엄청나게 놀라 있고, 남편이 자기 잘못을 알지 못한다는 것을 부끄러워하고 있음을 느꼈다…

문간에 서서 넘겨다보니, 아내는 피 묻은 셔츠를, 특히 소매 부분을 아주 힘을 주어 빨고 있었다. 아주 깨끗하게 세탁이 되도록, 물을 두 번이나 갈았다.

"이제 다 됐어?" 그가 말했다. "오후에 또 일하러 가야 해."

아내가 밝은 곳에서 셔츠를 샅샅이 보았다. 아무 흔적이 보이지 않자 작은 창고 안에 널었다.

여자가 아이들을 향해 소리쳤다.

"요시커, 이리 와 봐."

작은아이가 막내를 태운 장난감 자동차를 끌고 왔다. 아이의 얼굴이 빛났다. 날이 벌써 매섭게 추운데도 아이들은 요즘 거의 밖에서 살고 있었다, 아빠가 집에 온 첫날밤에 만들어 주신, 장난감 자동차가 아주 자랑스러웠기 때문이다.

"다치지 않게 조심해." 엄마가 말했다. "조심해 그렇지 않으면 엄마가 혼내줄 거야. 시장에 갔다 올게."

"뭐 사 올 건데?"

아빠가 미소를 지었다.

"꿀 과자[21]를 사 올게." 이렇게 말했다. "하지만 동생들이 다치지 않도록, 조심해야 한다!"

아내가 갑자기 남편을 쳐다보았다. 남자는 아내의 생각을 알아챘다.

"다른 사람 집에도 아주 어린 애가 있더군." 이렇게 둘러댔다. "의지할 곳 없는 어린 것이…"

아내는 마음이 조금 놓였다. 그녀는 남편이 아기를 해치지 않았다는 것을 알 수 있었다.

그들은 휴일 날처럼 앞뒤로 서서 마당을 나섰다. 앞에는 남자가 서고 그 뒤에 여자가 섰다. 여자는 저만큼 멀리 가서도 아이들을 뒤돌아보며 소리쳤다. 지겨운 일상생활에서 한두 번 벗어나 떠날 때, 기뻐하는 행복한 시골 사람들처럼. 그러나 그들의 얼굴은 가장 심각한 표정을 연마하여 육신의 고갈된 평화를 표정 속에 담고 있는 농부 인생의 일상적인 엄숙함보다 더 심각한 표정을 보이고 있었다.

그들의 얼굴에는 무언가 크고 심각한 엄숙함이 드리워져 있었다.

남자는 약간 흔들흔들하면서, 어두운 얼굴로 앞으로 나아갔다. 그러나 아내가 서서히 눈물을 흘리며 흐느끼는 얼굴을 하고 그의 뒤에서 걸음을 재촉하는 것을 전혀 알아차리지 못했다.

그들은 마을을 벗어났다, 마침내 경작지 사이를 벗어나 큰길에 다다랐다. 길은 진흙탕이었다.

---

21) 원문은 mízeskalács. mezőskalács의 방언. 밀가루에 꿀을 넣고 반죽해 예쁜 모양으로 만들어 구운 고급 과자.

하지만 진흙이 깊지는 않았다. 11월의 자연은 지속적인 가을 안개로 흐려있었고, 잎이 떨어진 나무들은 공허하게 슬퍼하며 서 있었다.

구불구불한 시골길을 질러가기 위해서는, 방죽 길 끝까지 걸어가야만 했다, 방죽으로 올라섰을 때, 남자가 갑자기 멈추어 섰다.

"봐, 보라고."

여자는 겁을 먹은 채 올려다보았다. 아무 것도 보이지 않았다.

"러시아와 대치했을 때도 이와 같았어." 남자가 말했다.

그가 팔을 뻗었다, 그리고 강의 건너편 기슭을 차례로 가리켰다.

"이곳과 똑같이 저 편에 마을이 있어… 한 가운데에 성당이 있고… 저 편에서는 언덕 너머가 더 잘 보여… 당신도 그러겠지만, 철조망 없는 강둑이 있을 수 있다는 걸 나도 아직 이해 못 하겠어… 장애물… 이렇게 단단한 땅 속에 얼마나 쉽게 이곳에 참호를 만들 수 있는지."

여자는 둥글게 묶은 머릿수건 아래에서 놀라 남편을 바라보았다. 집에 온 이래로, 남편이 이렇게 말하는 것을 본 적이 없었다.

"그건 멋져." 군인이 빛나는 얼굴로 말했다. "이 방죽이 뻗은 것처럼, 진지도 그래. 땅 밖으로 솟아 있으면 안 되고, 아래쪽으로 흙을 파서 참호를 만들어… 사람의 머리가 그 지역을 살필 수 있을 정도로만, 그만큼만 밖으로 나와 있지. 조심해…"

이 말을 하면서 그는 겁에 질려 방죽위에서 안쪽으로 뛰어내렸다. 어찌나 그 행동이 빠르고 즉각적이었던지, 여자는 남편의 머리가 먼저 떨어졌다고 생각했다.

"내려 와." 남편이 그녀에게 소리쳤다. "당장 내려와, 빌어먹을… 내가 모가지를 잘라 버리겠어…"

여자가 남편의 번득이는 눈빛에 어찌나 겁을 먹었는지 얼굴이 새하얗게 변했다. 여자는 겁에 질리고 놀라서 방죽에서 아래로 미끄러지며 아래에 쪼그려 앉았다. 여자의 옷은 완전히 진흙범벅이 되었다.

군인은 부인이 가엾게 미끄러져 불쌍하게 진흙구덩이에 털썩 주저앉는 것을 보고 갑자기 한바탕 웃어댔다.

"거기 전쟁터에서 우리는 이런 꼴이었어. 쥐새끼처럼 언제나 진흙 투성이었지… 휴, 비라도 오면 그 다음부터는 양동이로 참호 속의 물을 밖으로 퍼냈지. 하루 종일, 밤새도록 물을 퍼냈어. 샘이라도 판 것처럼, 물이 솟아서 물구덩이가 생겼기 때문이야. 그렇지만 어느 곳에나 양동이가 충분하지는 않았지… 대장이 포를 쏘는 참호를 끝까지 시찰하기 위해 장화 끝으로 진창 속을 걸으면… 사병들과 장교들의 군화도 물에 흠뻑 젖어.”

“왜 진흙탕 속으로 내려오라고 한 거죠?” 여자는 겁에 질려 중얼거렸다. 하지만 이전처럼, 남편을 향해 벌떡 일어나지 않았다. 그가 제 정신인지 아닌지 분명하지 않았기 때문이다.

군인이 웃었다.

“적어도 군인의 삶이 어떤지 당신이 배웠겠지. 게다가 한순간 대포소리가 나한테 들렸거든… 저 건너편에서 러시아 군인이 움직이는 것을 보기까지 했어… 빌어먹을. 분명히 그렇게 보였다고…”

그는 방죽 위에서 건너편을 바라보았다.

“사람은 이런 것에 곧 익숙해져… 상관이 드러내놓고 엄격하게 굴었기 때문이야. 땅 위로는 절대 다닐 수 없어, 그렇게 하면 그를 없애버려! 하지만 우리는 물을 길어 오기위해서 4천 5백 걸음을 가야만 물을 떠올 수 있었어. 그래도 절대 참호 속으로 갈 수는 없고, 위로 가야만 했지. 러시아 군이 한 사람을 죽이려고 대포를 쏠 만큼 정신이 없지는 않아… 심지어 당나귀라도, 맞출 수가 없어… 하지만 가끔은 한 사람을 겨냥해서 대포를 쏘는 일도 일어나지. 휴, 바로 지금 대포를 쏘는 줄 알았어! … 그럴 때는 생각할 겨를 없이 즉시 참호 속으로 뛰어내려야 해… 하지만 그래도 똑같지… 어차피 언젠가 한번은 죽어야만 하니까…”

그의 얼굴은 슬펐다. 한숨을 잠시 내쉬었다. 검고 엄격한 눈이 너무 슬프게 쳐다보았다. 여자는 그의 목소리를 통해서, 그가 후회하고 있다는 것을 알아차렸다… 두려워하고 있다는 것을… 가여운 남편이 두려워하고 있다는 것을…

“봐 봐.” 군인이 말했다, 그리고는 강둑을 한참동안 바라보았다… “만약 여기 우리 뒤쪽에 유탄포가 떨어지면, 당신은 쾅하는 소리를 단 한 번 듣게 될 거야…. 그리고 나면 유탄이 위로 날아오르기 시작하고… 쉬… 하늘 속을 가르고 지나갈 거야. 몇 개인지 헤아리고, 계속 하늘을 봐도 그것이 어디로 날아가는지 아무 것도 볼 수가 없어. 하지만 곧 쇠로 된 크레인같이 울부짖는 소리가 들리지… 쉬이이이익… 그리고는 펑하고 아래로 터져! … 저쪽 마을 뒤편에서 위로 어마어마한 연기구름이 솟아오르고, 크게 두 뼘 크기의 구름이, 저기 하늘 아래에서 어마어마한 검은 연기가 퍼지면서, 흙과 나무와 진흙과 돌이 솟아올라. 유탄에 부딪친 모든 것이 다 솟아오르지… 그 때에 관찰 병이 무전기에 대고 말해, 200미터 짧게… 동지. 이게 진짜 세상이라고,,, 자, 위로 올라가, 당신 신발이 젖었어.”

그는 여자의 손을 잡았다. 그리고 어린아이의 손을 잡고 있듯이 아주 조심스럽게 잡아 위로 올라가도록 도와주었다.

그들은 다시 출발했다. 하지만 여자는 그들이 있었던 곳으로 다시 미끄러졌다. 거기에, 진흙 둔덕에 그들의 흔적이 남아 있었다. 여자는 더덕더덕 붙은 진흙을 신발에서 떨어냈다.

"하느님 맙소사, 이 사람 정신이 온전하지 않군요…"

여자는 고개를 숙였다, 그녀의 눈에 서서히 눈물이 고였다… 이전의 남편을 몹시 안타까워하며 슬퍼했다…

그들은 한참동안 걸었다. 강가의 방죽 가장자리로 들어섰다.

"들어 봐!"- 갑자기 남자가 여자의 팔을 붙잡았다.

여자는 두려워하며 남자를 바라보았다, '또 다시?'

그러나 남자는 그녀를 부드럽게 바라보았다.

"들리지! …" 그가 이렇게 말했다, 그의 목소리에는 말로 할 수 없는 무엇, 무언가 말 할 수 없는 연약함이 있었다. 가난한 사람들은 말로 서로에게 다정하게 할 줄 모르기 때문이었다. "들리지! … 세상이 어떤가 하면… 이곳처럼, 우리 사이에 강이 흐르는 것과 같아… 이런 형태로 말이야… 이쪽 편에 있는 사람들은 서로 한 형제처럼 서로 돕고, 위안하고 함께 일하지… 하지만 다른 편에 있는 사람들을, 그들 모두를 죽여야만 해…

그는 한참 동안 그윽한 눈길로 여자의 눈을 바라보았다…

"강이 흐르고 있어, 조용히 흐르고 있어. 사람에게 하루가 흘러가듯이, 그렇게 흐르지, 언제나 흐르지, 그럼에도 불구하고 사라져 버리지는 않아… 하지만 저기 다른 편에 있는 사람들, 그들을 모두 죽여야만 해… 총으로, 기관총으로, 대포로, 중무기로, 수류탄으로, 모든 것을 사용해서 그들 모두를 죽여야만 해… 당신 이해하겠어…"

여자는 두려워하며 남자의 눈을 가만히 응시했다. 그를 이해할 수 없었다. 남편의 말에 귀 기울이지 않았다. 왜냐하면 만약 남편이 제정신을 잃게 되면, 그녀의 목을 움켜쥐고 물에 처넣을 거다… 라는 생각에 계속 떨고 있었기 때문이다. 하지만 남편을 무서워하지는 않았다. 만약 남편이 제정신을 잃고 자기 목을 움켜쥐고 물에 처넣었다고 해도, 가엾은 남자를 두려워하지는 않았을 것이다. 여자는 그 사람이 어땠는지 잘 알고 있었다…. 이 사람… 예전에 어떤 사람이었는지… 지금의 그가 예전의 그가 아니더라도, 남편을 두려워하지는 않았다… 자신이 사랑하는 사람에게, 여자는 자신을 내맡겼다. '하느님, 만약 하느님께서 그렇게 명하셨다면, 남편이 제 목을 잡고, 죽인 뒤

에, 물에 던져 버리겠지요… 가엾은 사람, 전쟁터에서 얼마나 고통을 겪었으면, 저 지경이 되었을까요…'

그녀의 입이 울먹이듯 삐쭉거리더니, 눈이 촉촉해지며 흐려졌다. 그리고는 얼굴과 목을 사랑하는 사람 앞으로 들어올렸다. 그렇게 애원하였다. '더 이상 이러지 말라고, 더 이상 이렇게 할 수 없다고… 끝이 좋지 않다고…'

군인의 눈은 앞에 있는 여자를 쳐다보지 않았다. 그저 자기 생각에만 빠져 있었다…

"그러나 들어봐." 남자가 놀란 듯이 말했다. "내가 너에게 말할게, 저편에 있는 것은 러시아 군인이 아니야… 저 편에 있는 것은 바로 부자들이야… 우리는 이곳에 있고, 너도 알다시피, 이쪽 편에는 가난한 사람들이 살고 있어… 이곳에 있는 우리 모두는 고약한 냄새가 나는 움막에 살고… 누더기 옷을 입고, 먹을 빵이 없어… 많은 것이라곤 오직 애들뿐이야. 아이들은 말하지 않아, 네가 어디서 가지고 왔는지. 그리고 중얼거리지, 훔치라고… 그리고 울기만 하는데, 이게 부모의 가슴을 찢어놓아…"

여자는 가슴을 후벼 파는 고통을 느끼며 바라보았다, 처절히 고뇌하는 남편의 눈을 바라보았다.

"왜 그런 말을 해요?" 여자가 눈물을 흘리며 물어 보았다.

군인은 앞쪽으로 몸을 숙였다.

"저 편에는 깨끗한 식당이 있어… 아름답고 커다란 집들도 있지, 식탁보가 깔린 식탁에는 커다란 햄버거가 있어, 그 속에는 밀도 많고, 콩도 많고, 소시지와 갈비, 햄도 있어… 게다가 그곳에는 해도 빛나고 있어. 심지어 새들도 그 곳으로 가지, 거기서 노래하는 게 좋기 때문이야… 거기에는 좋은 사람들만 있어, 거지에게 줄 수 있는 돈이 있기 때문에, 아무도 서로를 괴롭히지 않아."

마치 생각하기를 멈춘 것 같았다. 여자는 움직이거나 말을 할 엄두를 내지 못하고 그저 부풀어 오른 얼굴을 바라보기만 했다. 그저 바라보고만 있었다. 그러더니 그녀의 가슴이 터져 나오는 울음으로 점차 더욱 헉헉거리기 시작했다.

군인이 천천히 손을 들어 모자를 잡고, 조금 아래로 내려 그의 눈 위에 오도록 바로 잡았다.

"그렇기 때문에 이제 저쪽에서도 울어야만 하는 것을… 조금은 알게 됐을 거야…"

남자가 저 건너편을 가리켰다. 그리고 아내에게, 가만히, 악의에 찬 듯, 눈을 찡긋했다.

"유탄포를 못 봤어… 많은 사람이 굴러 떨어졌지… 그래 굴렀어… 세 번째 날 밤에 우리는 콜토브[22]에서 기어 나왔지. 새벽 3시경에 어느 숲에 도착했어, 루코비체[23]에서도 왔지. 그리고 지짐이라는 곳의 숲속에서 멈췄지. 그곳이 부대를 나누어서 전투대열을 형성하는 곳이라고 하더군. 빌어먹을. 그곳에는 아무 것도 없었어. 그래서 막사를 세우기 시작했어. 그런데 어느 한 순간 유탄 3개가 떨어지더군. 사격도 없었고, 아무 것도 없었어, 오직 수류탄만 떨어진 거야. 사병 하나가 뛰면서, 이게 뭐야, 이게 뭐야. 그들이 어제 우리를 이곳으로 몰아넣은 거야. 곧 공격이 시작되었어. 우리도 5시에 공격하러 나갔지, 하지만 8시경에는 벌써 수습사관이 죽었고, 산도르피 대장과 오라시 대장, 대령의 부관이 부상당했어. 장교는 하나도 없이 남은 건 오직 중대장 한 사람이었어. 모든… 모든 병사들이 몰살당했어… 그런데 나는 여기에 있어…"

그는 고개를 약간 끄덕이면서 자신의 내부로 잠수하여 뛰어 들어갔다.

"저기도 똑같아… 어디서 왔느냐… 저쪽에서 왔든지 이쪽에서 왔든지… 만약 거기에 있다면, 유탄은 여기든 저기든 가리지 않아…" 갑작스런 깊은 고통으로 그가 고함을 질렀다. "한데 이곳은 그런 일이 있은 뒤에도 아직도 똑같지가 않아… 빌어먹을 이놈의 세상. 여기는 아직도 서로 똑같지 않아? 내가 26개월 만에 집에 돌아왔는데, 애가 세 명이 있고, 아내도 있는데, 그 가족이 겨울을 지낼 양식이 아무 것도 없으니 어찌해야 해… 밀가루도 없고… 기름도 없고… 보리도 없고… 아무 것도 없어… 그리고 나마저 28일이 지나면 돌아가야 하는데… 식구들과 함께 있는 이 짧은 시간동안 내가 무엇을 해야, 식구들을 다시 만날 수 있냐고. 내 새끼들이 모두 굶어 죽어가더라도…, 이 세상에서 나에게 빵 한 조각 줄 사람이 한 사람도 없다고…"

그가 몸을 돌렸다, 눈에 눈물이 가득했다….

여자는 투덜거리며 깊게 숨을 쉬었다. 그녀는 이미 남편이 온전하지 않음을 알고 있었다…

그러나 남자는 곧바로 출발했다. 무거운 걸음이었지만, 그대로 발걸음을 떼어놓더니, 앞으로, 앞으로 걸어갔다…

여자도 뒤따라갔다. 그들은 도시에 갈 때까지, 시장에 도착할 때까지 멈추지 않았다.

서로에게 말을 건네지도 않았다. 많은 사람 속에 섞여서 걸어갔다. 다리가 구부정한 채로 아주 이상하게 이곳저곳을 거닐었다…

여자는 오랫동안 어슬렁거렸고, 많은 사람들 사이에서 담소를 나누기도 했다… 마을 여자들은 그들 등 뒤에 또 그들 옆에서 바구니를 끌고 갔다. 바구니 안에는 발효크림이 들어있거나 동그란 덩어리로 싸인 치즈가 들어 있었다… 남편이 전쟁에 나간 이후, 아이들에게 단 두 번 치즈를 넣은 수제비를 만들어 주었을 뿐이다… 여자는 남편을 힐끗 쳐다보았다. 과연 남편도 이런 것을 알

---

22) 현재의 우크라이나 르비비스카에 있는 지역.
23) 보스니아 헤르체코비나에 있는 지역.

아차렸는지 아닌지.

하지만 남자는 아무 것도 보지 않았다, 그저 앞으로 걸어가고만 있었다. 여자는 작은 신발을 보았다. 아이들은 아직도 맨발이었다… 아침에는 벌써 서리가 내렸다. 옷도 보았다… 작고 보잘 것 없는 옷을 마차에서 팔고 있었다… 싸게 살 수 있었다… 하지만 남자는 걸어가기만 했다… 앞으로만 발을 내디뎠다, 머리를 숙이고, 계속 앞으로 걸어갔다… 어떤 집 기둥에 거위 20마리라고 써 있었다. 세상에, 무슨 거위가 그렇게 많담… 그녀에게는 닭 세 마리가 있을 뿐인데… 한 마리는 알을 낳는데, 그마저 이렇게 추우니 이미 알을 낳지 않았다…

여자는 남자에게서 뒤 처졌다, 남편이 어디로 갔는지 보이지 않았다… 남편이 철물을 파는 유태인의 천막 앞에 서 있는 것이 보였다…

그의 뒤로 따라갔다. 남자는 인내심을 가지고 서서, 기다렸고, 삽을 골랐다. 삽을 들고, 다시 줄에 맞추어 내려놓았다. 그는 가장 좋은 삽을 원했다. 돌에 부딪쳐 소리를 들어보고, 다른 삽으로 때려 보며, 소리에 귀를 기울였다. 손톱으로 단단함을 시험해보았다. 마침내 하나를 쥐었다.

"얼마요?" 그가 물었다.

"40포린트요."

"비싸."

"내려놓으쇼."

여자는 불을 뿜어내는 남편의 눈을 보고는, 기겁해서 눈짓을 했다. 여자는 남편이 순식간에 유태인의 머리를 삽으로 때리리라 생각했다.

하지만, 그는 손을 주머니 속으로 넣더니, 3코로나를 건네주었다.

그리고 10크로이짜르[24)]를 돌려받았다.

그 돈을 여자에게 건네주었다.

"자… 애들에게 꿀 과자를 사다 줘…"

여자는 죽을 것 같은, 생각이 들었다… 꿀 바른 빵을… 10크로이짜르를 주고…

여자의 눈에 뜨거운 눈물이 쏟아졌다. 그래 이 사람이 이렇게 무감각한 사람이 되다니… 그도 집에 아무 것도 없는 걸, 신발도 없고, 옷도 없고, 음식도 없는 것을 잘 알고 있어… 그런데 10크로이짜르를 주고 꿀 과자를 사라고…

---

24) 원문은 6전짜리 동전. 10크로이짜르나 20필러의 값어치에 맞먹는 동전. 여러 화폐 단위를 사용하는 것을 피하기 위해 앞에 나온 크로이짜르로 환산해서 번역했다.

여자는 이를 악물었다. 눈물이 흐르는 눈을 남편이 못 보게 몸을 돌렸다. 코를 풀고는, 꿀 과자를 찾았다… 작은 땅콩 모양의 꿀 과자를 한참 바라보았다… '너무 작아… 옥수수 가루로 만들었는데… 너무 얄팍해… 꿀도 안 발라져 있고, 세상에, 너무 비싸…'

그녀는 입술을 아프게 쭉 당겼다. '이걸 가지고 집으로 가야한다니… 시장에 와서 꿀 과자를 사서… 꿀 과자가 10크로이짜르인데…'

남자는 벌써 조바심을 내며 여자를 기다리고 있었다. 쳐다보지는 않았지만, 여자가 가까이 왔다는 걸 알아채자, 곧바로 집을 향해 출발했다.

여자는 불평할 엄두도 내지 못했다. 그녀는 걸었다, 마음이 무너진 채, 비틀거리며, 삶의 희망을 상실한 채 그저 빠르게 성큼성큼 걷는 남편의 뒤를 서둘러 따라 걸어갔다.

그들이 방죽에 이르렀을 때, 군인은 계속 건너편을 바라다보았다.

한순간 그가 멈추어 섰다.

여자의 팔을 잡고는 여자 쪽으로 몸을 구부렸다.

"우리 사이에 강이 있어…" 그가 말했다.

여자는 무슨 말인지 이해하지 못했다.

"우리 사이에 강이 있기 때문에, 우리는 결코 서로를 이해할 수 없어…"

"에이!" 여자가 어깨를 당겼다.

이제 남편이 제정신이 아닌 것이 지겨워졌다. 이미 남편은 그녀에게 중요하지 않았다. '이 인간도 나를 약탈하기만 했어, 또 자기 새끼 생각도 안 해….'

"우리 사이에 강이 있다면, 우리는 이렇게 서로를 이해할 수 없어…" 남자가 말했다. "러시아군이 강을 건너와 여기 우리들 곁에 머무를 때… 우리는 그들 모습을 가까이서 볼 수 있을 거야, 수염과, 면도한 얼굴과… 눈을 보겠지. 오직 그들의 말만 이해하지 못 할 거야. 그 때에는 우리는 이미 그들의 목을 베지 않고… 그들에게 먹을 것을 주겠지… 우리가 먹는 것과 같은 것으로… 하지만 우리 사이에 강이 있는 한, 그 동안만은 적은 적이야."

갑자기 그가 주머니 속으로 손을 넣더니 작은 꾸러미 하나를 꺼냈다. 잠시 손바닥 위에 꾸러미를 들고 바라보았다… 여자가 본 것은 둥글게 묶은 작은 손수건이었다.

그 때 그가 팔을 뻗더니, 그것을 멀리 물속으로 던져버렸다…

여자가 날카로운 눈으로 그를 응시했다.

그것이 훔친 돈이라는 것을 알아차렸다.

"이런, 이런" 그녀는 한숨을 짓고, 이렇게 생각했다. '이런다고 무슨 소용이 있어? … 이런다고 무슨 소용이 있냐고? …'

그러고 나서 그들은 출발했다. 이전보다, 더 느리게 걸었다. 마치 목적을 상실한 사람처럼. 가난이 삶을 노곤하게 하는 것처럼, 점점 더 단조롭게 걸었다.

그들은 서로에게 더 이상 단 한마디의 말도 건네지 않았다. 서로가 모르는 사람처럼, 서로를 미워하는 사람들처럼.

마을 안에 들어서자, 곧바로 마을 초입에 있는 집 옆에서 수군거리고 있는 사람들을 보았다. 그 즉시 두 사람의 마음에, 사람들이 무엇에 대해서 말하고 있는지 인식되었다.

수터 끼시 이스트반 부인이 시장에서 집으로 돌아오는 사람들에게 말했다. 부부가 그들 가까이에 멈추어 섰을 때, 여자가 입을 다물고 그들을 뚫어지게 바라보았다.

"어린아이의 울음소리를 들었대요." 그 여자가 이야기를 계속했다. "듣자니, 거기 그 집 아이들과 같이 써보 언드라시의 딸이 있었대. 14살 먹은 아주 예쁜 아이지. 아이들에게 무슨 일이 생겨서, 한꺼번에 우는지… 가서 보고 오라고 에르지를 보냈대. 가보니 대문이 잠겨 안으로 들어갈 수가 없더랍니다. 그래서 담장을 넘어 갔대요. 불쌍한 아이가 안으로 들어가서, 가여운 죄 없는 아이들이 온 몸이 피투성이가 되어 살해된 것을 발견했다네… 버르거의 큰 딸은 문에, 다른 아이 에스테르는 작은 방에 죽어 있더랍니다."

"끔찍해, 끔찍해." 여자들이 손을 비볐다.

"끔찍해." 모두가 그들을 쳐다본다는 느낌이 들었기 때문에 군인의 아내가 말했다. "끔찍해." 이렇게 말하고 그곳에서 벗어나기 위해 남편을 잡아끌었다.

군인은 한 마디도 하지 않았다. 그저 지겨움과 모욕감을 느끼며 수군거리는 아낙네들을 바라보기만 했다… '이런 고함을 지르다니… 이 인간들은 전쟁이 무엇인지 진짜 몰라…'

그는 조용히 걸어갔다. 그의 앞에서 뛰어가는 아내를 따라 정신없이 걸었다.

아내를 따라잡았을 때, 급히 걷느라 숨을 헉헉거리며 물었다.

"지금 어디를 그렇게 서둘러 가는 거야…"

여자는 뒤를 보지 않고, 더더욱 빨리 앞으로 가려고 애썼다.

"나도 어린 것 셋을 남겨 두고 왔어요." 여자가 격한 감정에 나오지 않는 말로 대꾸했다.

남자는 갑자기 멈추어 섰다, 뒤로 물러섰다.

'세 어린 아이를… 그의 세 아이를…'

그의 이마에 차가운 땀이 솟아났다. '아, 그 사람이 지금 그 아이들을 발견했다면… 잘라진 목과 함께 발견했다면.'

'하지만 그건 불가능해… 누가 상관을 하겠어! … 그는 뛰지 말라고 소리치고 싶었다. 난 여기 있잖아…'

마을 전부가 온통 난리였다. 여기저기서 여자들과 아이들이 성당 방향으로 달려갔다.

군인은 혼란스러워지기 시작했다. 이건 일반적이고 보편적인 일이었다. 한순간 완전한 가치 평가가 갑자기 끔찍한 일이 되어 그의 정신으로 들이닥쳤다. 사람들이 내뱉은 말을 들은 곳에서 그 모든 것이 날카로운 채찍이 되어 그의 마음을 찢었다.

대문 안으로 들어섰을 때, 그는 마음을 놓았다.

아이들은 집 앞에 서 있었다, 어미가 그들에게 몸을 굽히고 입맞춤을 했다.

그는 진지하게 어두운 얼굴로 사랑하는 아이들을 바라보았다. 그리고는 몸을 돌려 한 아이에게 입을 맞추려고 입술을 내밀기 전이었다. 그 때 누가 자기를 찾는 것을 알아 차렸다.

경찰 두 명이 대문에 서 있었다.

한 명은 총을 낮게 내리고, 장전을 했다.

그는 눈도 깜빡이지 않았다.

경찰들이 경계하는 눈으로 마당으로 들어섰다.

"당신이 오늘 버르거의 집에 갔었나?" 검은 머리의 서장이 물었다.

"버르거의 집에요?" 군인이 태연히 말했다.

"그렇소, 오늘 말이요."

"오늘이요?"

"바로 오늘."

"어제 갔었는데요."

순경이 눈을 부릅뜨고 그의 눈을 주시했다.

"어제 갔다 온 것은, 나도 알아. 품삯을 받으러 갔다지."

"예, 품삯을 받으러 갔었지요."

"그럼 오늘은 어디 있었나?"

"오늘? … 오늘 내가 무얼 했나."

"네 주머니에 있는 게 뭐야?" 다른 순경이 소리쳤다.

군인은 너라고 부른 사람을 차갑게 바라보았다. 하지만 자기도 본의 아니게 자기 주머니를 슬쩍 보았다. 하얀 손수건 끝자락이 밖으로 삐져나와 있었고 피가 묻어 있었다.

그는 태연히 그걸 꺼내서, 이게 무슨 핀가, 생각했다.

"이걸 어떻게 설명하려나?" 서장이 물었다.

"어떻게?" 군인이 말했다.

"끌어내!" 그러자 순경 두 사람이 단검이 달린 총을 언제라도 사용할 수 있도록 들어올렸다.

군인은 조용히 웃었다, 그들이 두렵지 않다는 듯.

"아들이 손을 베었어요. 아이의 손을 이 손수건으로 닦아주었지요. 그리고 싸매 주었죠."

순경들은 놀라서 귀를 기울였다.

그들은 크고 총명한 눈으로 엄마 옆에서 그들을 바라보고 있는 아이를 살펴보았다. 여자는 벌벌 떨면서 눈물을 참으며, 그들을 쳐다보지 않았다. 제일 어린 아이를 가슴에 꼭 끌어안고, 다른 아이를 손으로 당겨 품에 안고 있었다.

"얘야, 너 왜 손을 싸맸니?" 서장이 친절하게 아이에게 물었다.

아이의 눈이 휘둥그레졌다.

"저도 몰라요." 이렇게 말하고, 아이가 아빠를 쳐다봤다. "아빠가 집에 왔을 때, 제 손을 싸매 주었어요. 하지만 피가 묻어 있던 건 아빠 손이었어요."

모든 사람의 얼굴에 놀라움이 드러났다. 하지만 군인은 총명하고, 빛나는 아들의 얼굴을 오래도록 바라보았다. 사랑에 가득 찬 눈으로 바라보고, 미소를 지었다…

"자, 아들아" 그가 말했다. "네가 지금 순경 손에 나를 넘겨주었구나."

이 말을 하면서 아주 단순하게 두 명의 순경에게, 검은 머리의 서장을 향해 몸을 돌렸다.

"제가 그랬습니다… 순경 나리…"

대문과 울타리에 모여 든 사람들이 놀란 얼굴로 멍하니 바라보았다. 모두가 상기되고 놀란 눈으로 끔직한 살인자를 바라보고 있었다. 놀라지 않은 사람은 오직 군인 한 사람뿐이었다.

그는 냉정하고, 태연하게 손에 수갑을 채우도록 했다.

"순경 나리도, 알고 계시죠." 그가 애들이 둘러대듯 조금이라도 변명하려는 것처럼 다시 말문을 열었다. "예전에 나는 죽이는 것을 쳐다보지도 못했어요…. 우리 어머니가 닭을 잡거나… 혹은 집 사람이 닭을 잡으면… 어땠는지 말해보라 하세요! 나는 그 쪽으로 코도 돌리지 않았어요… 하지만 전쟁터에서 사람은 모든 것에 익숙해지지요. 여기 고향에서는 익숙해지기 힘든 것에도…"

순경과 떠나야만 할 때가 되자, 다시 한 번 그의 정신이 돌아왔다. 마침내. 그를 가족에게서 떼어 데리고 가려할 때.

모든 것이 끝났다는 생각이 그의 마음을 흘러 지나자, 그는 크게 한숨을 쉬었다, 흐느꼈다. 그리고 찌푸린 얼굴로, 입을 비쭉이며 울기 시작하는 아들을 자포자기한 눈길로 바라보았다.

“애야” 그가 말했다. “내 아들아! 너 주려고 꿀 과자 하나 사왔어… 엄마에게 달라고 해라…”

아이는 엄마를 올려다보았다. 그 사이 아빠는 재빨리 대문 밖으로 나갔다.

야반도주

Hurcolkodás

꿈속에서도 들렸다.

발을 끄는 소리, 구르는 소리, 직직 끌리는 발자국 소리, 소음과, 알 수 없는 소리들이 한밤중에 들렸다. 마침내 그녀는 눈을 떴다, 그리고 구멍 속의 겁먹은 뒤쥐처럼, 귀를 기울였다. 밖에, 복도에서 여러 사람이 무겁고 빠른 걸음으로 지나갔다. 무언가 무거운 것을 끌고 가는 것 같았다. 빌어먹을, 대체 무슨 일이야?

그녀는 침대에서 벌떡 일어났다. 다리를 구부리고 쪼그려, 웅크리고 앉아 귀 기울였다. 식구들 모두 방에서 자고 있었다. 아빠, 엄마, 세 아이와 밖의 자기 일터인 거리에서 자던 율리도 오늘은 집에 있었다. 방안은 추웠다. 하지만 몸이 언다고 해도 상관하지 않는다. - 지금도 몸이 언 상태였지만, 기침을 하지 않기 위해서 조심해야 했다. 기침소리에 잠자던 사람들이 깨어나서는 안 되기 때문이다. 왜냐하면 그렇게 되면 저기 밖에서 야반도주 해 가는 사람들에게 좋지 않을 것이기 때문이다.

그녀는 미끄러지듯 창가로 다가 가서, 어둠 속을 내다보았다. 잠시 뒤, 그녀의 피가 멈추었다. 두 사람이 커다란 옷장을 복도에서 운반하고 있었다. 빌어먹을, 정말로 그들이 도망을 가네…

그들이 지나갈 때까지 그녀는 기다렸나. 그가 누구였는지, 그녀는 알고 있었다. 집 관리를 하는 아주머니의 애인, 여니였다. 그녀는 오싹했다. 여니가 어디로 도망을 가는 거지? 사람들은 그를 관리인 여니라고 불렀다. 왜냐하면 그가 언제나 여 관리인의 아들이라도 되는 듯 그 집에서 살았기 때문이다. 그러나 그는 여 관리인의 애인이었다, 엄마가 얼마 전에 이렇게 알려주셨다. 여 관리인이 하룻밤에 11번이나 즐겼다고 자랑을 했다고. 그러던 여니가 지금 도망을 가고 있다.

그렇다고 해도 모든 것이 분명하지 않았다. 혹시 여니가 누가 도망가는 것을 도와주고 있거나 무엇을 도와주는 거라고 생각할 수 없었다. 여니가 자기 아버지와 옷장을 운반하고 있었다. 그렇다면 분명히 자기들 옷장을 운반하는 것이다. 맙소사, 이 사람들이 도망을 간다. 이미 도망가기로 모든 약조가 되어 있는 것 같았다. 그들에게는 집세가 엄청나게 밀려 있었다. 여니가 여 관리인의 애인이 된 이후로 그의 부모는 집세를 내지 않았다. 벌써 반년은 되었을 것이다. 하지만 이 공동주택에 사는 사람들은 모두 여니가 여 관리인의 애인이라서 그의 부모가 집세를 내지 않는 사실을 받아들였다.

맙소사, 그들이 지금 모두가 잠든 한 밤중에 도망을 간다. 이런 생각이 들자 몸이 떨렸다. 방에 난로가 없어서 몸도 약간 얼었다. 오늘이 3월 초순이기는 했지만, 몹시 추웠다. 그래도 창문 옆에 끈기 있게 붙어 서서, 덜덜 떨면서 밖을 내다보았다. 혹시 누군가가 관리인 여니 가족이 밤에 도주하는 것을 붙잡지는 않을까. 어서 숨어야 하는데, 하지만 그들은 정말 느릿느릿 아장거리며 걸었다. 게다가 숨을 헐떡이는 소리까지 들렸다. 옷장 속에 들었던 물건을 하나도 빼내지 않고 모두 들고 가기 때문에 옷장이 분명히 가득 차 있던 까닭이다. 그런데 그 속에 뭐가 들어서 그렇게 무거운 건가. 그들은 모든 것을 그 속에 다 집어넣었다. 그 속에 물건이 많지는 않을 것이다, 그러나 들어갈 수 있는 한, 냄비까지 모든 것을 다 밀어 넣었다. 그들이 무얼 가지고 가는지 누가 알겠는가.

그녀는 온 몸을 떨었다. 무언가 탕 소리를 냈기 때문에 떨렸다는 것을 그때야 깨달았다. 옷장 문이 열리더니 요란한 소리가 났다. 공동주택 전체가 울릴 만큼 커다란 소리가 났다. 그러고 나서 무시무시한 고요가 찾아왔다. 사각거리면서 마루 밑창을 긁어 대던 쥐가, 사람이 일어나서 놀래주려고 잠시 쿵 소리를 내면, 즉시 긁어대기를 멈추는 것처럼. 그러다가 시간이 조금 지나고, 자기가 소리를 내지 않는 동안에 적도 죽어 버렸다고 생각되면, 다시 일어나 바닥을 긁어대듯이, 이 사람들도 장롱을 끄는 동작을 멈추고, 또한 미동도 하지 않았다. 얼마나 조용하게 있는지 시체가 된 것 같았다. 깨어난 사람이 있으면, 다시 잠이 들 때 까지 기다린 뒤에야, 그들은 다시 계속해서 나아갔다… 하지만 그녀는 알아차렸다, 여 관리인의 집에 전기 불이 켜져 있었다는 것을. 하지만 쾅 소리가 나자, 그 순간 즉시 불이 꺼졌다. 그리고는 다시 불이 켜지지 않았다. 분명 여 관리인은 다른 누군가가 알아차리는 것을 두려워하고 있었다. 누군가 그녀가 이 도주에 가담했다고 생각해서는 안 됐다. 다음날 그녀는 자기는 잠들었는데 여니가 대문 열쇠를 훔쳐갔으며 야반도주에 가담하지 않았다고 부정하기 위해서 불을 꺼야만 했다. 그녀는 여니를 믿었고, 그래서 12시가 지난 다음에는 통상 여니가 문을 열었다고. 아마도 내일 여 관리인은 이렇게 말할 것이다, 여니가 열쇠를 가져가서, 밀린 집세 대신 살림살이를 빼앗기지 않으려고, 몰래 자기 부모를 도망치게 했다고… 빌어먹을, 그들은 얼마나 교활한가. 아마도 그녀는, 애인이 도주하는 것을 허락했을 것이다, 집주인인 베르메시에게는 집세를 받을 수 없었고, 그들이 도망갔다고 속일 것이다… 3월 1일. 분명 오늘 여니 부모에게 집세를 내라고 명령을 했는데, 그들이 한밤중에 슬며시 도망을 갔다고.

이건 정말 엄청난 일이어서, 창문 안에서 치베가 온몸을 떨며 겁에 질린 채로 도주가 성공하기만을 빌며 바라게 했다. 그녀는 여니 가족과 친하지도 않았고, 여 관리인과 친하지도 않았다. 그렇지만 누군가가 새벽 1시 반이나 2시에 살림살이 전부를 지니고, 자기 부모와 형제를 데리고 이 집에서 도망갈 용기를 냈다는 것은 정말 대단한 일이었다. 더군다나 여 관리인이 사랑 때문에 자기 일자리를 잃을 모험을 하는 것도 대단한 일이었다. 만약 이 집의 2층 3호실에 살고 있는 집주인이 깨어난다면, 곧바로 경찰에 전화를 할 것이다. 맙소사, 그러면 모두가 유치장에 들어갈 것이다. 이렇게 아무리 정의롭지 않고 무모하다고 해도, 그럼에도 있는 용기를 다해 이 일을 감행하는 사람은 두려워하는데 비싼 집세를 꼬박꼬박 챙기고 한 밤중에 자기 침대에서 편안하게 자는 집주인은 두려워하지 않고 있고, 그동안 여 관리인은 토끼처럼 눈을 반만 감은 채로 계속 자고 있다…

말하자면 어린 소녀는 두근거리는 심장 전체를 가지고 발소리를 죽이고 몰래 도망가는 사람 편을 들고 있었다. 어깨가 아팠다, 그들을 도와주고 싶어 세게 창문의 나무에 어깨를 누르고 있었다. 하지만 누군가가 묻는다면, 야반도주는 좋지 못하고 옳지 않으며 결국에는 경찰에 붙잡히게 될 테니 이런 일을 일을 해서는 안 된다고 대답할 것이다.

하지만 그 다음은 어떻게 되는 걸까? 대문 아래에 마차가 와 있기는 한 걸까? 대문 앞에서, 길에서 기다리고 있는 걸까? 빌어먹을, 어떻게 자정이 지난 시간에 야반도주에 필요한 마차를 구할 수 있을까?

“너 거기서 무얼 보고 있니?” 엄마가 그녀의 뒤에서 말을 건네자, 치베는 화들짝 놀라 더욱 떨며 뒤를 바라다보았다.

“도망 가” 그녀가 속삭이며 말했다, 그 소리에 엄마도 숨을 죽이고 귀를 기울였다. 심장 뛰는 소리가 들릴 만큼 방 안은 긴장되었다.

“누가?” 아빠가 쉰 목소리로 물었다. 그들은 아빠도 깨어있는 것을 알아차리지 못했다. 분명, 쾅하는 소리에 이 주택에 사는 모든 사람들이 깨었을 것이다, 그리고 지금 모두들 제발 누군가라도 도망가는데 성공하기를, 마음 조리며 바라보고 있을 것이다. 이 커다란 노동자들이 사는 공동주택에 사는 65명의 거주자들이 놀란 한 명의 특공대원처럼 낑낑거리고 있었다. 과연 집주인이 쾅 소리를 들었다면, 무슨 일이 일어날까? 다른 때에는 아주 작은 소리가 나도, 모두가 창문을 열고, 문을 열고 복도로 뛰어 나갔다. 무슨 일이냐고? 그런데 지금은? … 세상에서 어느 누구도 꼼짝도 하지 않았다… 잠이 깬 사람들은 아마 많을 것이다, 하지만 거름 속에서 쑤셔낸 애벌레처럼 떼 지어서 모두 소리를 내지 않았다. 어디에서도 살며시 창문 여는 소리조차 들려오지 않았다.

그들도 더욱 더 조용히 해야 했다, 왜냐하면 아이들도 움직이기 시작했기 때문이다. 그들이 깨어나서는 안 된다. 아이들에게는 명령을 할 수도 없고, 그러면 아이들이 곧바로 소리를 지를 테니까… 어린 빔비가 다시 조용해지고, 다른 두 아이도 조용해 질 때까지 그들은 기다렸다. 그러고 나서 치베가 속삭였다.

"도망을 가고 있어요… 관리인 여니 가족이…"

모두가 알아들었다. 그들은 큰 한숨을 쉬었다. 어이어이, 할 수만 있다면. 그들도 기꺼이 도망을 갈 것이다, 이미 임대 계약은 끝난 상태였다. 엄마에게는 이 허풍쟁이, 바로 우리 아빠도 여 관리인을 껴안았고, 그 때문에 해약이 되었다는 생각이 들었다. 하지만, 이 인간은 집세를 내지 않고 한밤중에 도망갈 엄두도 못 낸다… 오로지 젊은이들만이 모든 것을 할 수 있다. 여니 같은 젊은이만이. 여니는 열한 번이나 여 관리인을 껴안았고, 열두 번째로 자기 아버지에게 대문을 열어줄 수 있었다. 하지만 이 인간은 마지막 일 원까지도 집세로 내야만 한다.

"난 한밤중에 이사 갈 수가 없어." 엄마는 크게 한숨을 쉬었다.

거기에 아무 말도 덧붙이지 않았지만, 아빠는 엄마가 무슨 생각을 하는지 이해할 수 있었다. 그는 마지막 일 원 까지도 더러운 집세로 내야만 하는 것이다…

"어떻게 한 밤중에 이사를 가요?" 치베가 물었다. "마차가 가구를 싣기 위해서 밤에도 오나요?"

"돈만 주면, 내가 부른 곳에 데 마차가 서 있을 거다." 엄마가 당당하게 말했다. "내가 오라는 시간에 말이다."

치베는 입을 다물었다. 작은 그녀의 머리로 생각을 했다. 치베를 속이는 것은 그리 간단하지 않았다.

"하지만 집세 낼 돈도 없는 사람들이니, 분명히 마차 삯도 없을 텐데요."

그들은 입을 다물었다. 아빠가 웃었다.

"나는 시치미를 뗄 거야."

아하, 그거 좋은 생각이다. 영수증을 써 주고는, 시치미를 뗀다. 좋은 생각이야.

"하지만 나중에 지불해야만 하면."

치베가 생각에 잠긴 채 물었다.

"그 사람들에게 새 집이 있을까요? … 다른 집을 구해도 한 달 월세를 예약금으로 내야해요…. 그리고 마부에게도 얼마를 주어야만 해요… 그러니까, 아빠도, 알다시피, 돈 없이 사라질 수가 없잖아요."

"비밀스레 할 수 있어… 어떻게? …여 관리인을 껴안은 사람은 여기서 집세를 안 냈으니 거기서도 안 낼 거야, 주인의 말을 돌보며 그 옆에서 자는 친구를 마부로 불렀을 거야…"

밖은 이미 적막하다. 이미 도망가는 사람들은 대문 밖으로 나갔고, 대문은 잠긴 상태이다. 집 전체는 몹시 고요하다. 가족들, 가장들과 아이들의 어머니들은 다시 꾸벅꾸벅 잠들기 시작한다. 또한 그들은 누군가 도주에 성공했다는 사실에 만족한다…

치베도 벌써 침대 속에 누웠다, 꽁꽁 언 다리를 손바닥으로 쥐어 따뜻하게 했다. 신나고 즐거웠다. 그때 갑자기 다시 쾅하는 소리가 들려왔다.

이크, 그녀는 침대에서 빠져 나와 다시 창가로 갔다.

"뭐냐, 뭐야?" 엄마가 재촉했다, 아빠까지도.

치베는 한참동안 주위를 기울였다. 그리고 무슨 일이 일어났는지 알아차렸다. 복도 맞은편에 있는 버르거 씨네 집에 일어난 일이었다. 소년이 버르거 일루시네 집으로 들어가려고 했다. 하지만 창문이 열려 있지 않아, 창문을 부순 것이다. 바로 그 소리였다.

"일루시가 창문을 열어놓는 것을 깜빡했어요." 치베가 알려 주었다. "소년이 계속해서 창문을 밀다가 부숴어요. 버르거 씨네 집에서요."

아빠가 웃었다. 모두의 내부에서 따뜻한 피가 뛰었다.

"모두가 깨어났어요. 남자 아이들도 일어났어요. 사람들은 어디에 창문이 열려있는지 생각나겠지요… 그는 슬며시 들어가길 원했는데."

그러자 엄마도 소리 내어 웃었다.

마지막 산적

Az utolsó betyár

겨울이다, 날씨는 추웠다. 온 세상이 얼어붙을 정도로 추웠다. 떠도는 사람이 돌처럼 딱딱해진 장화코로 흙덩이를 차면, 흙덩이가 조약돌처럼 땅 위를 콩콩거리며 끝까지 굴러갔다. 장화 속에 넣은 짚이 얼고, 그 짚 속에 들어있는 발이 꽁꽁 얼어붙었다. 지팡이를 잡은 손이 얼어붙고, 그 사람의 가슴 속에 심장이 얼어붙고, 뇌 속에서 생각이 얼어붙었다.

그럼에도 불구하고 가야만 했다. 고장 난 기계처럼 그는 점점 더 천천히 앞으로 나아갔다. 어디에서 어디로 가는지 알지 못한 채로. 들소가 멍에를 끌 때처럼 머리를 앞으로 내꽂은 채, 눈은 핏발이 서서 튀어나와 있고, 추위로 눈물에 젖어 있었다.

온통 뾰족한 바늘이 박힌 가죽 채찍이 때리는 것처럼 바람이 불어오더니 그의 짧은 속바지를 때리자, 마치 톱날 달린 도구[25]가 그의 퍼렇게 얼어붙은 생살을 뚫고 들어간 것처럼 아팠다.

산적은 바람에 날아가지 않도록, 걸음을 멈추고 바람을 등지며 돌아섰다. 그 때 그의 머릿속으로 어떤 생각 파고들었다. 자기를 뒤 따라오고 있는 개들, 그 개들이 군복을 걸치고 있다는 생각이 떠올랐다. 개들이 배가 고파하면 (사람들이) 고기를 구워주고, 수통의 물을 먹인다. 그러면 개들은 뛰어 도망가는 산적을 보고 이야기 하는 듯이 짖어댄다. 하지만 그는 이틀 동안 먹지 못했다, 이제 걷는 것도 (그의 몸을) 따뜻하게 만들어주지 않았다.

"세상(사람 모두)을 죽여 버리겠어!" 그가 지팡이를 들어올렸다, 따뜻하게 지내는 사람과 고통을 느끼지 않는 사람을 생각하니 끔찍했다.

그는 다시 출발했다. 이제껏 걷던 것과 똑같이 느릿느릿 걸었다. 서둘러 갈 곳이 없었다, 또 어디로 가야 하는지 알지 못했다. 그는 황무지에서 길을 잃어버렸다.

날이 저물었다. 짙은 흑갈색 안개가 쓸쓸하고 절망적이게 땅 위를 덮었다. 그 사람은 그저 걷고 또 걸었다.

갑자기 크고, 검은 덩어리가 그의 앞을 막았다. 위를 쳐다본, 그의 눈은 기대하지 못한 놀람으로 튀어나왔다. 그의 앞에 집이 있었다.

---

25) 원어는 gereb. 식물의 섬유소를 손질하거나 깨끗하게 만드는 톱날 모양의 도구.

창문까지 두 발걸음 떨어져 있었다. 창문으로 가서, 안을 들여다보았다. 검은 그을음이 낀, 천장이 낮은 방, 목동이 사는 집의 벽난로에 불이 타고 있고, 그 안에서 아이들이 크게 소리 내어 웃었다.

"모두 죽여 버리겠어!"

그는 문에 달린 손잡이 끈을 찾아 당기지 않고, 온 몸으로 문을 밀었다, 거의 문 위로 떨어지는 것처럼.

그가 안으로 들어서자 그의 속에서부터 동물적인 소리가 터져 나왔다. 그는 지팡이를 들어 올려 내려치고 싶었으나, 손가락이 움직이지 않았다. 간신히 팔을 들어올렸다. 얼굴이 일그러졌고 눈이 밖으로 튀어나오려고 했다.

가족은 두려워하며 입을 다물었다. 오직 아파서 누워 있는 주인장이, 소리를 질렀다.

"뉘시오?"

지팡이가 바닥을 때렸다. 바로 그 때 불이 타오르더니, 그 빛이 산적의 눈을 어른거리게 만들었다. 그는 아무런 행동을 못하고 서서, 생각 속에서만 이렇게 중얼거렸다.

"그들을 죽여야지!"

그러나 살인의 순간이 지나갔다.

"어서 오세요, 아저씨. 어서 오세요." 부인이 이렇게 얘기하더니 아이를 바닥에 내려놓고 일어서서 가까이 왔다.

"이렇게 추운 날씨에 밖에 나오시나니! …" 이렇게 말하고 살며시 문을 안으로 당겼다.

산적은 아무 말 없이 그냥 서 있었다. 벽난로 위의 선반에 놓인 햄 반 토막이 눈에 들어왔다. 야수처럼 햄을 향해 돌진하고 싶었다. 하지만 이미 그의 마음에는 인간성이 되돌아 있었고, 그들이 자기를 굶주린 개처럼 보는 것은 싫었다.

그는 부인에게 눈길을 돌려 살폈다. 평범한 작고 넓적한 입술, 납작한 이마를 지닌 여자였다. 마르고, 부석거리는, 말랐지만, 따뜻해 보였다. 그녀의 내부에서부터 따뜻함이 흘러나오고 있었다. 부인이 산적의 손을 잡았다. 산적이 손에 쥔 지팡이를 부인은 서둘러 내려놓지 않았다. 그 사람의 기운 속에 피가 돌기 시작했다.

"세상에, 이 사람 꽁꽁 얼었어요!"

부인이 소리쳤다.

"살이 완전 얼음이에요. 시장하시지요, 그렇지요?"

산적은 눈썹을 찡그렸다, 그러나 눈길은 다시금 햄에 가 닿았다, 마치 늑대의 눈처럼, 그의 눈은 푸른 불꽃을 뿜어내고 있었다.

"아이고, 불 가까이로는 가지 마시고, 여기 문 쪽에 앉으세요!"

여인이 마치 주인 남자라도 된 것처럼, 산적을 긴 의자에 앉혔다. 뻣뻣한 손가락 사이에서 지팡이를 빼내고, 팔린카를 가져왔다. 산적은 병을 쥘 수가 없었고, 부인이 술을 따라야했다.

알코올이 그의 속을 따뜻하게 하고 뜨겁게 덥히기 시작하자, 다시 든 첫 번째 생각은 이것이었다.

'모두 죽이겠어!'

그리고 혼자서 계속해서 이 말을 반복했다, 그렇지만 부인이 음식을 먹여주고, 음료를 마시게 해주고, 옷을 벗기도록 내버려두었다. 얼어서 달라붙은 장화를 벗기지 못하자, 나무통에 차가운 샘물을 길어다가 붓고 장화를 신은 채 다리를 담그도록 내버려 두었다.

부인은 신기할 정도로 우둔한 선함을 지니고 그를 다독여 주었다. (밖에서 가져온) 눈으로 그의 머리, 어깨, 등을 씻어 주었다. 자신이 착한 일을 하고 있다는 생각은 전혀 없었다… 그리고 남자도 침착한 우둔함으로, 그들이 산적에게 착한 일을 하고 있다는 생각을 하지 않고 참고 있었다.

그것은 당연한 일이었기 때문이다. 그렇지 않으면 그가 동상에 걸릴테니…

그러는 동안에도 그는 계속 중얼거렸다. "그들을 죽여 버릴 거야."

그러나 한 마디도 하지 않았다. 그들이 먹여주고, 잠자리에 눕혀주었다. 뻣뻣한 채로 누워서 눈을 감았다, 그리고는 이제 죽는구나 하고 생각했다. 다리를 쭉 뻗고, 손을 포개 놓았다, 마치 죽은 사람을 그렇게 하듯, 그리고 마지막 시간을 기다렸다.

다음날 아침 눈꺼풀이 휙 열렸다, 성에가 녹아, 습기가 찬 작은 창문 너머로 다시 눈이 내리기 시작하는 것을 보았다. 추위도 누그러졌다, 저기 밖에는 눈이 펑펑 내리고 있었다.

산적은 생각했다, 만약 이곳에 오지 않았더라면, 지금 저기 밖에 누워 있으리라. 더 뻣뻣하게, 더 조용하게 누워 있었을 것이고, 하느님께서 하얀 수의로 덮으셨으리라….

그의 머리가 점점 더 잘 움직이기 시작했다.

산다는 것은 무참하다. 존재하지 않는 사람에게 (산다는 것은) 좋은 것이다. 그럼에도 불구하고 누군가를 저승으로 보내면, 사람들은 분노했다. 저승 그곳에 낙원이 있는데도… 그리고 보라, 모두의 끝은 구덩이 하나이다. 고통에서부터 벗어나는 것은 좋은 일이다. 게다가 벗어나기가 얼마나 쉬운지…

눈덩이를 만들고 빨간 얼굴로, 웃으며 눈을 묻힌 채 안으로 뛰어 들어오는 아이들에게, 부인이 소리를 치기 시작했다.

다른 침대에는 환자가 누워 있었는데, 아주 상태가 나빠 보였고, 처참하게 신음하고 있었다. 지붕이 무너져 내려, 모두 죽으면 좋았을 것을. 이런 수많은 불행을 지고 사는 것보다 나았을 것을.

그는 헤어진 오두막의 지붕을 올려다보았다. 다락은 없고, 짚으로 이은 지붕은 서리로 덮혀 있었다. 매달린 거미줄이, 꽃 피기 시작한 로즈마링 같았다.

추운 것도 나쁘지만, 배고픈 것은 더 나빴다. 이것이 문제였다, 이 두 가지가 문제였다. 하지만 절대 추위에 떨지 않는, 절대 굶주리지 않는 사람들도 있었다. 그러나 쫓기는 자가 모든 것이 있는 사람에게로 간다면…

갑자기 밤에 이곳으로 헤매어 들지 않고, 어떤 성으로 갔더라면 어땠을까 상상해보았다…

다시금 격렬한 인간에 대한 증오감이 온통 일어났다.

그들을 죽이겠어. 그들에게는 처벌이, 이들에게는 죽음이 구원이야.

거칠게 주먹을 올렸다가 다시 내렸다.

조용해졌다.

그는 눈을 감았고, 생각이 멈췄다.

따뜻한 손이 그의 이마 위에 닿는 걸 느꼈다. 눈을 떴다. 부인이 그의 앞에 서 있었다.

"자 벌써 아침이 밝았네요."

"안녕히 주무셨어요."

"무슨 꿈을 꾸셨어요? 오, 이제는 (상태가) 좋으시네요."

"좋습니다."

"하지만 저는 거의 믿지 않았어요. 밤에 들어오셨을 때는, 어찌나 무섭던지. 세상에, 훌륭하신 분이, 대체 이런 날씨에 왜 길을 떠나셨어요?"

"음."

"그래야만 했던거지요, 그렇지요? 좋으신 하느님께서 저의 집 양반을 낫게만 해 주시기만 한다면. 아이고, 이 세상에서 어찌 살아야만 하는지, 저는 모르겠네요."

"뭐가 문제입니까?"

"오, 가난한 사람들에게는 문제 말고는 다른 것은 아무 것도 없지요. 이제 벌써 모든 것이 떨어졌어요, 시숙이 계시는 읍내로 가서, 봄까지 살아남을 밀가루 조금과, 다른 것을 꾸어왔어야만 했어요. 하지만 남편은 매일 상태가 더 나빠지고, 이제는 의식도 없어요. 아이들에게 주려고 묽은 스프를 조금 요리했어요… 밀가루도 없고, 기름도 없어서, 그저 물만 가득할 때는, 그 멀건 국이 무슨 소용이 되겠지요. 그래도 가엾은 애들은, 상관하지 않아요, 그저 무언가 숟가락질을 하기만 하면 되지요. 아이고, 아이들이 다 클 때까지 얼마나 고생을 해야 할까요…"

마치 오래 된 맷돌이 우는 소리 처럼, 이렇게 말이 쏟아져 나왔다. 생생한 궁핍이 누워 있던 남자가 일어나 앉도록 동요시켰다. 그러나 그가 아무리 궁리해 봐도 뾰족한 수가 생각나지 않았다.

"그럼 당신들은 어떻게 되는 거요?" 산적은 부인이 자기 누이라도 되는 것처럼 생각하며 물었다.

"좋으신 하느님만이 아시지요."

산적은 한숨을 쉬었다, 고개를 숙이고 생각에 잠겼다.

"몇 살이냐?" 엄마 치마 옆에서 뚫어지게 쳐다보는 제일 큰 남자 아이에게 손짓을 했다. 아이는 목을 움추리고 대답하지 않았다. 부인이 말했다.

"이 녀석은 벌써 큰 게으름뱅이지요. 거의 10살 됐어요. 그런데도 이렇게 수줍음을 타네요…"

"나하고 같이 읍내에 갈래? 장 보러…"

"갈래요" 소년이 조용히 말했다.

"안 갈 리가 있나, 분명 가겠지." 부인이 말을 이었다. "길이 그렇게 멀지 않거든요… 어머나, 그런데 저희에게는 돈이 없어요."

"제게 있습니다." 산적이 말 중간에 끼어들었다. 그리고 음울하게 덧붙였다. "아니 생길 겁니다."

부인이 그를 쳐다보고, 조용히 말했다.

"아이고, 그런 식으로 마련하지는 마세요… 저희는 그런데는 익숙하지가 않아요… 저는 차라리 굶어죽는 게 좋아요… 어리석은 일이예요… 저는 어째도 좋아요, 오직 당신에게 문제가 생기지 않으면 좋겠어요… 화내는 건 아니시지요?"

산적은 말을 멈추고 부인이 양심적으로 제안하는 것을 들었다. 그도 그렇게 했다, 양심적으로 계산을 했다.

"슬퍼하지 마십시오, 그런 돈이 아닙니다…" 그가 끌듯이 말했다.

그러더니 일어나서 옷을 입었다.

"옷을 입어라" 아이에게도 말했다.

부인은 아빠의 옷으로 소년을 감쌌다, 그리고 읍내에 사는 아는 사람, 친척에 대해서, 시집온 이야기를 해 주었다.

"그러면 언제 돌아오시나요?"

남자가 한참 동안 침묵했다.

"저는 돌아오지 않습니다."

"어머나, 안 돌아 오신다구요. 그래도, 또 만나겠지요."

"절대 못 만납니다."

"그렇지만 저의 남편도 훌륭하신 분을 좋아하시는데… 저의 시숙 성함은 라더시 페렌츠입니다…"

산적은 어렵게 대화에서 벗어났다, 이렇게 고통스러운 순간은 결코 없었다.

"하느님께서 보호하시길" 이렇게 말하고 어린 소년을 그의 품에 안았다. 길을 가면서 자신의 아들이라도 된 듯, 아이와 이야기를 주고받았다.

읍내에 들어서자, 시숙에게로 갔다.

"루더시 페렌츠 씨 이십니까?"

"네, 접니다."

"올바로 사시오" 산적이 무섭게 단어를 이어 맞추며 말했다. "돈을 조금 받아야 할 곳이 있소. 가서 당신과 함께 증인이 될 사람을 데려오시오. 아이의 가족에게 내가 은혜를 입었으니, 이 아이에게 돈을 주겠소. 그 돈으로 기름, 밀가루, 필요한 것을 사서, 아이 아버지가 아프니 실어다 주시오.

"기꺼이 그렇게 하겠소."

이렇게 해서 네 명이, 다섯 명이 포도청으로 올라갔다.

포도청 대문 앞에서 산적이 농담하면서 말했다.

"오, 애야, 네가 데려다주지 않으면, 나는 안 들어간다. 네가 데려다주면, 거기서 모든 것을 받을 게야."

"들어오세요, 들어와요." 소년이 그의 옷을 잡았다.

"얘야, 내 손을 그렇게 잡아 당겨라."

아이는 그렇게 했다.

이런 방식으로 그들은 마당으로, 집무실로 들어갔다.

"얘야, 원님이 어디 계시냐고 여쭈어라."

"원님 어디 계세요?"

"여기 있다. 왜 그러느냐?"

"얘야, '제가 코르모시를 잡았으니, 상금을 주세요!'라고 말하거라."

아이는 멋지게 그를 따라 말했다.

"제가 코르모시를 잡았으니, 상금을 주세요!"

이제야 같이 온 사람들은 자기들이 누구를 데려왔는지 알게 되었다.

원님도 놀라서 세 주의 포도청이 잡을 수 없어 라더이가 그의 목에 100펭궤의 현상금을 건 이 유명한 도적을 바라보았다.

"이런, 개새끼!" 원님이 그를 향해 화를 내며 고함을 쳤다. "그렇지만 나타났겠다."

"예, 부탁드립니다…" 그가 비굴하게 말했다. 그리고 아주 단호하게 덧붙였다. "자, 원님, 누가 저를 잡았는지 아시지요?"

"안다."

"저 아이가 저를 잡아온 대가로 100펭궤를 받을 수 있겠지요?"

"물론이지."

"그럼 좋습니다. 왜냐하면 이 조그만 아이가 아니었다면, 세상에, 누구도 저를 이 자리에 데려오지 못했을 겁니다."

포졸들이 손과 발에 차꼬를 채우기 위해 둘러쌌다. 코르모시는 울음이 터져 나오는 아이의 머리를 다시 한 번 쓰다듬었다.

"자, 얘야, 나는 너의 엄마를 존경한다. 훌륭한 사람이 되거라."

끌려가면서, 그는 눈에서 눈물을 훔쳤다, 그리고 혼자 생각했다.

"똑같아. 사람들이 나를 죽인다면, 내가 세상 사람을 모두 죽여서… 더 이상 아무도 볼 수 없게 되는 것과 똑같아."

그리고 감옥 안에서 창문을 올려다보며, 한숨을 쉬며 간절하게 기원했다.

'주님. 사형을 선고받지 않게 해 주소서!'

코스톨라니 데죄 Kosztolányi Dezső (1883-1941)

1883 써버드카에서 귀족 가문의 후예로 출생
1903 부다페스트대학교 문과 대학에서 문학 공부
1910 <불쌍한 어린이의 고통들>이라는 서정시 발표
1913 허르모시 일로나라는 여배우와 결혼
1919 혁명에 동조. 극우파 계열의 <새로운 세대> 구성원이 됨
1921 <페스트 신문>의 편집인
1926 <에데시 언너>로 큰 사회적 관심을 불러일으킴
1930 헝가리 펜클럽 회장
1933 후두암 발병
1936 <산 중의 작은 호수>로 문학의 완숙미를 보여줌
1938 암수술로 목소리를 잃어버림

옛 친구와 '정직한 도시'로 소풍을 가네

A régi barátjával a "Becsületes város"-ba tesz kirándulást[26)]

"그러니까 너 나랑 함께 가겠다?" 에스티 코르넬이 물었다.

"그러면 좋겠어!" 내가 소리쳤다. "난 온갖 거짓에 진절머리가 나."

나는 비행기에 올라탔다. 우리는 소리를 질렀다, 빙빙 돌았다.

비행기가 어찌나 빠르게 방향을 바꾸는지, 우리 옆 암벽에 사는 독수리들도 어지러울 정도였고, 제비들도 출혈을 일으킬 정도였다.

곧 내렸다.

"여기가 그곳이야." 에스티가 말했다.

"여기야? 여기도 거기와 똑같아 보이는데."

"겉으로는 그렇지. 속은 달라."

우리는 모든 것을 정확하게 살펴보기 위해서 걸어서 천천히 도시 안으로 들어갔다. 제일 먼저 내 눈길을 끈 것은, 길을 지나는 행인들이 거의 서로 인사를 하지 않는다는 점이었다.

"여기에서는 정말로 사랑하는 사람에게만, 존경하는 사람들에게만 인사를 해." 에스티가 설명했다.

검은 색 선글라스를 낀 거지가 아스팔트 위에 쭈그리고 있었다. 얇은 금속판으로 만든 접시가 그의 품에 놓여 있었다. 가슴에는 마분지로 만든 표지판이 걸려 있었다.

저는 장님이 아닙니다. 여름에만 검은 색 선글라스를 씁니다.

"거지가 왜 저런 글을 써서 걸고 있지?"

"자선하는 사람들을 속이지 않기 위해서야."

교차로에는 가게들이 반짝반짝 빛나고 있었다. 유리로 된 어떤 진열장 안에 이런 글이 보였다.

발을 망가뜨리는 신발. 티눈과 종기를 보장합니다. 우리 신발을 구매한 많은 손님들이 다리를 절단했습니다.

두 외과의사가 거대한 강철 톱으로 고함을 지르는 희생자의 발을 다리에서 잘라내고, 빨간 끈

---

26) 이 작품은 코스톨라니가 1925~36년 사이에 쓴 작품 가운데 에스티 코르넬이 주인공으로 등장하는 작품들을 모아 펴낸 에스티 코르넬 Esti Kornél이라는 단편작품집의 4장이다. 원 제목은 오래된 친구와 정직한 도시로 소풍을 떠나는 4장이다. 여기에서는 4장이라는 말은 생략하고 옮겼다.

안에서 피가 아래로 뚝뚝 떨어지는 총천연색 사진이 실상을 보여주었다.

"이건 장난이지?"

"전혀 그렇지 않아."

"아하. 재판부가 판결을 내려 상인에게 이렇게 하라고 강요한 거지?"

"그럴 리가." 에스티는 비웃으며 손을 저었다. "이게 진실이야. 이게 진실이라는 것을 너도 알아야해. 여기에서는 누구도 진실을 숨기지 않아. 이 도시에서는 자기비판이 얼마나 높은 수준에서 행해지는지, 재판부의 판결 같은 것은 아무 필요도 없어."

우리가 계속 걸어갈수록, 나는 점점 더 놀라게 되었다.

옷가게에서는 이런 광고가 크게 들렸다.

비싸고 품질 나쁜 옷입니다. 우리가 값을 속이니, 깎으세요.

식당에는

먹을 수 없는 음식, 마실 수 없는 음료. 집보다 못합니다.

제과점에는

진짜 마가린과 계란이 아니라, 대용품으로 만든 말라비틀어진 케이크.

"이 사람들 미쳤어?" 내가 더듬거리며 말했다. "아니면 자살 시도자들인가? 성인들이야?"

"현인들이야." 에스티가 단호하게 대답했다. "그들은 절대 속이지 않아."

"이런 현명함 속에서 파멸하지는 않아?"

"가게 안을 들여다 봐. 모든 가게가 꽉 차 있어. 모든 가세가 문전성시야."

"어떻게 이럴 수가 있지?"

"잘 들어. 여기서는 모든 사람이 자기 자신과 가장 가까운 이웃이 정직하고, 솔직하고, 겸손하다는 것을 알아. 그래서 자신을 과장하기보다는 차라리 작게 만들지. 값을 높이기보다는 오히려 낮추지. 이렇게 해서 이곳에 사는 사람들은 너희들이 사는 곳에서 하는 것처럼 듣고 읽는 것들을 그대로 받아들이지는 않아. 너희와 우리의 모든 차이는 이것이야. 너희들이 사는 곳에서는 사람들이 자신의 입장에서 무언가를 빼야만 해, 아주 많이 빼내야 해. 하지만 여기에서는 언제나 더해야만 하지, 조금 더해야만 해. 너희들이 주장하는 것처럼 너희들의 상품이나 사람들이 그렇게 뛰어나지는 않잖아. 이곳의 상품과 사람들도 이 사람들이 주장하는 것처럼 그렇게 나쁘지는 않아. 실제로 두 사회는 똑같아. 하지만 내 견해로는 후자의 방법이 더 정직하고, 솔직하고, 겸손한 방법이야."

한 서점의 진열장에 새로 나온 책을 색색의 종이 띠를 둘러 광고하고 있었다.

읽을 수 없는 쓰레기… 이제껏 한 부도 팔리지 않은 우둔한 늙은 작가의 마지막 작품… 회르괴 에르빈의 가장 구역질나는, 억지 시.

"믿을 수 없어." 나는 당황했다. "여기서는 이런 책들을 사나?"

"안 산다면 기적이지."

"그러면 그 책을 다 읽기도 해?"

"혹시 너희가 사는 곳에서는 이런 책들은 안 읽어?"

"네 말이 맞아. 하지만 그곳에서는 적어도 다르게 고안해내지."

"내가 다시 말할게. 이곳은 자신을 아는 도시야. 누군가 그의 미적 감각이 형편없다고 확신할 수도 있어. 그리고 누군가가 비난하는 투의 값싸고 공허하고 거만한 상투어를 좋아한다면, 회르괴 에르빈의 시집을 사겠지. 우리가 주장한 것과 맞기 때문에, 그들은 우리에게 실망하지는 않아. 모든 것은 오직 전술의 문제야."

나는 어지러워서 기운을 차리기 위해 카페에 들어가기를 원했다.

에스티는 초라한, 금색 장식품이 달린 카페 앞으로 나를 데리고 갔다. 그곳에는 사기꾼과 노숙자가 좋아하는 만남의 장소라고 쓰여 있었다. 값이 엄청나게 비싸고, 종업원들은 불친절합니다라는 글귀로 손님들을 끌어들였다.

처음에 나는 이곳으로 들어가고 싶지 않았다. 친구가 나를 밀어 넣었다.

"안녕하세요?" 내가 인사를 건넸다.

"뭘 속이는 거야?" 에스티가 꾸짖었다. "너는 여기서 상대방이 안녕하기를 원하지 않고, 맛있는 커피를 마시기 원하잖아. 하지만 맛난 커피를 마시지 못할 거야. 이곳에서는 커피 대용품인 치커리를 커피라고 속이거든, 또 그 맛을 2등급 커피 맛이라고 꾸며댈 거야. 나는 신문이나 보여주고 싶은 거야."

이곳에는 엄청나게 많은 신문이 있었다. 이번에는 내가 거짓, 사리사욕, 부끄러운 노상강도와 용병이라는 신문을 들어올렸다.

용병의 첫 장에는 계속해서 머리를 굴리도록 두꺼운 글자로 다음과 같은 사항을 드러내놓고 있었다.

이 신문의 모든 글자 하나하나는 돈으로 매수된 것입니다. 어떤 정부에 일관되게 종속

되어 있지 않으며, 결코 그들의 의견을 글로 쓰지는 않습니다. 하지만 더러운 이익추구가 요구할 때에는 그들의 의견을 씁니다. 그러므로 저희를 개별적으로나 공동으로 심하게 폄하하거나 질책하는 우리의 독자들에게 경고합니다. 저희의 기사를 심각하게 받아들이지 말고 저희를 경멸하십시오. 게다가 인간적으로 가능하다면, 저희가 받아야 할 그만큼만 질책하시라고 경고합니다.

"멋진데" 나는 열광했다. "이건 정말 내 마음에 들어."

"이곳에서는 진실을 말하는 것이 일반적이야." 친구가 말을 이었다. "그래서 모두가 같은 형식으로 연습을 해. 예를 들어 다음과 같은 광고를 들어봐." 그리고 그는 여러 신문에서 다음과 같은 광고를 읽기 시작했다. 여러 번 처벌을 받은 상습범으로, 교도소에서 출소한 계산원이 일자리를 찾습니다…. 정신질환을 앓고 있는 보모가 돌보아 줄 어린이를 찾고 있습니다…절러 지방의 괴체이 사투리로 프랑스 어를 하는 언어교사가 정확한 발음을 하는 학생으로부터 발음을 익히기를 바라고, 아직 수업이 없는 빈 몇 시간을 제의합니다….

"이 사람들이 일자리를 구해?" 내가 멍해져서 물었다.

"물론이야." 에스티가 대답했다.

"어떻게?"

"그러니까" 그가 어깨를 으쓱하며 말했다. "사는 건 이런 거니까."

그가 두꺼운 공책위로 몸을 구부렸다. 공책의 진회색 겉장위에는 검은 회색 글자로 무어라고 새겨져 있었다.

"이것이 이곳에서 가장 뛰어난 순수문학 비평지야. 많이들 읽지."

"나는 제목도 읽을 수가 없어."

"권태" 에스티가 글자를 읽었다. "이게 제목이야."

"이 책에서 재미있는 것이 뭐야?"

"책 제목이 권태라는 점이야."

"실제로도 지루한 거야?"

"내가 너에게 영향을 미치고 싶지는 않아. 네가 대충 살펴봐."

그래서 나는 서너 개의 논문을 읽었다.

"그런데" 내가 입술을 내밀며 말했다. "그렇게 지루하지 않은데."

"너는 가혹해" 에스티가 경고했다. "어떤 기대도 완전하게 충족시킬 수 없는 게 문제야. 책 제목이 너의 기대를 지나치게 낮춰버렸어. 내가 확언하는데, 네가 살던 곳에서 이 책을 읽었다면, 정말 지루하다고 판단했을 거야. 모든 것은 어떤 관점에서 사물을 보는가에 달려있어."

국회의사당 앞 광장에서는 누군가가 수천의 사람들에게 연설을 하고 있었다.

"좁은 제 이마와, 동물적인 탐욕으로 구겨진 제 얼굴을 흘끗 보시기만 한다면, 여러분들은 제가 누구와 관계를 가지는지 아시기 충분할 것입니다. 저는 어떤 종류의 기술도 학문도 알지 못합니다. 이 세상에서 저에게 적합한 것은 아무 것도 없습니다. 기껏해야 저는 여러분에게 인생의 의미를 설명하고, 목표를 향해 여러분을 인도해나가는 데 적합합니다. 그렇다면 목표가 무엇이냐, 그것을 밝혀보겠습니다. 저는 어서 부자가 되고 싶습니다, 돈을 강제로 징수해서, 여러분에게는 돈이 점점 더 줄어들고 저에게는 점점 더 불어나게 하고 싶습니다. 그래서 저는 여러분을 앞으로 우둔하게 만들어야만 합니다. 혹시 여러분은 이미 충분히 어리석다는 것을 믿고 계십니까?"

"아니, 아니요." 군중은 아우성을 치며 큰 소리를 냈다.

"그렇다면 양심에 따라 행동하십시오. 모두 저의 상대후보를 알고 계십니다. 고상하고 헌신적이며, 지혜롭고 명석한 두뇌를 가진 사람입니다. 이 도시에 그 사람과 맞설 사람이 누가 있겠습니까?"

"아무도 없습니다!" 군중이 한 목소리로 외쳤다.

"아무도 없습니다." 사람들이 주먹을 쥔 손을 하늘로 들어올렸다.

어두워졌다.

나는 밤 속으로 걸어 들어갔다. 여러 개의 태양, 태양계가 해가 되어 뜬 것처럼 즉시 검은 하늘이 반짝 빛나면서 밝아졌다. 빛나는 글자가 반짝거렸다.

우리는 훔치고, 속이고, 도둑질 합니다.

"이건 뭐야?" 내가 에스티에게 물었다.

"은행 광고야." 그가 무심하게 대답했다.

우리는 밤늦게 집에 도착했다. 열이 나는 것 같았다. 기침을 했고 서너 번 재채기를 했다. 의사를 불렀다.

"아이고, 의사 선생님, 으슬으슬 춥더니 콧물이 납니다." 내가 죽는 소리를 했다.

"콧물이 난다구요?" 의사는 기겁을 해서는, 즉시 뒤로 물러섰다. "저에게 옮기실 작정이십니까? 감기일 수도 있는데. 제겐 아이들이 있어요!"

"진찰 안 해 주십니까?"

"필요 없습니다. 콧물에는 약이 없어요. 암처럼, 치료가 안 되는 질병이지요. 일반적인 학문의 경험에 의하면, 콧물 치료를 하려면, 약 한 달이 걸립니다. 치료를 안 한다면, 경우에 따라서는 이틀이면 완치가 되기도 합니다."

"혹시 폐렴이 되면 어쩌지요?"

"그러면 죽어야지요. 당신은 영원히 살기를 원합니까?"

"아니요, 하지만 머리가 몹시 아파요."

"그건 중요하지 않습니다. 내 머리가 안 아프다는 것이 중요할 뿐입니다. 그것보다 더 중요한 것은, 밤에 왕진을 하면 두 배의 왕진료를 받는다는 것입니다. 저는 바쁘니, 어서 돈을 주십시오."

그의 말이 맞았다. 다음날 병이 나았다. 나도 이 정직한 도시로 이사 와서 살고 싶다는, 내 생각을 밝히기 위해 아침 일찍 서둘러 시장에게 갔다.

하지만 시장은 내 견해를 반기지 않았다. 왜 그런지 그가 설명을 했다.

"제가 반기지 않는, 첫째 이유는, 당신이 누구며, 직업이 무언지 알지 못해서, 제가 불편하다는 것입니다. 두 번째 이유는 공적인 일인데, 제가 속아서 일을 처리하는 게 아닐까하는 생각이 들기 때문입니다. 세 번째 이유는 당신이 정직한 사람이 아니라는 것을, 알고 있기 때문입니다. 여기 들어 올 때, 당신은 나를 아는 것이 아주 기쁜 일인 듯 속였습니다. 당신이 우리와 함께 사는 것은, 마땅하지 않습니다."

내가 떠났던 도시로 다시 돌아오는 것밖에는, 달리 할 수 있는 일이 없었다. 그 이후로 나는 여기서 살고 있고, 여기가 더 좋을 수도 있다는, 생각을 한다. 이곳이나 그곳의 사람들은 아마 거의 똑같은 사람들일 것이다, 하지만 이곳에서는 적어도 가끔씩 서로에게 아름답고 편안한 거짓말을 할 수 있지 않은가.

열쇠

A kulcs

열 살 된 한 소년이 수위에게로 간다.

"수입 인지과가 어디에 있습니까?"

"4층 578호다."

"고맙습니다." 소년이 말했다.

거대한 그 건물로 소년은 여행을 떠났다, 그의 주위로 소리가 울리는 복도들과, 황폐하고 곰팡이가 핀 둥근 천장이 펴져 있었는데, 그것은 마치 미지의 세계 같았다. 여러 종류의 층계를 뛰어올랐다, 세 계단씩 한 번에 올라가기도 했다. 4층에 도착했다.

여기서 이리저리 헤매고 다녔다. 578호실 문을 찾지 못했다. 호수는 411번까지 계속되다가, 그 다음으로 이어지지 않았다. 몇 번이나 복도 끝까지 여러 번 가 보았지만 소용이 없었다, 578호실의 문은 눈 씻고 찾아보아도 없었다.

벌써 몇 분 동안 헤매고 있을 때, 그의 맞은편에서 뚱뚱하고 머리가 허옇게 되어 가는 나이든 어른이, 겨드랑이 아래에 서류를 낀 채 마주 왔다.

소년은 예의에 맞게 모자를 벗었다.

"안녕하세요, 싸쓰 아저씨. 기억 못 하시겠어요? 터커치 피스터예요."

"피스터!" 나이든 어른이 놀랐다. "어이구, 피스터, 많이 컸구나! 여기 무슨 일로 왔느냐, 피스터?"

"아빠를 찾으러 왔어요."

"잠깐 기다려라!" 나이든 어른이 말했다. "내가 데려다 주마."

나이든 어른이 천천히, 무거운 걸음으로 출발했다. 소년은 모자를 벗은 채 그를 뒤따라갔다. 그리고 호기심으로, 슬쩍 옆 눈으로 그를 보았다. 싸쓰 아저씨는 생각에 잠긴 채 걸어갔다. 더 이상 단 한 마디도 하지 않았다.

아저씨도 411호실의 문까지 갔다. 하지만 그 문을 열고 들어가서, 기록대 옆에서 관리들이 기계적으로 서류를 쓰고 있는 사무실을 가로질러, 문 하나를 열어 제치더니, 닳아빠진 세 개의 나무 계단 아래에서 비틀거리고, 나무로 이어진 흐릿하지만 전깃불로 밝혀진 통로에 도착했다. 거대한 건물을 새로운 부속 건물과 연결시켜주는 통로였다. 길고, 먼지 가득하고, 소리가 울리는 통로를 한참동안 총총걸음으로 걸어갔다. 마치 세상의 끝에 도달하려고 하는 듯이. 그러고 나서 다시 낡은 세 개의 나무 계단을 올라서자, 폭은 더 좁았지만 훨씬 더 깨끗하고 더 밝은 복도로 빠져나왔다. 아저씨는 문의 명패에 576, 577, 578이라는 세 개의 숫자가 보이는 복도 끝에 있는 한 문을 가리켰다.

"여기 계시다." 그가 말했다. "잘 가거라."

피스터는 말은 없었지만, 능숙한 안내자가 이제 막 그들이 함께 걸어왔던, 끝이 없어 보이는 그 길로 성큼성큼 되돌아가서, 그의 눈앞에서 사라질 때까지 기다렸다.

그러고 나서 열려 있는 창문 유리에 비추어진 자신을 보았다. 손바닥에 침을 묻혀 금발 머리를 다독거렸다. 스타킹이 늘어져 있는데, 짧은 바지는 스타킹을 덮어주지 못했다. 그래서 스타킹은 위로 잡아 올리고, 바지는 아래로 끌어 내렸다. 스타킹 한 곳에는 얼룩이, 한 곳에는 구멍이 나 있었다. 신발에는 뽀얗게 먼지가 묻어 있었다. 손수건으로 먼지를 닦아냈다.

이제껏 이곳에 와 보지 않았다. 사무실에 대한 이야기는 집에서 많이 들었다. 아빠는 언제나 이렇게 반복해서 말했다. "사무실, 사무실, 사무실." 엄마도 "가엾은 네 아빠가 사무실 안에서, 사물실에서 나와, 사무실을 위해서"라고 말하곤 했다. 사무실은 무언가 신비한 것이 주위를 둘러싸고 있었다. 사무실은 어디에나 있고, 화려하고, 엄격하며, 빛나고 가까이 할 수 없는 현실이었다. 그런데 그는 아직까지 보지 못했던 것이다. 어떤 핑계거리로도 이곳에 올 수 없었다. 아빠는 언제나 그런 모든 시도에서 벗어났기 때문이다. 만약 그곳에 대해 끈덕지게 조르면, 좋아하지 않았다. 아빠의 생각으로는, "아이들에게 해당되지 않는" 또한 "아이들에게 어울리지 않는, 아이들에게 적당하지 않은 것"이라는 견해였다. 특이하게도 사무실에 관해서는 농담도 할 수가 없었다.

긴장한 채 576, 577, 578호 문을 열었다.

큰 방안에 사람이 줄을 지어 몰려 있었다, 기다리는 무리가 있고, 그 뒤로 나무 칸막이 너머에는 공무원들이 죄수처럼, 갇힌 채 몸을 구부리고 있었다. 피스터는 목을 늘여 보았다. 오른쪽으로 작은 방이 있고, 방문이 열려 있었다. 그리로 걸어 들어갔다.

오전 간식을 먹고 있는, 젊은 사람에게 다가갔다. "터커치 이스트반 씨를 찾는데요."

"왼쪽." 젊은 사람은 쳐다보지도 않은 채 알려 주고, 소시지를 베어 물었다.

피스터는 큰 방의 군중들을 가로질러 왼쪽 방에 도착했다, 모든 것이 먼저 들어갔던 방과 똑같았다.

이곳에는 큰 책상이 하나 보였다. 그 책상에는 아버지가 아니라, 목까지 대머리인 사람이 앉아 있었다. 그러나 소년은 이미 아버지의 희끗희끗한 금발, 건장한 목덜미를 알아보았다. 아버지는 그를 등지고 앉아 있었다. 구석에, 벽에 기대어 놓은 작은 책상 옆에.

까치발로 아빠가 계신 곳으로 가까이 다가갔다. 책상 옆에 쌓여 있는 책 더미 때문에 더 이상 걸어갈 수가 없었다. 그는 몸을 굽혀 인사했다. 아빠는 알아차리지 못했다. 당황해서 기침을 했다.

“아빠, 안녕.”

“네가 웬 일이냐?” 아빠가 물었다.

“엄마가 가라고 했어요.”

“왜?”

“열쇠 때문에요.”

“무슨 열쇠?”

“창고 열쇠요. 엄마 생각에, 아빠가 착각하고 가지고 가신 것 같대요.”

“항상 귀찮게 해!” 아빠가 말을 내뱉더니, 자리에서 일어섰다.

주머니를 뒤졌다. 책상 위로 담배 지갑, 종이로 싼 버터 빵, 안경집, 수첩과 손수건 한 장을 내던졌다.

“없어.” 아빠가 화가 나서 말했다 “없어! 집에서 찾아 봐!”

피스터는 눈을 내리 깔았다. 책상을 보았다, 작고, 망가진, 너저분한 책상을. 더 큰 책상을 상상했었다. 적어도 대머리가 글을 쓰고 있는, 그런 책상 크기를.

터커치는 한 쪽 주머니를 뒤집고 다른 주머니를 뒤졌다. 그러면서 화를 식히려고, 아들을 야단쳤다.

“그런데 이 점잖은 사람들 사이로 이런 꼴로 왔어? 정말 더럽구나. 너 세수도 안 했지. 신발하고, 스타킹하며. 게을러터진 놈. 창피하지도 않아?”

“자네 아들인가?” 대머리가 물었다.

“그렇다네.” 터커치가 불평했다. “쓸모없는 놈이지. 항상 빈둥거려. 책 볼 생각은 안하고 공놀이할 생각만 해.”

“지금은 방학 아닌가.” 대머리가 알려 주었다. “혹시 낙제라도 했나?”

“낙제는 간신히 면했어.” 터커치가 한숨을 쉬었다.

이 순간에 바지 주머니에서 창고 열쇠가 바닥으로 굴러 떨어졌다.

"저기 있구나." 아빠가 말했다.

피스터는 열쇠 뒤로 달려갔고, 열쇠를 주어 들고 출발하려고 했다.

그런데 바깥에서, 큰 방 안에 있던 모든 사람들이 일시에 소리를 질렀다.

"터커치! 터커치!"

불이라도 난 것 같은, 그런 흥분이 엄습했다. 많은 사람들이 문안으로 들어섰다, 사람들 맨 뒤에 흥분을 일으킨 장본인이자 원인자가 나타났다. 날렵하고 자그마한 남자였다.

잡아 빼놓았던 주머니를 되돌려 집어넣은 터커치는 머리가 땅에 닿도록 고개를 숙였다.

"분부만 내리십시오, 청장님."

작고, 신경질적인 사람이 그에게 종이를 건네주었다, 그 종이에는 파란색 글씨로 몇 개의 숫자가 쓰여 있었다.

"터커치!" 그가 명령했다. "즉시 이 서류를 문서 보관실에서 내게 가져다주게!"

"곧 청장님 말씀대로 하겠습니다." 터커치가 녹아 내렸다.

말과 동시에, 모자도 쓰지 않고 벌써 달려 나갔다.

방안에는 침묵만이 흘렀다. 상관을 이곳까지 모시고 왔던 경호원 같던 사람들은, 모두 흩어졌다. 모두가 열심히 일했다.

상관은 소리 나게 하는 삑삑이 장치가 달린 신발을 신고는 위-아래로 왔다 갔다 했다. 그는 터커치가 문서 보관실에서 자료를 가지고 돌아오기를 기다렸다. 지루해지자 벽에 걸린 그림 하나를 보았다. 선반에서 책 하나를 집어 들더니, 펼쳤다가, 큰 소리가 나게 다시 내려놓았다. 피스터는, 그가 이 건물의 주인이라는 사실을, 알아차렸다.

청장이 도착할 때의 소동 때문에 문 밖으로 나가지 못한 피스터는, 이곳에 갇혀 있었다. 책상 옆에 잠시 붙어 있다가, 쌓여서 불룩 튀어나온 책 더미 위에 앉으려다, 발로 소리를 내고 말았다.

그는 청장을 자세히 살폈다.

이 작은 사람은 이상한 새와 비슷했다. 움직이는 코 위에서 코안경이 강렬하게 빛을 발했다. 머리는 작았고, 가운데 가르마를 탄 가느다란 은빛 머리칼을 가지고 있었다. 손을 비비자, 마치 모래 종이로 무엇을 문지르는 것처럼, 메마르고 이상한 거친 소리가 들렸다.

청장은 즉시 대머리의 책상 앞에 서서, 이렇게 물었다:

"여기 이 아이는 누군가?"

"터커치 아들입니다." 대머리가 대답했다.

청장이 입을 다물었다. 다시 이리저리 걸었다. 피스터 앞에 오자, 이렇게 물었다.

"이름이 뭐지?"

"터커치 이스트반입니다." 피스터가 어느 새 벌떡 일어나, 허리를 꼿꼿하게 펴고 쩌렁쩌렁한 목소리로 용감하게 대답했다.

"몇 학년이니?"

"중학교 2학년입니다."

"공부 잘 해?"

"아주 잘 하지는 못 합니다."

"그래?"

"미가 하나 있습니다."

"무슨 과목인데?"

"라틴어요."

"다른 과목은?"

"수요. 우도 하나 있습니다. 수학이요."

"뭐가 되고 싶으냐?"

"아직 모르겠어요." 피스터가 잠시 입을 다물었다가 어깨를 으쓱하고, 수줍어하며 말했다.

"뭐야, 아직도 되고 싶은 게 없어?"

"조종사요." 피스터가 작은 목소리로, 대답했다.

"조종사?" 장관이 놀랍다는 듯 큰 소리로 물었다. "왜 꼭 조종사지?"

피스터가 이 어렵고 엄청난 질문에 대답할 말을 준비했을 때, 아버지가 숨을 헐떡이며 돌아왔다. 창백한 이마가 땀으로 젖어 있었다. 그가 몇 개의 줄로 묶은 큰 종이를 서장에게 내밀었다.

"분부만 하십시오."

"고맙네." 서장이 말했다. 서장은 그를 쳐다보지 않고, 신이 나서 얼굴이 빨개진 어린 소년을 바라보고 있었다. "자네 아들과 이야기를 나누었네." 그가 터커치에게 미소를 지으며 알려 주었다. "착하고, 영리한 아이구만. 공부도 잘하는 것 같고."

"예, 장관님." 터커치가 흥분했다. "일도 잘하고, 부지런한 아이입니다!" 그리고는 아들에게 눈짓을 했다. "이제 어서 집으로 가거라, 아들아, 엄마가 기다리신다." 그리고는 그를 안고, 입을 맞추었다. "잘 가라, 내 피스터야."

피스터는 귀까지 빨개졌고, 모든 사람 앞에 몸을 숙였다. 하지만 제일 먼저 아빠에게 인사를 했다. 그리고 뒤돌아서서 부속 건물로, 어두컴컴한 통로로, 소리가 울리는 복도로, 꼬불꼬불한 계단으로 이어지는 긴 길로 들어섰다. '내 피스터야.' 그는 곰곰 생각했다. '왜 이렇게 불렀을까?' 집에서는 이렇게 부른 적이 한 번도 없었다. 그리고는 아버지의 책상이 벽에 붙어 있었다는 생각을 했다. 방의 맨 뒤에, 구석에 있었다는 생각을, 아주 작은 책상이었다는 것을. 하지만 아빠는 상관보다 머리 하나는 더 컸는데도, 그처럼 작은 사람도 높은 사람이니까, 큰 책상, 정말 큰 책상을 쓰고 있었다는 생각을 했다.

생각이 이리 저리 엉켰다. 얼굴과 귀가 타올랐다. 땀에 젖은 손에 열쇠를 꼭 쥐었다. 행복했다, 답답했다, 불안했고 두려웠다. 그런 상태로 소리가 울리는 통로 위를, 한숨의 다리를, 문들을 열고 닫으며 걸었고 또 걸었다 그리고 길을 잃었다. 넓은 중앙 계단으로 나와, 작렬하는 여름 태양 빛에 서 있는 대문을 찾아내고, 수위의 금빛 끈이 달린 모자를 볼 때까지 15분이 걸렸다.

수위가 소년을 멈추게 했다.

"왜 그러니, 얘야, 너 울고 있잖니? 누가 널 괴롭히더냐?" 그가 물었다.

"아무도 안 괴롭혔어요." 소년은 훌쩍거리며, 길로 뛰어 나갔다.

골목 모퉁이에서 눈물로 얼룩진 얼굴을 닦았다. 그러고 나서 손에 열쇠를 쥐고 집까지 달리고 또 달렸다.

수영

Fürdés

하얗게 해가 빛났다.

밤에 사진을 찍거나 폭죽에 불을 붙인 때처럼, 벌러톤의 휴양지는 작열하는 빛 속에서 땀을 흘리고 있었다. 하얗게 회벽을 칠한 오두막, 옥수수 말리는 나무 헛간, 모래 테두리 속에 모든 것이 하얗게 보였다. 심지어는 하늘도 하얗게 보였다. 아카시아 나무의 먼지가 뽀얀 나뭇잎은 마치 종이처럼 흰 색이었다.

시간은 2시 반을 향해 가고 있었다.

슈허이더는 이 날 이르게 점심을 먹었다. 베란다의 층계에서 휴양소의 마당에 있는 농장의 정원으로 내려왔다.

"어디 가요?"

슈허이더 부인이 패랭이 꽃 사이에서 코바늘뜨기를 하면서 물었다.

"수영하러 가려고." 슈허이더는 선홍색 수영복을 손에 들고, 하품을 했다.

"그래요, 그럼 걔도 데리고 가요." 부인이 부탁했다.

"싫어."

"왜요?"

"나쁘기 때문이야." 슈허이더가 대답했다. "그놈은 쓸모가 없어." 그는 이렇게 대답하고는 잠시 뜸을 들였다. "공부를 안 해."

"안 할리가요." 부인이 어깨를 들썩하며 이의를 제기했다. "오전 내내 공부했어요."

부엌 앞의 긴 의자위에서 11살 먹은 소년이 눈치를 보고 있었다. 무릎 위에는 라틴어 문법책이 접혀진 채 놓여있었다.

마른 아이였다, 머리는 바짝 짧게 민 상태였다. 빨간 운동복 셔츠에다, 면바지를 입고, 발에는 가죽 샌들을 신고 있었다. 그는 아빠와 엄마 쪽을 힐끗거렸다.

"그럼" 슈허이더가 그 아이를 향해서 거칠게, 엄격한 그의 얼굴을 돌리며 물었다.

"사람들이 나를 찬양할 것이다."가 (라틴어로) 뭐지?

"Lauderentur" 아이는 학교에서 그러는 것처럼 일어서서, 생각하지 않고 더듬거리며 말했다.

"Lauderentur" 슈허이더가 조롱하면서 고개를 끄덕였다. "laudenrentur. 그러니까 너는 재시험에서도 또 낙제를 하겠구나."

"그러니까" 엄마가 변명을 했다. "그러니까, 당황해서 그래요. 당신을 무서워하잖아요."

"내가 저 녀석을 학교를 못 다니게 할 거야." 슈허이더가 반복해서 자신을 부추겼다. "분명히 못 다니게 할 거야. 자물쇠 수리 견습공이나 수레바퀴 만드는 견습생으로 보내야지" 자신도 한 번도 생각해보지 않은, 그런 분야를 흥분 상태에서 왜 선택했는지 몰랐다.

"이리 오렴, 우리 연치" 소년의 엄마가 말했다. "앞으로 공부할 거지, 우리 연치?"

"이 코흘리개가 울음을 터트리겠군." 슈허이더가 중간에 끼어들었다. "저 녀석한테는 고추가 독한 양념이니까. 울음을 터트리겠군." 그는 또 한 번 같은 말을 반복하더니, 화가 힘을 을 받아, 유쾌하게 오후의 지루함을 쫓아내는 것을 즐거워했다.

"공부할게요." 아이가 소리 없이 말을 더듬거렸다.

업신여김을 받는 그의 쓸모없는 상태에서 보호막을 찾아, 엄마를 바라보았다.

그는 아빠는 거의 쳐다보지도 않았다. 오직 느끼기만 했다. 어느 곳에서나, 언제나 증오스럽게 (느꼈다).

"공부하지 마" 슈허이더가 손사래를 쳤다. "절대 공부하지 마라. 쓸 데 없어."

"하지만 공부하잖아요." 엄마가 말하고는 아이의 머리를 겨드랑이 아래로 끌어당겨서 쓰다듬었다. "너는 아빠를 이해해드려야 한다, 연치야." 갑자기 엄마가 아무런 중간 과정 없이 이렇게 말했다. "가서 네 수영복을 가져 오너라. 아빠가 너를 데리고 수영하러 가실 거야."

연치는 무슨 일이 일어났는지, 오래전부터 끌어오던 말다툼을 독재적으로, 놀랄 만큼 빠른 속도로 처리하는 엄마의 중재가 무엇을 의미하는지 이해하지 못했다. 하지만 수영복을 가지러 테라스를 뛰어 올라갔다. 그곳에서부터 어두운 작은 방으로 들어섰다. 서랍 속에서 선홍색 수영바지를 찾았다. 아이의 수영복은 아빠의 것과 똑 같았고 크기가 조금 작았다. 슈허이더 부인이 두 수영복을 만들어주었다.

아빠는 망설이는 것처럼 보였다.

아내에게 뭐라고 말하지 않고, 마치 늦는 아들을 기다리는 것처럼 까치밥나무 덤불 옆에서 멈추어 서 있었다. 그는 분명하게 (아들이 아닌) 다른 것을 생각하고 있었다. 널빤지로 만든 대문을 나왔다. 호수를 향해 갔다, 하지만 다른 때보다는 훨씬 느리게 갔다.

소년은 한참동안 뒤졌다.

연치는 고등학교 2학년 라틴어 기말시험에서 낙제를 했다. 그래서 이번 여름에 재시험을 준비하고 있었다. 하지만 휴가를 와서 공부를 소홀히 했고, 그 때문에 아빠가 일주일 동안 수영을 못하도록 벌을 내렸다. 앞으로도 이틀이나 더 수영을 할 수 없었다. 그는 지금 이 기회를 꼭 붙잡아야만 했다. 그는 흥분해서 (서랍 속에 들어 있는) 옷을 사방으로 흩었다. 드디어 수영복을 찾았다. 짐을 싸지도 않고, 수영복을 흔들면서 마당으로 나왔다. 그곳에는 엄마만이 기다리고 있었다. 까치발을 하고, 엄마의 사랑스럽고, 사모하는 얼굴에 서둘러 입맞춤을 쪽 하고, 서둘러 아빠 뒤를 따라갔다.

엄마가 그의 뒤에서 조금 있다가 호변으로 내려가겠다고 소리를 질렀다.

슈허이더는 아들보다 대략 스무 걸음 정도 앞서서 오솔길을 걸어가고 있었다. 연치의 가죽 샌들이, 달음박질에 먼지를 일으켰다. 소년은 악마의 실 오솔길(ördögcérnaösvény)에서 곧 아빠를 따라잡았다. 하지만 아빠한테 다다르기 전 서너 걸음을 남겨놓고 걸음을 늦추더니, 조심스럽게 아빠 옆에서 살금살금 걸었다. 마치 개가 자신을 쫓아서 돌려보내지 않을까 확신이 없어 늘 그렇듯이.

아빠는 한 마디도 하지 않았다. 아이는 그런 때 재빠르게 아빠의 얼굴 옆을 살펴보는데, 아빠의 얼굴은 굳게 닫혀 엄숙했다. 아빠는 머리를 곧추 세우고, 아무 것도 보지 않았다. 마치 아들을 느끼지도 못하고, 아무 상관도 안 하는 것처럼 보였다.

갑작스런 기쁜 소식(수영을 가라)에 기분이 좋아졌던 연치는 이제 시무룩해져서, 슬퍼하며 걸어갔다, 목이 말랐고, (물을) 마시고 싶었다. (집으로) 돌아가고 싶었지만, 아빠가 또 다시 호통을 칠까 겁이 나서 계속 가야했다. 이렇게 아버지와 연결 되어 만들어진 상황을, 더 나쁜 것이 일어날까 두려워서 짊어지고 가야만 했다.

그는 무슨 일이 일어나기를 기다렸다.

휴양소에서 호수까지는 다 합해도 4분 걸리는 거리였다.

이곳은 전기와 편의시설이 아무 것도 없는 돌투성이 절러 주[27]의 호변에 있는, 완전히 삼류인 비참한 호수욕장이었다. 가난한 공무원들이 여기에서 여름휴가를 보냈다.

저쪽 바깥 쪽 마당 안, 뽕나무 아래에서 여자들과 남자들이 똑 같은 셔츠를 입고, 맨 발로 수박과, 찐 옥수수를 조금씩 갉아먹고 있었다.

슈허이더는 아는 사람들에게 한결같이 친절한 톤으로 인사를 했다. 그 목소리를 들으며 아이는

---

27) 벌러톤 호수의 왼쪽 끝부분에 위치한 주의 이름.

-분노가 터져 나오지 않는 이 행복의 순간에-아빠가 밖으로 드러내 보이는 것만큼 화가 난 것은 아니라는 결론을 내렸다. 하지만 조금 지나자 아빠의 이마가 다시 무섭게 변했다.

귀뚜라미들이 햇살 속에서 귀뚤귀뚤 울었다. 달콤하게 부패한 물 냄새가 벌써 그들을 향해 불어왔고, 썩어 가는 탈의실 건물도 벌써 나타났다. 하지만 슈허이더는 말을 하지 않았다.

빨간 손수건으로 틀어 올린 머리를 묶은, 호변욕장을 관리하는 이슈테네시 부인은 1인용 탈의실 문을 열어 그들을 들어가게 해주었다. 첫 번째 칸에는 아빠를 들어가게 했고, 슈허이더 부인이 늘 옷을 갈아입던 두 번째 탈의실에는 소년을 들여보내주었다.

그들을 제외하고, 단 한 젊은이 이외에 호변에는 아무도 없었다. 그는 그곳에서 어떤 폐선[28]을 수리하고 있었다. 녹슨 못들을 땅바닥 위에서 곧게 펴고 있었다.

연치가 먼저 옷을 벗었다.

탈의실에서 나왔지만, 뭘 해야 할 지 몰랐다, 고대하던 물속으로 들어갈 엄두도 감히 내지 못했다. 아이는 어쩔 줄 몰라 자기 발의 코만 쳐다보았다. 아빠가 준비를 하는 동안, 그는 아주 집중하면서 발가락을 처음 보는 것처럼 꼼꼼히 살폈다.

선홍색 수영복을 입은 슈허이더가 밖으로 나왔다. 약간 배가 불룩하지만 근육질이었다. 아이가 항상 감탄하면서 바라보는 떡 벌어진 가슴에는 검은 털이 수북했다.

연치는 아빠의 눈에서 무언가를 읽으려고 바라보았다. 하지만 아무 것도 나타나 보이지 않았다. 금테 코안경의 렌즈가 몹시 반짝였다.

아이는 부끄러워하면서 아빠가 호수로 들어가는 것을 바라보았다.

슈허이더가 그의 뒤로 "들어와도 돼"라고 말하자, 그제서야 아빠 뒤로 살금살금 걸어갔다.

한 걸음 정도 거리를 두고 뒤를 따라갔다. 몸을 물에 담그지도 않았고, 항상 하던 개구리 영법으로 헤엄을 치지도 않았다. 무언가 격려를 기다리면서, 아빠 뒤에서 비틀거리기만 했다. 슈허이더는 눈치를 챘다. 깔보며, 투박하게 그의 가슴에 질문을 꽂았다.

"무섭지?"

"아니오."

"그럼 왜 멍청하게 구는 거야?"

소년의 젖꼭지까지 물이 닿는 곳, 아빠에게는 허리보다 좀 더 높은 데까지 물이 닿는 곳, 둥근

---

28) 원어는 valami döglött lélekvesztő 어떤 죽은 배(쉽게 뒤집히는 작은 배를 의미).

기둥 옆에 그들이 서 있었다. 두 사람 모두 몸을 구부렸고, 목까지 물에 잠기게 했다. 그들을 둘러싼 초록빛 사과색의, 유유처럼 거품이 나는 부드러운 호수의 애무를 즐겼다.

슈허이더의 마음속에서 좋은 느낌에서 자극된, 장난기가 생겨났다.

"이런, 겁쟁이."

"아니에요."

그는 어느새 아들을 붙잡아, 두 팔로 꼭 붙들더니 물속으로 던져 넣었다.

연치는 하늘로 날아올랐다. 엉덩이가 먼저 호수를 철썩 때렸다. 물이 확 갈라지더니, 비밀스러운 윙윙 소리와 함께 거품이 나면서 소년의 위로 쾅 닫혔다. 몇 초가 지나가 소년이 버둥거리며 물 밖으로 나왔다. 코로 입으로 물을 뿜어냈다. 금방 눈을 뜰 수가 없어 두 주먹으로 눈을 문질렀다.

"나쁘냐?" 아빠가 물었다.

"아니요."

"그럼 한 번 더 하자. 하나- 둘" 그리고 아빠가 다시 자기 쪽으로 아이를 끌어안았다.

슈허이더가 "세-엣"을 말할 때, 그 위로 세게 흔들었고, 아까 그 장소로 아들을 던졌다. 하지만 아까보다는 조금 더 먼 곳으로, 안전 줄을 매 놓은 기둥 뒤로 던졌다. 그래서 아들이 공중제비를 살짝 돌면서, 머리를 뒤로 젖히고 양 팔을 벌린 채로 아래로 떨어져 물속으로 돌진하는 것을 볼 수가 없었다. 그래서 그는 뒤를 돌아보았다.

그의 맞은편에는 소모지 지방의 호변이 펼쳐져 있었다. 호수는 수백만 마리의 나비가 다이아몬드 날개로 호수 거울을 치는 것처럼 반짝거렸다.

그는 아까처럼 몇 초간 기다렸다.

"자" 마침내 아빠가 복수하듯이 말했다.

그리고 겁을 주듯이, 떨면서 말했다.

"왜 고집을 피우지? 장난치지 마."

하지만 아무도 대답을 하지 않았다.

"너 어디 있니?" 약간 목소리가 높아져서 물었다, 그리고는 근시인 눈으로 혹시 아이가 위로 튀어 올라오는지 앞뒤로, 저 먼 곳까지 살폈다. 연치는 알다시피 물속에서도 뛰어나게 수영을 잘했다.

슈허이더가 이 모든 것을 다 마치고나자, 먼저 물에 빠졌다가 물 밖으로 나왔던 시간보다 훨씬 더 많은 시간이 흘렀음을 느꼈다.

엄청나게 소스라쳤다.

그는 펄쩍 뛰었다, 그리고 아들이 물속으로 첨벙 소리를 내며 빠진 것 같은 장소를 향해 빠르게, 물속에서 버둥거리며 걸어갔다.

그러면서 계속 소리를 질렀다.

"연치야, 연치야."

기둥 뒤의 그 지점에서도 찾지 못했다. 그러자 두 팔로 노를 젓듯이 호수의 물을 이리저리 휘둘렀다. 불규칙적으로 위아래를 할퀴고, 호수의 바닥을 보려고 시도했다, 하지만 혼탁한 물은 한 뼘도 뚫어보지 못하게 했다. 이제까지 젖어 있지 않던 머리를 적시고, 코안경 뒤에 있던 눈을 물고기처럼 크게 떴다. 그는 찾고, 찾았다, 모든 방법으로, 진흙 속으로 배를 대고 엎드린 채로, 팔꿈치를 괴면서, 웅크리고, 또 다시 또 다시, 빙빙 돌면서, 옆구리를 흔들면서, 모든 구석구석을 샅샅이 살폈다.

하지만 (아들은) 어디에도 없었다.

어디에나 물만 있었다, 물은 무섭도록 똑같았다.

오랫동안 숨을 참다가 주먹을 쥐고 겨우 몸을 일으켰다.

물속을 조사하는 동안에, 희미하게나마 바라고 있었다. 그 사이에 아들이 밖으로 나와서, 깔깔 웃으며 기둥 앞에 서 있거나 벌써 멀리 가서, 혹시 탈의실에 옷을 갈아입으러 뛰어갔기를. 이제야 그는 알았다, 시간이 좀 오래 지난 것처럼 보였음을. 그는 잠깐 동안만 호수 바닥에 있었다. 그러나 아이는 물 밖으로 나오지 않았다.

물 위에서 그는 이제까지 상상할 수도 없었던 그런 평안과 변함없음을 보았다.

"이봐!" 그는 호변을 향해 울부짖었다, 목소리의 주인조차 그 목소리를 알지 못했다. "아무 데도 없어."

폐선에 못을 박고 있던 청년이 손바닥으로 깔대기 모양을 만들어 귀에 댔다.

"뭐요?"

"아무데도 없어." 그의 내부에서부터 절망이 소리를 냈다.

"누구요?"

"못 찾겠어." 그는 목이 터져라 소리를 질렀다. "도와줘"

청년은 망치를 노 위에 놓고, 바지를 내렸다 - 그는 옷이 흠뻑 젖는 걸 원하지 않았다 - 그리고 호수로 걸어 들어왔다. 청년은 전 속력으로 달렸다, 하지만 편안하게 걸어오는 것처럼 보였다. 그 사이 슈허이더는 벌써 서너 번 물속으로 들어갔고, 물속에 무릎을 꿇고, 계속 앞으로 나아가서, 다른 방향으로도 찾아보았다. 그리고 그가 머물던 자리에서 멀리 떨어져 있음에 겁이 나서, 다시 원래의 자리로 돌아왔다. 그는 어지럽지 않게 기둥에 매달렸다.

청년이 그에게 다다랐을 때, 슈허이더는 온 몸이 마비된 채 헐떡거렸다. 질문에 분명하게 대답할 수도 없었다.

두 사람이 모두 여기저기로 꾸물거리며 다녔다.

이스테네시 부인은 호변에서 손을 쥐어틀었다.

외침소리에 2~30명이 모여들었다, 낚시용 갈고리가 달린 긴 막대, 그물을 가져오고, 심지어는 작은 조각배가 불운의 현장을 향해 출발했는데, 그건 정말 쓸데없는 일이었다. 왜냐하면 이곳의 얕은 물은 누군가를 뒤덮을 수는 없었기 때문이다.

'누군가 물에 빠졌다'는 소식은 재빠르게 그 지역에 퍼졌다. 이미 사실인 듯이.

바로 이 순간 슈허이더 부인은 농장에 딸린 정원의 패랭이 꽃 사이에서 뜨개질(코바늘)을 중단했다. 그녀는 일어서서, 앞서 연치가 수영복을 찾으러 들어갔던 작고 어두운 방으로 들어갔다. 그리고 문을 잠근 다음, 아들에게 약속한 대로 호변을 향해 출발했다.

작열하는 빛을 차단하는 양산을 들고 천천히 걸어갔다. 수영을 할까, 하지 말까 생각했다. 오늘은 수영을 안 하기로 결정했다. 그러나 악마의 실 오솔길 방향에 도착했을 때, 생각의 끈이 갑자기 끊어졌고, 불확실하게 휘돌았다, 그녀는 양산을 접고 뛰기 시작했다. 탈의실 건물에 도착할 때까지 줄곧 뛰었다.

이곳에 벌써 두 명의 경찰관이 서 있고, 중얼거리는 엄청난 사람이 모여 있는데, 대부분은 농부의 아낙이었다. 많은 사람들이 울고 있었다.

엄마는 무슨 일이 일어났는지 즉시 알아차렸다. 아이고 소리를 지르며 호변 위로, 아들이 누운 자리를 빙 둘러 가로막고 있는 사람들을 향해 비틀거리며 걸었다. 사람들이 그녀가 그리로 가지 못하게 했다. 의자에 앉혔다. 엄마는 아들이 아직 살아있느냐고 정신을 잃은 채 물었다.

이미 그는 살아있지 않았다. 15분 정도 수색한 끝에 우연히 그를 찾아냈다. 아빠가 서 있던 기둥 바로 뒤였다. 그를 끌어냈을 때, 심장이 고동치지 않았고, 눈동자의 빛의 감지력을 잃었다. 의사는 아이를 거꾸로 들어 올리게 했고, 물을 토해내게 했다, 가슴을 진찰했고, 인공호흡을 했다. 그리고 죽은 아이의 팔을 움직였고, 오랫동안, 아주 오랫동안 거의 1분마다 청진기로 심장박동 소리를 체크했다. 심장은 움직이지 않았다. 의사는 진찰 도구를 가방 속에 던져 넣더니, 가버렸다.

갑작스레 찾아온, 이 죽음은 외면적으로는 변덕스럽게 이미 현실이었다. 하지만 이 죽음은 지구의 가장 큰 산맥들처럼 그렇게 영원하고, 단단하게 형성되었고 고정되었다.

사람들은 엄마를 농부의 마차에 태워 집으로 데려갔다. 슈허이더는 여전히 선홍색 수영복을 입고 호변에 앉아 있었다. 얼굴에서, 코안경에서 물과 눈물이 뚝뚝 떨어졌다. 정신착란이 일어난 듯이 한숨을 지었다.

"아이고, 나한테, 아이고, 아이고."

두 사람이 그를 일으켜 세웠다. 옷을 갈아입도록 탈의실로 데리고 갔다.

아직 세 시도 되지 않았다.

따귀

Pofon

에스티의 친구들은 온통 비슷한 처지의, 스무 살 청년들이다. 그들은 누군가에게 갑자기, 아무 이유 없이 따귀를 갈기고 싶다는 생각을 자주 했다. 순식간에 일어난 드라마와 같은 상황을 즐기고, 실제로 그런 상황을 실험해보고 싶었던 까닭이다. 새롭거나 슬기롭다고 할 수 없는 이런 생각을 단 한 번도 실행에 옮기지는 못하지만, 그들은 몇 시간이나 즐거워했다. 비겁하고 달콤한 상상이 그들을 완벽하게 만족시켜주기 때문이다. 또한 상상하는 것에 비하면, 실행은 이미 그들에게 빛을 바란, 재미없는 일이 되기 때문이다.

어디서도, 어느 때에도 그들 마음속에서 이런 욕구를 자극하는 생각이 떠올랐다. 전차 안에서처럼 극장의 관람석에서도, 늦은 밤이나 여름처럼, 이른 아침과 겨울에도 이 생각이 떠올랐다. 그들이 유쾌할 때는 이런 생각이 지속되지 않았다. 돈이 떨어지고, 사랑에 속아서 좌절한 채 카페의 원탁 옆에 웅크려 있거나, 모두가 관심 있는 심각한 질문에 대해서 토론하는 일이 일어날 때. 이 때 그들 중 누군가가 이유 없이 누군가의 얼굴을 때리는, 그로 인해 그의 운명도 바뀌고, 그들의 운명도 바뀌는 도발적 가능성을 제기했다. 제일 먼저 그들은 누가, 얼마를 위해 이런 계획을 각오할지, 물질적인 조건에 대해 토의했다. 그리고 선별하는 눈초리로 대상을 물색했다.

카페에 앉아 있는 사람들이, 갑자기 몇 심사 대표자인 그들 마음에 든다. 미인대회 참가자가 심사자 마음에 들듯이. 그들은 참을성 있게 그들의 운명을 기다린다. 하지만 선별과 숙고에 많은 시간이 필요했다. 두드러지게 혐오스러운 사람이나 그들이 약간 아는 사람들은 즉시 거부했다. 전혀 이유가 없는 공격이어야 한다는 것이 언제나 그들의 목표였다. 그래서 피해자에게도 전혀 이해가 되지 않고 불가해한 일이 되기를. 눈에 별이 아른거리고, 턱이 돌아가고 빠지는 갑작스레 맞닥뜨린, 천둥치는 소리를 낸 따귀를 맞고 처음 1~2분 동안은 끔찍한 오해라고 생각하기를, 그보다는 아연실색해서 멍하니 있기를 의도했다. 그들은 일반적으로 존경받는 신사를 선택했다. 부인, 딸, 아들들과 이곳에 다정하게 모여 앉아, 부드럽고 만족스럽게 시거를 피우는 신사를 선택했다. 다른 경우에는 힘이 센 사람, 근육질, 다혈질, 신경질적인 사람을 선택했다. 그들의 번득이는 눈빛에서부터 장난을 쳐서는 안 된다는 사실이 드러나는 사람을. 그래서 자신들을 공격한 사람의 머리를 의자로 내려치거나 간단하게 땅바닥에 때려눕히거나 배를 짓밟아대도록. 이런 것이 더욱 재미나고, 유쾌하고, 실속 있는 즐거움이었다.

희생될 사람을 결정하고 나면, 그들은 하나-하나 점검했다. 그들 가운데 누가 이 계획을 실행하며 어떻게 할 것인지를 확정했다. 어떤 때는 탁자로 가서, 피해자를 위아래로 훑어보다가 불필요한 절차 없이 얼굴을 내려치는 남자다운 처리방식을 취했다. 때로는 뒤에서 목을 때리고, 손등으로 따귀를 때려 의자에서 굴러 떨어지도록 비열한 기습공격을 하자는 생각이 이기기도 했다. 이 순간부터 희생양의 모든 행동과 모든 몸짓이, 무엇을 하든지 참을 수 없이 웃겼다. 만약 그가 전혀 눈치를 채지 못한다면, 그가 상황파악을 못하는 것이 그들을 껄껄 웃게 만들었다. 그러나 대부분은 눈치를 챘다. 점점 더 자주 도전적으로 혹은 간청하는 눈길로 그들 쪽을 흘끗거렸다. 아마 (결투의) 입회인이나, 중재자를 그들에게 보내기를 원하는 지도 몰랐다. 그 다음에는 안절부절 하다가, 계산을 하고 카페를 떠나갔다. 무언가 표현할 수 없을 만큼 당황하고 머뭇거리는 몸짓으로 멀어져가면서 누구도 그들에게 인사를 하지 않았다.

몇 년이 지나고 그들은 이런 희생물들과 거리에서 여러 번 마주쳤다. 그 이후로 그들은 희생물들을 잊고 있었다. 그들은 곰곰이 생각하며 멈추어서, 어디서 저 사람을 알게 되었는가를 심사숙고한다. 기억이 나지 않는다. 그러나 그들 마음속에서 무언가 반짝 빛을 내면서 고약하고 잔인하고 장난스런 젊음이 빚어낸 요상한 관계를 알아챈다. 희생물들은 에스티와 친구들을 잠시 엄숙하고, 생업에 바쁜 성인의 사회와 결합시켜주었다. 이들이 그들에게는 정신적인 혈연이었다.

열세 명의 못된 소녀들

Tizenhárom gonosz kislány

이 소극(小劇)은 영화관 스크린 위에서 재생된다. 영화관 기획자는 프로그램에 사실주의적이라고 쓸 수 있다. 하지만 그가 나이를 조금 먹었다면, 그리고 인생의 괴로움에서 무언가를 경험했다면, 혹은 그의 정신 속에서 선과 악의 가치가 균형을 이루고 있다면, 제목 옆에 코믹한 극이라고 덧붙일 수도 있다. 나의 독자들도 이 이야기를 읽으면서 그들의 마음에 따라 웃거나 울 수 있다.

1장

뚱뚱하고 냉정한 부인이 달빛이 흘러드는 창턱 위에 팔을 괴고 있다. 보아하니 누구를 만나려고 기다리는 것 같다.

검은 머리카락을 풀어헤친 젊은 남자인 구애자가 빗물 내려가는 관과 건물 외관의 장식을 넘어, 창문까지 기어 올라와 창문을 똑똑 두들긴다.

부인은 문소리에 귀를 기울이고 있다. 아이들 방에서 그녀의 못된 13명의 딸들이 꽥꽥 째지는 소리를 지르고 있기 때문이다. 그녀는 열쇠로 문을 잠근다. 번개처럼 재빠르게 창문을 열자, 젊은이가 급히 안으로 들어온다. 그들은 입맞춤을 한다. 포옹을 한다. 다시 입을 맞춘다. 급한 벨 소리가 난다. 창문이 닫히고, 구애자는 바깥 창틀위에 숨는다.

남편 빌리가 집에 왔다. 훤칠하게 크고 창백한 마흔 살 가량의 가난한 공무원이다. 머리는 하얗게 세었다. 싸구려 은시계 줄. 무릎이 나온 바지. 이미 부인이 그의 인생을 망쳐놓은 것이 드러난다. 지금 그는 아무 것도 눈치 채지 못한다. 그는 실내복을 입고, 탁자 옆에 앉는다, 부인은 음흉하게 남편에게 입을 맞춘다. 남편은 한숨을 쉰다. 부인은 손수건으로 남편의 이마를 닦고, 흰 곱슬머리를 쓸어 올리고, 애인이 숨어 있는 창문 쪽과 등지도록 앉힌다. 남자는 신문을 읽는다.

그 사이에 창문이 밖으로 열린다. 부인과 젊은이가 입맞춤을 한다. 또 한 번 입을 맞춘다. 빌리가 거울을 힐끗 본다. 다시 입맞춤. 이제 빌리는 그 모습을 보았다. 그가 이마를 치면서, 벌떡 일어나, 날카롭게 몸으로 말한다. 부인은 처음에는 변명을 한다. 하지만 거짓말이 바닥나자, 머리를 빳빳이 세우고는 홱 돌아서서 떠나버린다. 그녀는 남편을 거기 내버려둔다. 남자는 서툰 배우들이 그렇게 하듯이, 손을 가슴에 대고 누른다(그러나 이 행동은 이번 경우에는 감동적이다). 그리고 그는 딸들이 소란을 피우는 아이들 방 앞에서 머리를 숙이고 서 있다.

2장

열세명의 소녀.

모두가 거의 똑같다. 모두가 짧은 치마를 입고 있다. 첫째는 아주 작다. 둘째는 목에 딱 붙는 목걸이를 걸었다. 셋째는 닭의 홰처럼 머리카락을 부풀려, 핀으로 묶었다. 넷째는 거드름을 부리며 머리칼이 검다. 다섯째는 공주마냥 고상하다. 여섯째는 꿈을 꾸듯 장신구를 만지작거린다. 일곱째는 무관심하다. 여덟째는 잠자리가 날개를 흔들듯, 얇은 레이스 달린 투명한 베일을 흔들고 있다. 아홉째는 소파에 누워 있다. 열째는 지겨움으로 앞을 주시하고 있다. 열한 번째의 얼굴은 살이 쪄서, 잘 사육된 불도그와 비슷하다. 열두 번째는 향수를 뿌리고 있다. 열세 번째는 엄마와 똑같다.

그들은 천장에 달려 있는 등 아래에 서 있다. 잠시 재재골거리고, 노래를 부르더니, 엄마를 찾기 시작한다. 이 방 저 방으로 뛰어 다니다가 엄마가 도망갔고, 자신들이 어미 없는 자식이 되었다는 것을 깨닫는다. 모두 명령이라도 받은 듯 탁자에 쓰러져서 운다. 그러더니 머리를 들고, 깔깔거리며 웃는다. 옷장을 열어젖힌다. 엄마의 장신구, 빗, 옷을 꺼낸다. 가위로 옷을 자른다. 조그만 바늘로 꿰매기 시작한다. 금세 옷이 완성 된다. 옷을 입는다. 거울 앞에서 맵시를 보고, 박수를 치고, 깡충거리며 뛴다. 한쪽에는 거울, 한쪽에는 사진을 넣어 접었다 펴는 거울을 꺼내더니 엄마의 사진을 꺼낸다. 그리고 13명이 손에서 손으로 넘겨주며 엄마 사진에 입맞춤을 한다.

소녀들은 복수를 결심한다. 맏이의 머리는 분노로 타오른다.

마침내 그들의 아빠가 온다. 그는 이전보다 더 말랐다. 폭이 좁은 옷이 수척한 그의 몸 위에서 불쌍하게도 헐렁거린다. 그는 의자에 털썩 주저앉는다. 딸들이 아빠의 무릎으로 올라가서, 미친 듯이 뽀뽀를 한다. 아빠는 눈물을 흘린다. 행복하다고 표현한다. 그들은 저녁을 차린다. 모두 배가 불룩한 커다란 우유단지에서 우유를 마신다.

소녀들은 작고 빨간 혀로 고양이처럼 그들의 입술을 핥는다.

3장

이제 작은 방은 완전히 퇴락했다.

거울들은 깨졌다. 소파 속에 넣은 삼 찌꺼기와 말총이 밖으로 삐져나와 매달려 있다. 창문 하나는 신문지를 발라 놓았다.

아빠는 소파에 앉아 신문을 읽는다. 하지만 딸들에게 조용히 하라고 말하기 위해, 여러 번 일어선다. 아비규환처럼 시끄러운 소리 때문에 신문을 읽을 수가 없다. 그는 머리가 아픈 체 한다. 하지만 딸들은 조용해지지 않는다. 째지는 소리를 지르고, 낄낄 웃고, 고함을 치고, 울부짖고, 눈물을 흘리고, 듣기 싫은 소리로 질질 끌며 노래를 부르고, 시끄럽게 덜거덕거리고 격양되어 있다. 아빠가 소리친다. 이건 지옥이다. 정신병원이다. 이 말에 딸들이 촛불을 켠다. 작은 앞치마로 불꽃에 부채질을 하고 둥글게 모여 춤을 춘다. 동요를 부른다.

소녀들, 소녀들
땅의 악마들…

아빠는 처음에는 뼈만 앙상한 손가락으로 그들을 야단친다. 나중에는 도와달라고 외치고 싶어 한다. 불길이 순식간에 어느 아이의 작은 치마 주름에 붙는다. 집안 전체가 불길에 휘감긴다. 붉은 빛이 무대 위를 뚫고 지나간다.

악단 속에서 연단이 쿵쿵 울린다, 트라이앵글도 돈다. 멀리서부터 불자동차 소리와 많은 사람들이 중얼거리는 소리가 들린다.

4장

모두 불길에서부터 탈출했다.

우리는 길에서 그들과 만난다.

맨 앞에는 슬프게 걷고 있는 아빠. 그 뒤에 13명의 소녀가 있다. 모두가 아빠의 품에 매달려, 아빠의 손과 팔과 옷을 잡아당긴다. 분명히 큰 명절이다. 많은 사람들이 나들이옷을 입고 왔다 갔다 하기 때문이다. 그들은 저녁을 먹으러 한 식당으로 들어간다. 아빠의 숱 많던 흰 머리칼이 이후로 점점 듬성듬성해진다. 그의 얼굴은 주름으로 가득하다.

종업원이 거대한 유리접시에 100개의 도넛을 가져오자, 소녀들이 순식간에 다 먹어버린다. 배가 고파 무엇을 먹고자 했던 아빠는 놀라서 빈 접시를 바라본다. 그는 다시 주문을 한다. 딸들은 세 번, 네 번 다시 똑같은 장난을 반복한다. 아빠는 마지막으로 다시 한 번 시도를 하고 자기 앞에다 접시를 놓는다. 하지만 딸들이 접시를 끌어가고, 아빠는 도넛을 한 개도 못 먹는다. 딸들이 웃는다. 돈을 내야할 차례이다. 종업원이 오고, 아빠는 고액권을 그의 앞에 놓는다. 하지만 종업원은 돈이 모자란다며 주인을 부른다. 주인 역시 돈이 모자란다며 액수가 맞지 않으면 어찌 할 수 없다고, 이런 일은 그가 식당을 경영하는 동안 한 번도 일어나지 않은 일이라고 말한다. 말다툼이 시작된다. 뚱뚱한 식당 주인이 아빠의 멱살을 잡고 흔들다가, 길바닥에 내동댕이친다. 운이 나쁘게 아빠 얼굴이 아스팔트 쪽을 향해 있고, 아빠가 쓰러진다. 그의 주위에서 딸들이 울고 있다. 아빠도 운다.

5분간 휴식.
"생수, 소금 빵, 초콜릿 사탕, 레몬 사탕, 박하사탕 드세요"

5장

우리는 이제 한 궁색한 움막에서 불행한 가족을 만난다. 13명의 딸과 그들의 아빠를. 아빠는 깊은 병이 든 채 침대에 누워 있다, 목에는 찬 물수건을 두르고, 얼굴에는 반창고와 솜뭉치가 있다. 그의 옆에 있는 의자 위에 얼음과 대야가 있다. 딸들은 낡은 가구의 먼지를 털고, 먼지 속에서 숨막혀한다. 아빠가 기침을 한다. 아빠는 그만하라고 애원하지만, 딸들은 물러서지 않는다. 딸들이 창문을 연다. 얼음같이 차가운 공기가 들어온다. 마침내 의사가 온다. 그는 근시가 심한 불친절한 노인이다. 딸들은 그의 옷을 벗긴다, 지팡이와 모자와 겉옷을, 그리고 두꺼운 돋보기도 벗겨, 곧바로 부순다. 가엾은 의사는 알이 없는 안경을 쓴다. 의사는 체온을 재기 위해서 힘겹게 환자 쪽으로 더듬거려 간다. 한 딸이 아버지의 겨드랑이에서 체온계를 끄집어내어 그것도 깬다. 그들은 연방 깔깔거리며 방바닥위에서 작은 수은 덩어리를 찾는다. 의사가 어깨를 으쓱하고 처방전을 쓰기 위해 계속 앉아 있다. 그리고 소녀들에게 서둘러 약국에서 완수해야 하는 일을 엄하게 이른다.

6장

소녀들이 약국에서 온다.

13명이 거의 그녀들 덩치만큼 큰, 커다란 병을 들고 숨을 헐떡이며 땀을 흘리고 있다. 약의 색깔은 검정, 황토, 파랑, 자주, 노랑, 보라, 초록, 주황, 회색, 보라, 장미 빛, 금색과 은색이다. 집에 도착하기 전에, 소녀들이 길모퉁이에서 쉬고 있다. 이 때 막내가 뚜껑을 열고, 약을 맛본다. 맛이 좋다. 약은 사탕 같고 달콤하다. 시럽과 같다. 막내가 약을 마시기 시작한다. 다른 소녀들도 따라한다. 한 방울도 남기지 않고 마신다. 그들은 확실하게 약에 취한다. 그들은 깔깔거리며, 노래를 부르고, 가스가 차서 부풀어 오른다. 살이 찌는 것을 눈으로 확인할 수 있다.

7장

그들이 집에 도착하자, 아빠는 절망적으로 약을 청한다. 그는 빈 약병을 보았다. 소녀들은 아빠에게 거짓말을 한다. 아빠는 믿지 않는다. 한숨을 쉬고, 흐느끼며, 저주를 한다. 뼈만 앙상한 몸과, 메마른 건초같이 뒤틀린 다리를 보여준다. 나중에는 베개에 얼굴을 묻고 엎드려서, 한참동안 움직이지 않는다.

소녀들이 신부님을 부르기 위해 달려간다. 머리칼이 하얗고 얼굴색이 붉은 담당 신부가 무릎까지 내려오는 하얀 중백의를 입고 도착한다. 신부 앞에서 종을 흔들기 위해 복사 한 사람이 대동했다. 신부는 환자에게 고백을 하게하고, 강복을 주고, 솜으로 그의 오감을 닦아낸다. 이승 생활에서 동료들에게, 남자와 여자에게 똑같이 그 만큼의 죄를 지었던 오감을. 신부는 아빠를 위로한다. 하느님에 대해서 이야기한다. 신부가 돌아가면서 문가에 서서 다시 한 번 저희들끼리 아빠를 돌보고 있는 소녀들에게 이별의 눈길을 보낸다. 이 아이들은 주님의 천사들처럼 순결한 아이들인데 곧 고아가 될 불쌍한 아이들이라는 생각을 하자, 신부의 눈에서 눈물이 솟고, 그는 눈물을 참는다.

이제 소녀들은 벌써 울먹이기 시작한다. 애처로운 얼굴로, 작은 베개 위에서 뒤척이는, 죽어가는 사람의 주위에서 꾸무럭거린다. 아빠가 새 베개를 달라고 한다. 막내가 그의 머리 아래에 엄마의 바늘꽂이를 놓아준다. 죽어가는 사람은 고통스러운 신음 소리를 낸다. 그의 머리에서 피가 흘러나온다. 그가 마실 것을 달라고 한다. 새빨갛게 타는 혀를 내밀고, 헐떡거린다. 맏이가 빈 컵을 가지고 와서, 물을 먹이고 또 먹인다. 하지만 아빠는 공기만을 빨아들이고, 삼키고, 한 입씩 먹는다.

8장

아직도 소녀들은 계속 기다린다. 무대 아래쪽에 있는 악단이 친절하게 장송곡을 먼저 연주한다. 그래서 관객이 알지 못하는 부분을 확실히 해 준다. 아빠는 절대 회복되지 않을 것이며, 영화는 비극적으로 끝나리라는 것을. 그들은 침묵하고 있다. 죽음의 고통은 오랫동안 지속되지 않았다. 맏이가 일어서서 아빠의 가슴 위로 몸을 구부리더니, 죽었다는 신호를 한다. 그러자 모두 무릎을 꿇는다, 그리고는 부산을 떨기 시작한다. 맏이는 죽은 사람의 얼굴을 씻긴다. 둘째는 깨끗한 셔츠를 가져온다. 셋째가 옷을 입힌다. 넷째가 빗질을 한다. 다섯째는 운다. 여섯째는 입맞춤을 한다. 일곱째는 기도를 한다. 여덟째는 밖으로 뛰쳐나간다. 아홉째는 관을 들여온다. 열째, 열한 번째, 열두 번째는 시신을 관 안으로 집어넣는다. 열세 번째는 눈을 감겨주고 관 뚜껑을 덮는다. 13개의 작은 은 도끼와 13개의 금으로 만든 못이 상상에서 그리는 것처럼 나타나자, 그들은 관에 못을 박는다. 촛불을 켠다. 무릎을 꿇고 작은 얼굴을 가린 채 운다. 그러다가 갑자기 눈에서 손수건을 치운다. 그들이 웃음을 터트린다. 춤을 춘다. 조용히 창문 쪽으로 뜻 모를 웃음을 보낸다. 열세 명 모두가 길에서 기다리고 있는 어미에게 신호를 보낸다. 준비가 되었으니, 이제는 돌아와도 된다고.

스크린 위에 끝이라는 글자가 나타난다. 그 후에 하품하는 아저씨 한 명이 등장해서는, “잘 자요”라고 관중에게 인사한다.

1910년, 체레그디 번디가 파리에서

Cseregdi Bandi Párizsban, 1910-ben

1910년 5월 체레그디 번디가 페스트 대학에서 첫 번째 법률 시험을 마치고, 고향인 샤르쎄그[29]로 돌아갔을 때, 그를 오래전부터 일 년 동안 파리로 보내고 싶어 했던 삼촌이 그를 당신에게 불러 이렇게 말하였다.

"얘야, 여기 700코로나가 있다. 이 돈으로, 외국에 사는 학생들처럼 6개월은 잘 지낼 수 있을게다. 네가 공부를 하고 품위 있게 행동을 하면 11월에 내가 다시 이만큼을 보내주마. 외국으로 가거라, 세상을 보거라, 사람들을 사귀거라. 프랑스어를 익혀. 일 년이면 '완벽한 프랑스 사람'이 될 수도 있을게야."

삼촌이 일어서시더니 먼지가 앉은 낮은 선반을 뒤지기 시작했다. 선반 위에는 담배 재를 거르는 도구와 권총, 체스 판이 보였다. 그 아래에서부터 어학 책 한 권을 끌어냈다 - Manuel de la conversation(대화 방법) - 초록색으로 변한 가죽 제본은 이미 떨어져 이리저리 흔들렸다.

"여기 이 책이 있구나." 삼촌이 말하셨다. "이 책으로 나도, 할아버지도 공부를 했다. 잘 다녀오너라, 번디야." 삼촌은 이렇게 말하고, 가족의 전통에 따라 먼저 그의 오른쪽, 그리고 왼쪽 뺨에 입을 맞추었다.

번디는 페스트로 올라갔다. 동급생이며 짝이었던 에스티 코르넬에게 편지를 썼다. 코르넬은 작년 크리스마스부터 프랑스의 수도에서 살고 있었다. 그러면서 여행 준비를 했다. 무엇보다 먼저 바지 다림질을 맡겼다. 멋지게 차려입은 프랑스 사람 사이에 구겨진 옷을 입고 다닐 수 없을 거라 - 생각했기 때문이다. 하얀 새 바지와 사슴 가죽 장갑을 샀다. 여권도 신청했다.

"여행 목적은요?" 관리가 물었다.

"공부요" 그가 대답했다.

그는 일요일 Gare de l'Est(파리의 동부 역)에서 자신을 기다리라고 코르넬에게 알린 다음, 기차를 탔다. 그는 "여러 종류의 사람과 섞여서" 여행하고 싶지 않아서 2등 객실 표를 구입했다.

---

29) Sárszeg. 작가의 고향은 현재 세르비아에 위치한 슈모티처(헝가리어 Szabadka)인데, 작가는 작품에서 자신의 고향을 샤르세그라고 설정한다.

그는 어깨가 떡 벌어지고, 땅딸막한 바츠커 지방[30]의 소년으로 눈동자는 검고, 얼굴빛은 갈색이었다. 와이셔츠를 입고 화려한 넥타이를 맸고, 새로 산 하얀 바지를 세련되게 입었다.

그는 발을 꼬고 앉아 크고 깨끗한 독일의 역과 모르는 도시들이 지나쳐 사라지는 것을 바라보았다. 장난의 대부분은 사슴 가죽 장갑을 벗어서, 의자 위에 관심 없이 내던져 놔두었다가, 다시 끼는 일이었다.

뮌헨에서 하룻밤을 묵었다. 다음 날 저녁에 계속해서 파리를 향해 나아갔다.

프랑스 국경인 애브리쿠후에서 600코로나를 바꾸어 - 그 사이에 돈이 이만큼 줄어들었다 - 600프랑보다 조금 더 되게, 금화까지도 받았다. 그는 완전히 빈 객실로 옮겨 탔다. 담배에 불을 붙였다. 표에 구멍을 뚫는 검표원이 그에게 무언가를 설명하기 시작했다. 뭐라고 하는지, 그는 이해하지 못했다. 고등학교 때 몇 달간 독학으로 프랑스어를 공부한 것이 전부였기 때문이다. 그가 고개를 끄덕이자 검표원이 떠나갔다.

얼마 지나지 않아 그가 있는 객실로 두 명의 승객이 탔다. 한 사람은 노란 사탕을 먹고 있는 수염 난 남자였고, 한 사람은 마르고 성마른 여자였다. 그 여자는 처음부터 미워하는 눈길로 그를 바라보았다. 번디는 사슴 가죽 장갑을 벗었다가, 끼었다 했다. 그러나 이 행동은 이곳에서 아무 영향을 미치지 않았다. 그와 동승한 사람들은 안절부절 했다. 수염 난 남자가 그를 향해 몸을 돌렸다, 그리고 앞에서 검표원이 그랬던 것처럼 번개처럼 빠르게 뭐라고 설명을 했다. 설명을 해도 소용이 없자, 검표원을 불러 함께 돌아왔다. 이제 두 사람이 손짓 발짓으로 여기는 흡연칸이 아니니 담배를 피우고 싶으면 다른 칸으로 가야한다고 설명을 했다. 번디는 담배를 집어 던지고, 자기 짐을 손에 들었다. 검표원이 여권을 보여 달라고 했다.

"C'est um autrichen(이 사람은 오스트리아 사람이군요)" 승무원이 승객에게 알려주었다.

번디는 autrichen(오스트리아 사람)이라는 단어를 이해했다. 그는 뱀에게 발목 관절을 물린 사람처럼 갑자기 쉬 소리를 냈다. 그는 사람들이 그 말을 못하게 해야 한다는 의무감을 느꼈다.

"Non, non autrichen(아니요, 오스트리아 사람이 아닙니다)" 그는 손에 여행 가방을 든 채로 더듬거리며 말했다. "Hongrois, hongrois.(헝가리 사람, 헝가리 사람입니다.) Le monarchie deux(이중제국입니다) - 그는 격양된 목소리로, 흥분해서 말했다.

"Autrichen is ganz separat. Hongrois is auch ganz separat. Nicht Deutsch, sondern Ungarn.

---

30) Bácska는 그의 고향 슈모티처 근방의 지역 명칭.

Sprechen Sie Deutsch?(오스트리아는 완전히 분리되었습니다. 헝가리도 완전히 분리되었어요. 독일 사람이 아니라 헝가리 사람입니다. 당신들 독일어 하세요?"

프랑스 사람들 - 승무원과 두 여행자는 - 당황해서 미소를 지었다. 그가 얼굴이 빨갛게 되어 창피해하며 다른 객실로 바삐 걸어가자, 그들은 깔깔 웃어댔다.

다른 객실에 와서야 그는 삼촌에게서 받은 어학 책을 훑어보는 것이 좋았으리라는 생각이 들었다.

이 책에서 편집자는 - 삶에서 있을 수 있는 가장 특별한 경우를 생각하면서 - 도배하는 사람, 향수 파는 사람, 수의사 등과의 직접적인 대화를 옮겨놓았다.

그는 문장 옆에 있는 독일어 설명에서 이해되는 것들을 한 글자씩 천천히 읽었다. 이런 문장을 읽었다.

안녕하세요, 왕자님.

아, 안녕하세요, 공주님. 저는 지난 번, 분명 화려했을 밤의 파티에 가지 못했을 때, 정말 슬펐어요.

왕자님, 지금 어떤 기분이세요?

정말 좋습니다, 공주님.

"Tres bien, princesse(정말 좋습니다, 공주님)" 그는 꿈꾸며 혼자서 반복했다.

하지만 그보다는 헝가리가 완전히 독립 국가이며, 국방을 제외하고는 오스트리아에 메이지 않는다는 것을 뭐라고 말해야 하는지 더 궁금해 해야만 했었다. 검표원, 세관원, 표 등등을 뭐라고 하는지.

그는 여행에 대해서 다룬, 부분으로 책장을 넘겼다. 거기서 이런 구절을 발견했다.

"왕자님, 타시겠습니까, 저희의 우편 마차는 곧 출발합니다.

이보게, 벌써 나팔을 불었는가?

아, 그렇습니다, 왕자님. 우리의 급행 우편 마차가 즉시 출발합니다.

자, 내 발싸개를 이리로 주게나. 내 짐을 마르세이유에서 돛을 단 대형 호화요트로 옮겨 실어주게나. 만약 기분 좋은 남풍을 만난다면, 나는 사나흘 뒤에 보르도에서 닻을 내릴 수 있을 거라 기대하네. 어떤가?"

번디는 눈을 둥그렇게 뜨고 멍하니 바라보았다. 이제야 책장을 앞으로 넘겨, 표지를 살펴보아야겠다는 유용한 생각이 밀어닥쳤다. 표지에는 한때는 분명히 유용했을 이 책이 증기 기차와 증기선이 발명되기 이전에 출판되었음을 알려주었다.

그는 책을 집어 던졌다. 이마를 찌푸리고 어떻게 짐꾼을 불러야하나 곰곰이 생각했다. 만약 코르넬이 그의 앞에 나타나지 않는다면, 무슨 일이 일어날지 생각만으로도 끔찍했다. 기차가 덜커덩거리는 만큼 끔찍한 장면이 괴롭혔다. 말하자면 그는 이미 파리가 아니라 코르넬만을 고대했다.

그가 기차 창문으로 몸을 밖으로 내밀자마자 곧바로 옛 친구를 찾아내자 그는 정말 기뻤다.

"코르넬" 그는 아직 기차에 타고 있는 채로 소리를 질렀다.

"번디" 에스티도 소리를 쳤다.

그들은 껴안고, 신기한 듯 서로를 바라보고, 다시 껴안았다. 그리고는 둘이 웃었다. 얼 드의 소년들이 지금 이곳에 있다는 사실에 웃었다. 이건 이상한 일이었다, 정말 이상했다.

코르넬이 꼬치꼬치 물었다.

"여행은 어땠어?"

"정말 최고였어."

"잠도 잤어?"

"당연하지."

"정말?"

"정말이지, 친구."

그들은 대학가인 루에 뭉지로, 에스티 코르넬의 숙소로 갔다. 번디는 목욕을 하고 면도를 했다. 하지만 기분이 좋아 보이지 않았고, 하품을 했다.

"야, 여기서는 무얼 할 수 있는지 말해봐?"

"어디서"

"여기, 파리에서?"

"여러 가지를 다 할 수 있지." 코르넬이 객관적으로 대답했다. "도시 관광을 할 수도 있을 거야." 그가 제안했다.

그는 번디를 관광버스의 이층 자리에 앉혔다. 거기에서부터 역사적인 명물들을 보여주었다.

"여기 이게 노트르담이야."

"이게?" 번디가 말하며, 그 정도로 유명하다면 이보다는 좀 더 커야만 하지 않았나, 적어도 탑

두 개가 미완성으로 남아 있어서는 안 되지 않았나 생각했다. 그렇지만 "오, 예, 친구"라고 대답했다.

다른 때에는 자기가 스스로 관심을 보였다.

"그런데 이건 어떤 거리야?"

"엘리제 거리야."

"이건 어떤 집이지?"

"루브르야. 마음에 들어?"

"멋지다." 그는 진심을 보여주기 위해서 의식적으로 고개를 끄덕였다. "멋진, 대도시야."

하지만 (그 도시는) 그의 마음에 들지 않았다. 특히 냄새가 맞지 않았다.

모든 대도시는 각각의 특징적인 냄새를 풍긴다.

부다페스트는 대용 커피의 향냄새가 난다. 비엔나에는 케이크 냄새가 나고, 베를린은 연기 냄새가 난다. 버르소는 설탕을 녹인 사탕[31] 냄새가 난다. 마드리드는 초콜렛 냄새가, 브뤼쉘에서는 바닐라 향 냄새가, 런던은 동물성 지방 냄새가, 파리에는 녹은 버터 향내가 난다. 그는 (파리의) 냄새를 견딜 수가 없었다.

하나 둘 크고 작은 실망이 다가왔다.

여기서는 남자들이 옷에 구멍이 뚫어진 채, 단정치 못하게 하고 거리를 나다녔다. 경찰은 모자를 쓰지 않았고, 우편함이 가로등 속에 숨어 있어서 찾을 수가 없었다. 메리랜드라는 담배에서는 여물 맛이 났다. 인도는 쓰레기로 덮여있고 더러웠다. 세느 강도 더러운데다 두너 강보다 훨씬 더 작았다.

"점심 먹으러 가자." 그가 졸랐다.

식당에서는 그 날의 요리를 먹었다. 폭이 좁고, 긴 탁자 옆에 수다 떠는 사람들이, 청어처럼 빽빽이 밀려들었다. 그의 앞에 여러 종류의 샐러드와 얇은 양고기 튀김과 집토끼 튀김을 놓았다. 그 음식이 입에 안 맞았다. 그는 음식에 손도 대지 않았다. 수저로 크림만 떠먹었다, 유일하게 먹을 수 있는 것은 얇고 그을린 손가락 모양의 카스텔라 과자뿐이었다. 허기가 가시지 않았다. 고향에서 먹던 기름진 스튜와, 삶은 스파게티에 대한 향수가 밀려왔다.

음식점에서 나와 번디는 도착 신고를 하려고 오스트리아-헝가리 대사관이 있는 바렌드 거리로

31) 원문에 있는 égetett cukor는 설탕을 불로 녹여 식힌 다음 적당한 크기로 잘라 먹는 사탕 대용의 식품을 말한다.

총총걸음으로 달려갔다. 그는 고향에 온 듯한 기분으로 큰 목소리로 유쾌하게 인사를 했다.

"안녕하세요"

"Guten Tag(안녕하세요)" 관리가 대답했다.

"어떻게 헝가리어를 못 하시나요?" 번디가 자존심이 상해 소리를 쳤다.

관리가 계속 용서를 청했다, 하지만 - 유감스럽게도 - 그는 헝가리어로 말하지 않았다. 귀먹고 말 못하는 사람의 몸짓으로 관리에게 서류를 달라고 했다. 압지[32]의 첫 부분에 보라색 젤라틴 그림[33]으로 두 개의 문장이 인쇄되어 있었다. 하나는 "신고하였습니다"였고, 다른 하나는 "신고하지 않았습니다"였다. 그는 또 다시 손짓 발짓으로 어떤 문장을 병역수첩에 기입해야만 하는지 번디에게 물었다. 번디는 거칠게 첫 번째 문장을 (손가락으로) 푹 찔렀고, (대사관을) 나오면서 인사도 하지 않았다.

그리고 이 날 그들은 무엇을 했을까?

그들은 에펠 탑 꼭대기에 올라갔다. 거기에서 번디는 아래로 침을 뱉고는 그의 침이 땅바닥에 떨어지기까지 얼마나 오래 시간이 걸렸는지에 신기해했다. 몇 시간 동안 평화 카페에 앉아 있었고, 오페라 옆에 막혀 있는 마차행렬을 바라보았다. 번디는 고향으로 보낼 그림엽서를 썼다. 코르넬은 저녁 6시 경에 갔다. 약속이 있어 서둘러야만 했다, 하지만 그는 한 시간 안에 다시 돌아올 테니 여기 남아 있으라고 했다.

친구가 떠나자마자, 어떤 나이 든 종업원이 그에게 가까이 오더니, 여기 이 자리에는 이렇게 오래 앉아있을 수 없다고 재빠르게 알려주었다, 그리고 아주 조용하게 그를 커피 안쪽으로 밀어 넣었다.

코르넬은 카페 안쪽 화덕 옆의 한 의자에 웅크리고 앉아 있는 친구를 찾아냈다.

"무슨 일이야?" 그가 물었다.

"아무 것도. 머리가 조금 아파. 배도 고프고 말야. 뭘 먹을 수 있는 곳이라면, 어디라도 나를 데려가 줘. 내 눈이 튀어나와."

"기다려 봐" 코르넬이 말했다.

그가 삯 마차를 부르더니, 주소를 일러주었다. 그들은 울퉁불퉁한 길을 덜커덕거리며 갔다. 쎈 거리에서 내렸다. 코르넬이 앞장섰다.

---

32) 잉크나 먹물 따위로 쓴 것이 번지거나 묻어나지 않도록 마르기 전에 눌러서 물기를 빨아들이는 종이.
33) 모양을 반대로 그린 그림으로, 이걸 뒤집어 놓고 찍으면 원래 모습이 바른 형태로 나오게 만든 등사용 그림.

번디는 눈이 휘둥그레지고 말문이 막혔다. 탁자 위에 소금, 고춧가루, 세게드의 고추[34] 회향을 뿌린 짠 크루아상 모양의 빵, 둥근 도너스[35]가 있었다. 종업원 페리가 막 커다란 에르데이의 큰 나무 접시를 어떤 손님에게 가져다주고 나서, 그에게 헝가리어로 인사를 했다.

"자리에 앉으십시오. 이리 앉으십시오. 금방 오겠습니다."

그들은 파리에 있는 헝가리 식당에 와 있었다.

번디는 자리에 앉았고, 불룩한 그의 가슴을 쭉 폈다, 그는 깜짝 놀랐다. 그리고 계속해서 이 말을 반복했다.

"봐 친구, 이게 벌써 (마음에 드네)."

식단표에는 송아지 볶음, 볶음 요리,[36] 수제비, 둥근 알 마카로니[37] 구야시 스프, 유지방으로 만든 치즈를 넣은 마카로니,[38] 잼이 들어간 가는 국수, 오이 샐러드가 나와 있었다.

"페리" 그는 오래전부터 아는 사람이라도 되는 듯, 종업원을 향해 손짓을 했다. "자, 우리 뭘 먹을까? 송아지 볶음을 두 개, 볶음 요리도 같이 주세요. 아 잠깐만요. 이스트를 넣은 오이 피클이 있나요? 그러면 오이 피클도 두 개 가져다주세요. 잠깐만요. 농도가 낮은 포도주 1 리터 가져다주세요. 기다려 봐요. 퍼러디의 물은 당연히 없겠지요. 아쉽네요, 진짜 아쉽네요. 그러면 탄산수는 있겠지요? 좋아요, 그럼 탄산수도 두 병 가져다주세요."

파리에 사는 헝가리 집시인 볼디가 〈드문 보리〉를 연주하기 시작했다.

조용하게 시작했다, 번디는 기운이 났고, 축복받은 5월의 소나기가 물을 뿌리자 잠자던 꽃이 망울을 터트리듯, 피어났다. 그의 주변에는 온통 헝가리 사람들이었다. 말발굽 모양의 탁자 둘레에는 영명축일이거나 생일모임을 하는 아가씨들, 청년들, 흰 수염이 난 노인들과, 어머니들, 친척들이 집에 모인 듯 앉아 있었다. 그들 옆에는 벨벳 코트를 입은 젊은 화가인 너호츠키 피스터가 저녁

---

34) 원어는 rozsapaprika. 주황색의 둥근 고추로 음식에 주황색이나 갈색 빛을 내게 하며, 매운 종류와 안 매운 종류가 있다.

35) 원어는 olajosgyürű

36) 원어는 tokány. 여러 방법으로 요리할 수 있는데 예를 들어 데브레첸 식의 토카니는 베이컨을 얇게 썰어 냄비에 볶다가 여기에 양파, 마늘, 고추가루를 넣고 볶은 뒤 물을 조금 붓고 끓이고 소고기를 넣어 푹 끓인다. 고기가 부드럽게 익으며 따로 동물성 기름에 볶아 놓은 소시지와 피망을 넣고 함께 볶아낸다.

37) 밀가루와 계란, 소금을 반죽하여 작은 동그라미 모양으로 잘라주는 판에서 반죽을 밀어 아주 작은 둥근 모양으로 만들어 낸다.

38) 원어의 뜻은 유지방으로 만든 응유치즈를 마카로니와 섞은 다음, 뜨거운 접시에 놓아 서로 섞이게 한 뒤 그 위에 다시 차가운 응유치즈를 올리고 돼지기름을 작게 썰어 불에 바짝 구운 것을 넣어 먹는 헝가리식 마카로니 요리이다. 주요리나 후식으로, 혹은 고기 요리 옆에 부 요리로도 제공한다.

식사를 하고 있었다. 그를 (그들의 식탁으로 와서 함께 식사하자고) 불렀다. 바츠커에서 온 사랑스러운 인물 쉬츠 럴러도 왔다. 그 다음에 파리의 특파원인 오르반 두씨가 왔고, 학생인 미클로시 졸탄, 스토커르, 베레츠, 일레시가 왔다. 번디는 소위 파리의 모든 사회적이고 예술적인 유명 인사들과 금방 알게 되었다.

"어서 오십시오, 신사분들" 번디는 그들을 자기 식탁으로 초대했다.

"여러분들은 모두 저의 손님이십니다. 잔 가져다주세요. 술 1리터 더 주시고. 안녕하십니까, 여러분, 안녕하셔요."

집시가 〈녹색 큰 개구리〉를 연주하기 시작했고, 이 노래가 번디에게는 재앙이었다. 그는 이 노래를 들으면, 자신을 주체할 수 없었다. 그는 샴페인을 따게 했다. (집시는) 이 노래를 번디의 귀에 대고 계속해서 열 번을 연주해야만 했다.

이렇게 해도, 저렇게 해도 안 좋았어,
어떻게 해도 그 사람은 안 좋았어.
항상 다른 사람의 애인만이, 그 사람이 좋았어.

이 순간 그는 집시의 손에 첫 번째 100프랑을 쥐어주었다. 그리고 나서 -오래된 습관에 따라 다음 곡인 -〈얇은 판자 울타리〉가 이어졌고, 그 다음에는 〈말이 슬퍼하네〉가 이어졌다.

번디는 미소를 지었다, 한숨을 쉬었다.

"봐, 애들아."

밤 12시가 지나서 그들은 탁자를 두드리고, 팔을 끼고 노래를 불렀다.

내가 좋지 않은, 그 사람이네, 그 사람이야.
술집의 문턱이 닳도록 드나드는 사아-람-람.

번디는 두 번째 100프랑을 집시를 향해 던졌다.

"뭐하는 거야?" 코르넬이 그를 향해 소리를 질렀다. "너 미쳤어?"

번디가 되받아쳤다. "난, 내가 하고 싶은 데로 할 거야. 왜냐하면 나는 자신감 있는 사람만, 거침없는 사람만 좋아 하니까. 알겠어?"

"집으로 데리고 갑시다." 사람들이 말했다. "자게 합시다. 피곤한가 봐요."

"누가 피곤하다는 거야?" 번디가 그의 가슴을 두들기며 말을 더듬었다. "난 졸리지 않아. 나는 자존심 있는, 자존심 있는 사람이야."

에스티는 홍이 깨진 것과, 빈 샴페인 병이 탁자 위에 줄지어 서 있는 것을 보고는 주인을 불렀다. 번디가 지불했다. 사장은 계산서에 420프랑을 적었다. 이렇게 해서 부족한 30프랑을 코르넬이 지불해야만 했다. 사장은 헝가리의 친절함으로 그들과 악수를 했고, 금요일마다 생선 스프가 나온다고 알려주었다. 집시는 〈라코치 행진곡〉을 연주했다.

마지막 작별의 잔을 다 마신 후에, 무리는 밖으로, 거리로 어슬렁어슬렁 걸어 나왔다. 번디는 가스등에 기댔다. 걷다가 아스팔트 위에 털썩 주저앉았다. 무리는 그를 둘러싸고, 재촉을 하다가, 그와 말싸움을 하고, 껄껄 웃었다. 몇 명이 〈녹색 큰 개구리〉를 듣기 싫은 목소리로 늘어지게 불렀다. 시끄러운 소동이 벌어졌다.

소동을 들은 경찰이 정중하게 그들에게 가라고 명령했다.

하지만 그는 번디와 이야기를 나눌 수가 없었다. 그는 땅바닥에서 일어나지도 않았다. 땅바닥에서 경찰을 향해 소리를 질렀다.

"누구도 나를 귀찮게 하지 마, 안 그러면 죽여 버릴 거야, 개처럼 목에 총을 관통시켜서 죽여 버릴 거야."

"아무도 널 성가시게 하지 않아." 사람들이 달랬다. "자, 집에 가야지."

"내 명예를 짓밟는 놈은 죽을 거야." 그가 고래고래 소리를 질렀다. "나한테는 명예 이외에는 아무 것도 없거든."

유쾌한 파리의 청년인 경찰은 고주망태가 된 상황을 이해하고, 미소를 지으며 번디를 일으켜 세우는 소년들을 도와주었다. 사람들은 그를 세게 끌어당겨서 몽쥐 거리에 있는 에스티의 집으로 데리고 갔다.

두 사람 모두 바로 잠들었다.

에스티가 아침 9시에 일어났을 때, 번디가 옷을 입고 안락의자의 끝에 창백한 얼굴로 앉아있는 것을 보고는 놀랐다. 그는 자신의 빈 주머니를 계속 만져보았다. 하지만 아주 슬프게 그 사건을 받아들이지는 않았다. 그가 어깨를 위로 끌어올리더니 이렇게 말했다.

"적어도 내가 파리에서도 마음껏 즐겼잖아."

에스티는 그에게 10프랑을 빌려주었다. 그리고는 삼촌에게 편지를 쓰라고 충고를 한 뒤 강의를 듣기 위해 서둘러 갔다. 정오에는 친구를 위해 되돌아오겠다고 약속을 했다.

번디가 혼자 남겨지자, 그는 눈부신 5월의 밝은 햇빛이 쏟아지는 거리를 내다보았다. 전차 소리를, 행상의 외치는 소리를, 이 거대한 도시의 오래된, 몇 백 년의 소음을 귀 기울여 들었다. 갑자기 - 자신도 왜 그러는지 이유를 몰랐다 - 그는 방의 가운데로 뛰어가, 책상 위에 엎드려 울음을 터트렸다.

한 친절하고, 흐린 금발머리의 젊은 아가씨가 그 앞에 서자 그가 냉정해졌다. 그녀는 쟁반에 코코아 한 잔과 버터를 바른 크루아상 모양의 빵을 담아 가지고 있었다. 에스티의 하숙집 주인이 그에게 아침 식사를 가지고 온 것이다.

여자는 하숙생의 친구 얼굴이 온통 눈물로 범벅이 된 것을 보고 놀랐다. 머뭇거리며, 친절하고, 다정하게, 하지만 지나치지 않는 동정심을 가지고 노래하는 듯한 프랑스 어로 무슨 일이 있느냐고, 도와줄 일이 없느냐고 관심을 보였다.

번디는 일어서서, 심각하게 자기 앞을 바라보고는 아무 말도 하지 않았다. 어학 책을 꺼내서 무언가 대답을 하기 위해서 책장을 넘겼다.

그러나 왕자와 공주가 재치 있게 whist, ecarte, manille에 대해서 대화하는 페이지를 펼치게 되었다. 방탕한 젊은이들이 모든 돈을 다 써버린 방탕한 밤을 보낸 뒤에 나누는 대화를 찾았으나 소용이 없었다. 그는 화가 나서 책을 바닥에 던졌다.

코코아와 빵에 고마워하면서 머리를 끄덕였고 - 뒤꿈치를 군인처럼 모으면서 - 이렇게 말했다.

"고맙습니다, 공주님."

디리 티보르 Déry Tibor (1894~1977)

1894 부다페스트의 부유한 가정에서 출생

1900 스위스 학교에서 공부

1918 헝가리 공화국 협의회에서 일함

1919 공화국의 몰락으로 서유럽으로 망명

1920 체코슬로바키아로 이민. 이후 독일 프랑스, 스페인, 오스트리아로 이사

1947 헝가리 사회주의적 사실주의의 걸작 <미완의 완성> 출간

1950 <해답 시리즈>

1956 <니키, 어느 개의 이야기> 등으로 라코시 정부를 비판하다가 투옥됨

1960 특사로 출감

1964 <X에 사는 G.A씨>라는 카프카류 소설 발표

1969 <변론은 없다>라는 모자이크 수법의 자서전 발표

사랑

Szerelem

감방의 문이 밖으로 열리더니, 교도관이 무언가를 안으로 던졌다.

- 받아! - 그가 말했다.

그건 번호가 쓰여 있는 하나의 자루였다. 자루는 바로 죄수의 발 앞, 땅바닥에 떨어졌다. B는 일어났다, 깊은 숨을 들이쉬고, 교도관을 바라보았다. "사복이다!" 교도관이 말했다. "갈아입어! 곧 면도를 해 줄 거야."

자루에는 7년 전에 벗어 놓은 그의 옷과 신발이 들어 있었다. 옷은 손바닥만큼도 반반한 자리가 없을 만큼 온통 구김이 가 있고, 신발은 곰팡이가 슬어 있었다. 셔츠를 펼치니, 셔츠 역시 곰팡이가 나 있었다. 옷을 갈아입자마자, 면도사로 일하는 죄수가 들어와 면도해 주었다.

한 시간 지난 뒤에 그를 교도소 사무실 앞으로 데려 갔다. 복도에는 이미 사복으로 갈아입은 8~10명의 죄수가 기다리고 있었다, 그런데도 불구하고 그가 사무실 문 앞에 도착하자마자, 그를 제일 먼저 들어오라고 불렀다. 책상에는 한 교도관이 앉아있고, 그 옆에 다른 교도관이 서 있었다. 그들 두 사람 앞에서 교도소장이 좁은 공간을 이리 저리 걷고 있었다.

"이리로 오시요!" 책상에 앉아 있는 교도관이 말했다. "이름? … 어머니 이름? … 어디로 갈 거지? …"

"모릅니다." B가 말했다.

"뭐라고?" 교도관이 물었다. "어디로 갈지, 모르신다?"

"몰라요" B가 말했다. "나를 어디로 데려갈지, 모릅니다."

교도관은 그에게 기분 나쁜 시선을 보냈다. "당신을 아무 곳으로도 데리고 가지 않아." 그가 퉁명스럽게 말했다. "점심을 먹으러 아내가 있는 집에 갈 수 있어. 물론 밤에 네 물건도 사용할 수 있지. 이해하나?"

죄수는 대답하지 않았다.

"그러니까 어디로 가지?" 교도관이 물었다.

"씰퍼 거리 17번지요."

"부다페스트, 몇 구역?"

"2구역입니다." B가 말했다. "왜 저를 석방하는 거지요?"

"그런 건 왜 물어?" 교도관이 투덜거렸다. "석방한다, 이상. 우리에게서 벗어나는 걸 기뻐해."

옆방에서 귀중품들, 니켈 손목시계와 만년필, 아버지에게 물려받은 낡은 진녹색 지갑을 가지고 왔다. 지갑은 비어 있었다.

"여기에 서명해!" 교도관이 말했다.

니켈 손목시계와, 만년필, 지갑에 대한 수령증이었다.

"이것도!"

이 또한 수령증으로, 146포린트의 근로비에 대한 것이었다. 그의 앞에서 돈을 꺼내 책상위에 놓았다. "받아!" 교도관이 말했다. B는 주머니에서 지갑을 다시 꺼내서, 지폐를 은색 동전과 함께 지갑의 한쪽 칸에 밀어 넣었다. 지갑도 곰팡이가 슬어 있었다. 마지막으로 석방서를 건네주었다. 감금의 이유는 이라고 시작되어 밑에 점이 찍혀 (내용을 적도록 되어 있는) 줄은 비어있었다.

그는 복도에서 약 1시간 동안 서성였다. 이어 4명이 한 조가 되어 교도소 정문까지 데리고 내려갔다. 거의 정문에 다다랐을 때, 그들 뒤에서 한 교도관이 달려와 그들을 멈춰 세웠다. 그러더니 4명 가운데 한 사람을 골라냈다. 총을 든 두 명의 교도관이 양쪽으로 붙더니 그를 다시 교도소 건물 안으로 데리고 들어갔다. 그의 깨끗하게 면도한 얼굴이 갑자기 하얗게 변했다, 담즙이 다른 기관으로 병적으로 퍼진 듯, 눈이 멍해졌다.

세 명은 계속해서 정문까지 걸어갔다.

"저기 전차가 있어, 타!" 보초가 석방서를 살펴보고, 그의 손에 되돌려주면서 B에게 말했다.

B는 가만히 서서, 자기 앞의, 땅바닥만 쳐다봤다.

"뭘 기다려?" 교도관이 물었다.

B는 계속 서서, 땅만 바라보았다.

"어서 꺼져!" 보초가 말했다. "뭘 기다려?"

"갑니다." B가 말했다. "그러니까 가도 되지요?"

보초는 대답하지 않았다. B는 석방서를 주머니에 집어넣고 대문 밖으로 나왔다. 몇 걸음 걸은 뒤에 뒤를 돌아보고 싶었지만, 자신을 억제하고 계속 걸었다. 자기 등 뒤에서 발자국 소리가 들리지 않는지, 귀 기울였다. 뒤에서 어떤 손이 자기 어깨를 잡지 않는다면, 뒤에서 그의 이름을 부르지 않고 전차에 올라탄다면, 그때에는 영원히 석방 된 것이라고 생각했다. 영원히?

전차 정거장에 도착했을 때, 그는 갑자기 뒤로 돌아섰다. 아무도 그를 따라 오지 않았다. 바지

주머니에 손을 넣었지만, 이마 위로 솟아나는 땀을 닦을 손수건이 들어 있지 않았다. 바로 그의 앞에서 칙칙 거리는 전차에 올라탔다. 그때 그 순간 뒤쪽의 임시객차에서 교도소 간수 한 명이 내렸고, 첫 번째 칸 옆을 지나가면서 곰보 가득한 얼굴의 작은 눈으로 오랫동안 도전적으로 B를 예의 주시했다. 그는 교도관에게 인사하지 않았다. 전차가 출발했다.

바로 이 순간 - 교도관에게 인사를 하지 않고, 전차가 출발한 바로 이 찰나의 순간으로부터 시작하여- 바로 그 순간에 그의 주변에서 세상이 말을 걸어 왔다. 극장에서 기계 고장으로 한참동안 소리가 들리지 않은 채 필름이 돌아가다가, 갑자기, 한 문장, 한 단어 중간에 배우의 쩍 벌려진 빈 입 속으로 소리가 들어오는 것 같은 느낌이었다, 조용한 영화관에서, 3차원을 잃어버린 것 같이 관객이 느끼는 순간, 갑자기 천둥소리를 내며 천장까지 시끄러운 음악과, 노래와, 대화로 가득 차는 것 같은 느낌이었다. 빙 둘러 모든 색이 폭발하기 시작했다. 맞은편에 도착한 전차는, 노란색이었는데 그가 평생에 본 적이 없을 정도로, 샛노랬다. 마차가 얼마나 빠르게 회색 2층 집 앞을 스쳐 지나가는지, B는 사람들이 더 이상 마차를 멈추게 하지 못할까 두려웠다. 길 건너편에는 두 마리의 황적색 말이 빈 마차를 매단 채 발굽 소리만 내고 있었고, 그 말발굽 소리가 하늘에 흘러가는 요정 같은 양털 구름을 흔들었다. 정원을 장식하는 두 개의 붉은 유리 공이 있는 연푸른 작은 정원이 뒤쪽으로 물결쳤고, 그 뒤로 부엌 창문이 열려 있었다. 인도에는 수많은 사람들이 걷고 있었다, 모두 사복을 입고 있었다, 어떤 사람은 다른 사람보다 아름다웠고, 모두 서로 서로 구별이 되었다. 그들 가운데는 놀랍게도 체구가 작은 사람이 있고, 두 서너 명은 키가 겨우 행인의 무릎까지 오는 어린이였고, 팔에 안고 다녀야만 하는 아기도 많았다. 게다가 여자도 있었다!

B는, 자신의 눈에 눈물이 가득 차는 걸 느꼈기 때문에 전차의 안쪽으로 들어갔다. 여차장은 부드럽게 울리는, 마음에 와 닿는 편안한 목소리를 가지고 있었다. B는 전차 요금을 지불하고, 그 칸의 뒤쪽에 있는 일인용 귀퉁이 의자에 앉았다. 문이 닫혔다. 문이 열린 채로 있으면 자제력을 잃을 것 같아 두려웠다. 잠시 창밖을 내다보자, 건너편 인도에, 맥주 공장 대문 앞에서 한 남자가 젊은 여자의 얼굴을 쓰다듬고 있는 것이 보였다. 다시 바지 주머니에 손을 넣었지만, 이마에서 뚝뚝 떨어지는 땀을 닦을 수 있는, 손수건을 찾을 수가 없었다. 한 노동자가 그의 맞은 편, 빈자리에 앉았다. 벌어진 그의 서류 가방 안에 10병의 맥주가 들어 있었다.

차장이 소리 내어 웃었다.

"너무 많지 않아요?"

"여성 동무, 나는 가족이 있는 사람입니다." 노동자가 말했다. "우리 집 사람은, 내가 술 마시는걸 보는 걸 좋아해요."

차장이 웃었다.

"보는 걸?"

"글쎄!"

"흑맥주예요?"

"흑맥주요."

"그냥 맥주가 더 좋은데요."

"우리 집 사람은 흑맥주 보는 것을 좋아해요." 노동자가 말했다.

차장이 웃었다.

"저한테 한 병만 주실 수 있어요."

"흑맥주를?"

"그럼요 흑맥주를!"

"무엇 하려고?"

차장이 웃었다.

"집에 가져다 남편 주려고요."

"금발을 사랑하는데, 흑맥주가 무슨 소용인가." 노동자가 말했다.

차장이 웃었다. 정거장에 도착했다. B는 내려서, 택시를 탔다. 운전사가 미터기를 내렸다. 승객이 아무 말을 하지 않자, 운전사가 잠시 뒤에 물었다. "어디로 모실까요?"

"부더로 갑시다." B가 말했다.

운전사가 몸을 돌려, 승객을 살펴보았다.

"어느 다리를 건널까요?"

B는 자기 앞을 바라보았다. "어느 다리로 가야하나요?"

"페스트에 있는 아는 사람 집에 가나요?" 운전사가 물었다.

"마르기트 다리로 갑시다." B가 말했다.

차가 출발했다. B는 등을 기대지 않고, 똑바로 앉았다. 택시의 열린 창문을 넘어 햇살이 비치는 거리의 휘발유 냄새, 먼지 냄새, 전차의 땡땡거리는 소리가 들어와 꽂혔다. 오른쪽이나 왼쪽, 양쪽 인도에 똑같이 해가 비치고, 아스팔트 위에서 길을 걷는 사람들의 신발 앞에 얼마나 많은 그림자가 서로 교차하며 달려가는지, 길의 혼잡을 배가시키고 있었다. 제과점의 오렌지색 줄무늬

천막 아래에서 젊은 여자가 붉은 빛 속에서 담배를 피우고 있었다. 거기서 더 떨어진, 보도의 한 귀퉁이에는 작고 어린 밤나무가 벌써 잎을 피우고, 여기저기로 움직이는 손바닥 크기의 느슨하고 반짝이는 그늘을 나무 아래쪽으로 드리우고 있었다.

"담배 가게를 보시면…" B가 운전사에게 말했다.

택시는 거기서부터 세 개의 건물을 지나 멈추어 섰다. B가 창문 밖을 내다보았다. 어떤 가게의 열린 문 앞, 한 무더기의 빨간 무와 푸른 양상추와, 빨간 사과 앞에 서 있었다. 그 옆에 담배 가게의 작은 문이 있었다.

"그냥 앉아 계세요" 운전사가, 뒤를 돌면서 말했다. "제가 사오지요. 뭘 원하세요?"

B는 빨간 무를 바라보았다. 그의 손이 떨렸다.

"코수트요?"

"예." B가 말했다. "성냥도 한 갑."

운전사가 내렸다. "이따 택시비와 함께 주세요. 한 갑이요?"

"그렇게 해 주세요." B가 말했다.

"불 붙여 드릴까요?" 운전사가 돌아와서, 이렇게 물었다. "제 매형도 2년간 갇혀 있었지요, 나와서 제일 먼저 간 곳은 담배 가게였습니다. 코수트 담배 두 대를 연이어 피우더군요, 그리고 나서야 가족에게 갑디다."

"제게서 티가 나나요?" 얼마 뒤에 B가 물었다.

"약간 티가 납니다." 운전사가 말했다. "제 매형에게도 이런 병색이 보였어요. 물론 병원에서 나오는 것일 수도 있지요, 하지만 병원에서는 옷을 구기지 않아요. 얼마나 갇혀 있었나요?"

"7년간." B가 말했다.

운전사가 입술로 휙 소리를 냈다. "정치적인 이유로?"

"네." B가 말했다. "1년 반 동안은 사형수 교도소에서 살았지요."

"그런데 지금은 풀어줬어요?"

"그런 것 같아요." B가 말했다. "심하게 티가 나나요?"

운전사는 두 어깨를 위로 끌어 올렸다가 내렸다. "7년이라!" 다시 한 번 반복했다. "티가 날 만도 하군요."

B는 포거시 사거리에서 내렸다, 그리고 남은 길을 걸었다. 아내를 만나기 전에, 자유롭게 행동하는데 익숙해지고 싶었다. 운전사는 팁을 받지 않았다. "동무, 돈이 필요할 겁니다." 그렇게 말했

다. "다른 생각은 말고, 오직 건강만 생각하세요! 매일 고기와, 좋은 포도주를 드세요. 그러면 점차 모든 게 좋아질 겁니다."

"안녕히 가십시오." B가 말했다.

건너편, 약간 뒤쪽에 있는 한 옷가게의 진열장에서 그는 긴 거울을 힐끗 보았다. 그 앞에 잠시 멈추어 섰다가, 다시 걸었다. 퍼서레티 거리에 사람이 너무 많아, 테니스장 옆의 언덕으로 난 오솔길로 올라갔고, 헤르만 오토 거리로 건너갔다. 여기엔 맞은편에 있는 산을 바로 볼 수 있는, 건물이 없는 나대지 주변에 커다란 공터가 있었다. 그는 어지러웠다, 풀밭에 앉았다. 아내는 그가 오는 것을 모르고 있으니, 삼십 분 정도 풀밭에서 쉴 시간이 있다고 생각했다. 맞은편에, 담장 너머로 꽃이 만발한 사과나무 한 그루가 서 있었다. B는 잠시 바라보다가, 일어섰고, 담장가로 갔다. 밀랍같이, 크고 하얀 꽃이 얼마나 가지 속에 촘촘히 붙어있는지, 가지 아래에서 눈처럼 하얀 왕관 속을 들여다보면, 그 뒤편에 있는 하늘의 짙푸르게 떨리는 평면이 보이지 않았다. 그는 꽃을 하나하나 살펴보았다, 가장 안쪽, 꽃받침 안에, 위에는 둥글고 아래는 긴 꽃받침 잎의 대 속에 각각의 장미 빛 향기가 들어있었다. 그 향기가 각각의 꽃에 신부의 광채를 부드럽게 채색해주었다. 꽃받침의 하얀 옷감 속에 하나하나 작고 떨리는 금색 실 같은 벌들이 꽃 속에서 얼마나 많이 윙윙거리는지 나무 전체가 바람에 휘날리는 베일같이 물결치는 것 같았다. B는 일어서서 말을 거는 나무에 귀를 기울였다. 나뭇가지 사이로 하늘을 볼 수 있는 두개의 가지를 발견했다. 가지 너머 더 멀리, 움직이지 않고 머물러 있는 양털 구름을 보았다. 양털 구름을 바라보자니 지상의 나무 위에, 또 다른 꽃이 만발한 사과나무가 닿을 수 없는 먼 곳에 있는 것 같았다. 그는 현기증이 일 때까지 두 나무를 보았다. 도달할 수 있는 것을 통해 도달 할 수 없는 것을.

손목시계 차는 걸 잊었기 때문에, 택시에서 내린 뒤부터 얼마나 시간이 지났는지 알지 못했다. 그는 모퉁이를 돌아, 집을 향해 출발했다. 몇 걸음 가다 덤불 뒤쪽에 멈추어 서서 토했다. 토하고 나니 긴장이 풀렸다. 30분 정도 걸어서, 꽃이 핀 과일 나무들을 언덕에 가득 뿌려놓은 좁고 긴, 햇빛이 비추는 이면도로를 지나 집 앞에 멈추어 섰다. 그들은 2층에 살았었다. 정원에는, 대문에서부터 양 옆에 하얀 라일락 덤불이 여기저기 서 있었다. 그는 계단을 올라갔다.

벨을 눌렀지만 아무도 문을 열어주지 않았다. 문에는 문패가 걸려 있지 않았다. 지하층, 관리인의 집으로 가서, 문을 두드렸다.

"안녕하세요!" 그가 문을 연 아주머니에게 말했다. 여자도 예전보다 마르고, 늙어 있었다.

"누굴 찾으세요?"

"저 B입니다." B가 말했다. "제 집사람이 아직 여기 사나요?"

"세상에." 여자가 말했다.

B는 땅을 바라보았다. "집사람이 아직 여기 사나요?"

"세상에나!" 여자가 다시 한 번 말했다. "집에 온 거예요?"

"네." B가 말했다. "집사람이 아직 여기 살고 있나요?"

여자는 문에 걸려 있는 체인 고리를 벗겨냈다. "집에 오신 거예요?" 그리고는 또 말했다. "세상에나! 물론 아직 여기 살아요. 부인도 당신이 집에 오는 걸 몰랐었는데. 세상에 이런 좋은 일이! 물론 부인은 아직 여기 살고 있어요."

"아들도?" B가 물었다.

여자가 알아들었다. "건강해요." 여자가 말했다. "건강하고, 아무 문제없어요, 건장하고 잘 생기고, 큰 소년이 되었어요. 세상에!"

B는 입을 다물었다.

"우리 집으로 들어오세요!" 여자가 떨리는 목소리로 말했다. "들어오세요! 당신이 죄가 없다는 것을, 전 알았어요. 언젠가 집으로 돌아올 것을 알고 있었어요."

"현관문이 잠겨 있더군요." B가 말했다. "벨을 세 번이나 눌렀는데."

"우리 집으로 들어오세요!" 여자가 다시 말했다. "당신 집에는 아무도 없어요. 집을 함께 임대해서 사는 사람도 외출했어요."

B는 입을 다물고, 땅을 내려다보았다.

"부인은 일하러 갔고, 듀리는 아직 학교에 있어요." 여자가 말했다. "안 들어오시겠어요? 식구들은 오후에 돌아 올 거예요."

"집을 함께 임대해서 사는 사람이 있나요?" B가 물었다.

"아주 좋은 사람들이예요." 여자가 말했다. "부인은 그들과 아주 잘 지내고 있어요. 아 참, 집으로 올라가시겠어요?"

B는 입을 다물었다.

"저에게 집 열쇠가 있어요." 잠시 뒤에 여자가 말했다. "올라가셔서 부인이 돌아올 때까지 좀 쉬세요."

벽에 박힌 못에 두 개의 열쇠가 매달려 있었다. 여자가 열쇠 하나를 빼냈다. 그리고 자기 등 뒤로 문을 닫았다.

"올라 가셔서 쉬세요!" 여자가 말했다.

B는 자기 앞의 땅을 바라보았다. "아주머니도 가시나요?" 그가 물었다.

"물론이지요." 여자가 말했다. "당신 부인이 어느 방에 사는지, 알려 드리지요."

"어느 방에 사나요?" B가 물었다.

"같이 사는 사람들이 네 명이예요." 여자가 말했다. "그들이 방 2개를 쓰고 있어요. 당신 부인과 듀리는 뒷방으로 옮겨갔어요. 그래도 부엌이랑 목욕탕은 공동으로 쓰지요."

B는 대답하지 않았다.

"올라갈까요?" 여자가 물었다. "아니면 가족이 집에 돌아올 때까지, 저희 집에서 기다리시겠어요? 우리 집에서 소파에 누워 계세요, 가족이 오기 전까지, 좀 쉴 수 있을 거예요."

"부엌과 목욕탕은 공동으로 쓰나요?" B가 물었다.

"그래요, 함께 써요." 여자가 말했다.

B는 머리를 들었다, 그리고 여자의 얼굴을 바라보았다. "제가 목욕을 해도 되는 건가요?"

"물론이지요." 여자가 웃으며 말했다. 그리고 격려하듯 손바닥으로 B의 팔꿈치를 부드럽게 감싸 쥐었다. "목욕하실 수 있어요. 물론 하실 수 있어요. 제가 말씀 드렸잖아요, 당신 집에서 부엌과 목욕탕은 공동으로 사용한다고. 겨울에 준비해 놓았던 우리 땔감이 아직 창고에 남아있어서 제가 당신을 위해 불을 때드리고 싶군요. 하지만 제가 아는 바로는, 같이 사는 사람들이 낮에는 목욕탕을 잠가 놓아요."

B는 입을 다물고, 다시 땅을 바라보았다.

"올라가시겠어요, 아니면 우리 집으로 들어오시겠어요?" 여자가 물었다. "우리 집으로 들어오세요. 저는 부엌에 있으니, 방해가 되지 않을 거예요, 소파에 누워서, 잠깐 눈이라도 붙이세요."

"고맙습니다." B가 말했다. "차라리 집으로 올라가지요."

작은 뒷방의 창문은 일반적인 하녀 방처럼 북쪽으로 나 있었다. 그 앞에 물푸레나무 한 그루가 있었다. 왼쪽으로는 소나무로 뒤덮여 검은 색인 구게르 산 정상이 보였다. 방은 물푸레나무의 잎 때문에 녹색의 어두움이었다. 혼자가 되자, 그의 숨소리는 편안해 졌고, 아내의 냄새를 알아챘다. 창문 옆에 앉아, 숨을 골랐다. 물푸레나무 잎사귀를 보았다. 아내의 향기 속에 온 몸을 누이고 숨을 골랐다. 비좁은 방에 있는 것은 낡은 흰 색 장 하나와 철제 침대, 책상, 의자 하나가 전부였다. 의자를 반쯤 밀어 넣어야, 침대로 갈 수 있었다. 그는 침대에 눕지 않고, 걸터앉아 숨을 골랐다. 책상 위에는 온갖 물건들, 책, 옷, 아이 장난감들이 높이 쌓여 있었다. 그 사이에는 작은 손거울도 하나 있었다. 그는 그 속의 자신을 바라보았다. 포거시 사거리의 진열장 거울에서 보았던 것과 똑같은 모습이었다. 거울을 뒤집어 다시 책상 위에 내려놓았다. 책상 위에 있는 아내의 물건을 샅샅이 살펴보지는 않았다. 재를 담는 넓은 쟁반에 빨간 점무늬가 박힌 공 하나가 들어 있었다. 책상 위쪽에서도 아내의 냄새를 느꼈다.

다시 책상 옆에 앉았을 때, 집을 관리하는 여자가 큰 잔에 카페 라떼와 두툼하게 자른 껄라치빵[39] 두 쪽을 가지고 들어왔다. 혼자 남게 되자, 그는 음식을 전부 먹었다. 그리고 얼마 지나지 않아서, 1층에 사는 여자가 벨을 누르고 들어왔다. 그녀도 커피 한 잔과, 버터를 바른 빵, 소시지, 거기에다 거리의 식료품 가게 진열대에서 보았던 것과 똑같은 사과를 가지고 왔다. 그녀는 쟁반을 책상에 내려놓았다. 그녀의 눈에 눈물이 가득했다. 그녀도 잠시 뒤에 돌아갔다. B는 혼자 남게 되자, 그 음식도 모두 먹었다. 아직까지도 손목시계를 차지 않아, 언제부터 창문 옆에 앉아 있었는지 몰랐다. 창문은 사람들이 아무도 다니지 않는 뒷마당 쪽으로 나 있었다. 물푸레나무의 밝은 초록빛과 하얀 가장자리의 잎 사이로 가끔 - 가끔 바람 한 점이 지나갔고, 그러면 하녀 방의 하얗게 회칠한 벽 위에 비추던 오후의 햇살이 와들와들 떨렸다.

아내의 향기로 자신을 가득 채우자, 이제 그는 더 이상 아무 것도 느끼지 못했다. 그는 정원의 문 앞에 있는 거리로 내려갔다. 잠시 뒤에 그의 아내가 모퉁이를 돌아 들어왔다, 그녀 주위에 네다섯 명의 아이들이 있었다. 그들이 대문 쪽으로 가까워지면서, 여자의 발걸음이 갑자기 느려지더니, 한 순간에 멈췄다. 그러더니 뛰어서 그를 향해 움직였다. B도 자기도 모르게 뛰기 시작했다. 서로에게 가까워지려고 할 때, 여자가 확신이 없는 듯 멈추어 섰다. 그리고 잠시 뒤에 다시 뛰기 시작했다. B는 아내가 입고 있는 회색 긴 팔 달린 검은 줄무늬의 양모 스웨터를 알아보았다. 그 옷은 그가 수감되기 직전에 시내의 한 옷가게에서 사 준 것이었다. 아내는 영혼과 육체가 특별한, 결코 그 둘이 섞인 것처럼 보이지 않는 유일한 여자였다. 그녀는 그가 감옥에서 7년 동안 기억하던 것을 능가했다.

서로 안았던 팔을 풀었을 때, B는 담장에 몸을 기댔다. 여자의 뒤편 서너 발자국 떨어진 곳에 네다섯 명의 사내아이들이 궁금해 하며, 약간은 당황한 얼굴을 하고 서 있었다. 7살, 8살, 9살 되어 보였다. 다섯이 아니라, 네 명이었다. B는 담장에 기댄 채, 아이들을 하나씩 살펴보았다.

“어느 아이가 내 아들이야?” 그가 물었다.

---

39) 버터, 계란, 설탕을 듬뿍 넣은 빵반죽을 두 갈래로 꼬아서 구운 부드럽고 고급스러운 식빵류.

여자는 그 순간 울기 시작했다.

"올라가요!" 울면서 말했다.

B는 그녀의 어깨를 감싸 안았다.

"울지 말아요!"

"올라가요!" 여자가 큰 소리로 울면서, 말했다.

"울지 마!" B가 말했다. "어느 애가 내 아들이야?"

여자는 대문을 확 밀어 열고는, 뛰어서 집으로 가기 시작했다. 대문 아래에서 두 그루의 하얀 라일락 사이로 사라졌다. 아내는 이전에 헤어질 때처럼, 날씬했다. 언젠가 소녀 시절에 암소를 피해 달리던 때같이 길고 탄력적인 걸음으로 달렸다. 자제할 수 없는, 거친 동작들을 동반한 두려움이 그녀의 발걸음 속에 들어있었다. 하지만 B가 위층으로 올라가, 집의 문 앞에서 그녀를 따라잡았을 때에는 이미 평온해져 있었다. 오직 그녀의 가슴, 소녀의 가슴만이 검은 줄무늬 스웨터 아래에서 들썩거렸다. 그녀는 벌써 울음을 그쳤지만, 흘러내린 눈물로 눈 아래쪽이 젖어 있었다.

"단 하나밖에 없는 내 사랑" 그녀가 속삭였다. "내 사랑!

그녀는 단어를, 모든 단어를 따로따로 그의 입 속에 들여보내기를 원하며 속삭일 줄 알았다.

"들어갑시다!" B가 말했다.

"이제 다른 사람도 이 집에 살아요."

"알고 있어." B가 말했다. "들어가지!"

"벌써 집에 들어갔었어요?"

"그래." B가 말했다. "어느 아이가 내 아들이지?"

방안에서 여자는 그의 앞에 무릎을 꿇고, 그의 가슴에 머리를 파묻고 울었다. 빛나는 진한 금발의 머리카락 가운데 흰 머리카락이 낯선 빛으로 반짝거렸다. "내 사랑." 그녀가 말했다. "난 당신을 기다렸어요. 내 사랑."

B는 그녀의 머리를 쓰다듬었다. "힘들었지?"

"내 사랑." 여자가 속삭였다.

B는 계속 그녀의 머리를 쓰다듬었다. "나 많이 늙었지?"

여자는 그의 무릎을 껴안고, 자기 쪽으로 끌어 당겼다. "나한테는 헤어질 때와 똑 같은데."

"많이 늙었지?" B가 물었다.

"살아 있는 동안에는, 당신을 사랑할 거야." 여자가 속삭였다.

"날 사랑해?" B가 물었다.

여자의 등이 들썩거리더니, 큰 소리를 내며 울었다. B는 그녀의 머리에서 손을 내렸다.

"앞으로 나에게 적응할 수 있을까?" 그가 물었다. "또 다시 내게 적응할 수 있을까?"

"난 결코 다른 사람을 사랑하지 않아요." 여자가 말했다. "난 당신을 사랑해요."

"날 기다렸어?" B가 물었다.

"당신과 함께 살았어요." 여자가 말했다. "당신을 생각하지 않은 날은 하루도 없었어요. 당신이 돌아올 것을 알고 있었어요. 만약 당신이 돌아오지 않았다면, 난 혼자서 죽었을 거예요. 아들이 당신이었어요."

"날 사랑해?" B가 물었다.

"다른 누구도 사랑하지 않아요." 여자가 말했다. "내가 사랑하지 못하도록, 당신이 변하지는 않았어요."

"나는 변했어." B가 말했다. "나는 늙었어."

여자는 울면서, 남편의 다리를 자기 쪽으로 끌어 당겼다. B는 다시 그녀의 머리를 쓰다듬었다.

"아이를 더 가질 수 있을까요?" 여자가 물었다.

"아마도." 남자가 말했다. "날 사랑한다면! 일어서요!"

여자가 일어섰다.

"아들을 부를까요?"

"아직은 부르지 마오." B가 말했다. "당신과 더 있고 싶소. 나한테는 아들이 아직 낯설거든. 지금 정원에 있을까?"

"그 애에게 뛰어 내려가 볼게요." 여자가 말했다. "기다리라고, 말할게요."

여자가 돌아오니, B는 창가에 등을 돌리고 서 있었다. 등이 아주 가늘어져 비뚤어진 것 같았다. 그는 몸을 돌리지 않았다. 여자는 잠깐 문가에 서 있었다. "아들에게 말했어요, 아빠에게 꽃을 꺾어 드리라고." 여자는 감격으로 약간 떨면서 말했다. "옆에 있는 공터에 라일락이 피어 있으니, 아빠께 한 다발 꺾어 드리라고 했어요."

"날 사랑해?" B가 물었다.

여자가 그에게 달려와, 어깨를 안았다, 온 몸으로 그를 쓰다듬었다. "내 사랑!" 속삭였다.

"앞으로 나한테 익숙해질 수 있겠소?" B가 물었다.

"결코 다른 사람을 사랑하지 않았어요." 여자가 말했다. "낮이고 밤이고 당신하고만 지냈어요.

매일 아들에게 당신 이야기를 했어요."

B가 몸을 돌려, 여자를 안고 얼굴을 자세히 보았다. 책상 위에 내려오는 노을 빛 속에서 아내도 늙어 있음에 안도하며, 바라보았다. 7년 동안 매일 매일 곱씹고 곱씹었던 얼굴보다 더 예뻤다. 눈을 감고 입은 반쯤 벌린 채, 반짝이는 이 사이로 나오는 뜨거운 입김이 B의 입에 닿았다. 새하얀 피부에 난 짙은 속눈썹 아래에서 눈이 어둡고 축축하게 빛나고 있었다. 여자는 온순 자체였다. B는 그녀의 눈에 입 맞추고, 부드럽게 여자를 자신에게서 밀어냈다.

"우리 아들도 사랑해야지요!" 여자는 여전히 눈을 감고 속삭였다.

"그래." B가 말했다. "친해질 거야. 사랑할거야."

"당신 아들이에요!"

"당신 아들이기도 하지." B가 말했다.

여자가 그의 목을 안았다. "당신을 씻겨 줄게요." 그녀가 말했다.

"좋아."

그가 옷을 벗었다, 여자는 침대를 정리했다., 남편의 알몸을 시트 위에 눕혔다. 세숫대야에 뜨거운 물을 담아오고, 비누와 수건 두 개를 가지고 왔다. 수건 하나를 접어서 물에 담가 비누를 칠했다. 온 몸을 머리부터 발끝까지 씻겼다. 물을 두 번이나 갈았다. B의 손이 가끔씩 여전히 떨렸지만, 얼굴은 이미 편안해져 있었다.

"나에게 익숙해질 수 있겠소?" 그가 물었다.

"내 사랑!" 여자가 말했다.

"밤에 나와 함께 자겠소?"

"그럼요." 여자가 말했다.

"아이는 어디서 자고?"

"바닥에 침대를 펴 줄게요." 여자가 말했다. "아이는 아주 깊이 자요."

"밤새도록 나와 함께 있을 거요?"

"그럼요." 여자가 말했다. "우리가 살아있는 동안, 매일 밤 함께 있을게요."

터마시 아론 Tamás Áron (1897-1966)

1897 퍼르커시레커에서 출생

1904~16 초·중등학교에서 수학

1916 군 입대 지원

1918 러시아 군과 교전하는 전방으로 배치

1918~22 콜로즈바르 대학에서 법학, 무역 아카데미에서 학위 취득
터마시 야노시라는 이름을 아론으로 개명

1922 은행원으로 취직

1923~25 미국 뉴욕에서 은행원으로 일하며 작품 발표

1926~44 콜로즈바르에 거주하며 다양한 문학 활동

1949~53 순수 문학작품 집필이 줄고 인형극 대본이나 운문의 자서전 집필

성당 안의 솔개

Kányák a templomban

어느 해인가 나이 든 버라토시가 숲을 매입했다. 두 도(都)가 만나는 허르기타의 위쪽에 있는 숲을 샀다. 숲은 50 홀드[40]에서 조금 모자라는 면적이었지만 전체가 정말, 잘 자란 너도밤나무로 가득했다.

그는 사육제 기간에 숲을 샀는데, 눈이 녹을 때까지 기다리지 못하고, 나무를 베기 위하여 도끼질을 잘 하는 사람 서른 명을 고용하였다.

봄 내내, 길고 긴 여름에, 온 가을 내내 일이 계속되었다. 동이 틀 때부터 어두운 저녁까지 숲은 윙윙거렸다. 번득이는 도끼가 째지는 소리를 내며 멋지게 자란 나무를 깨물었다. 톱은 와사삭 소리를 내며 뜨거운 먼지를 토해냈다. 가지가 울창한 나무줄기 속에서, 산쥐처럼 죽음이 뛰어다녔다. 성당의 장례미사 종소리와 함께 슬픔이 땅의 모든 곳에 가득히 윙윙 소리를 냈다.

그러나 하얀 눈이 숲을 덮자, 길이에 맞추어 쌓아놓은 목재 옆에서는 아무 것도 볼 수 없었다, 그와 다르게 깨끗하게 정돈된 하늘에서는 저 멀리까지도 볼 수 있었다. 목재들은 원시의 지역에서 부드럽고 달콤한 휴식 속에서 눈부시게 하얗게 웅크리고 있었다, 흡사 거대한 각설탕처럼. 밤마다 그 위로 동화 속에 등장하는 빛나는 눈을 가진, 갈기 달린 말들이 와서, 달이 말들의 이마 위에 아들을 낳는 동안, 말들은 붉게 껄껄 웃으면서 저벅저벅 (눈을 밟는) 소리를 냈다.

버라토시는 목재에 관심이 있었다. 일곱 해 동안 그는 겨울이면 한- 두 번은 마을을 떠나 숲을 보러 갔다. 그러나 숲에서는 눈이 이만저만이 아니었다. 바다처럼 눈이 뒤덮여 있어, 그 속에서 지팡이를 들고 허우적거리고 땀을 흘리며 길을 내야했다. 실눈을 뜨고 내리 쏟아지는 엄청난 햇빛과 싸워야 했다. 그러다 가끔 바람이 윙윙거리면서 울부짖는 소리를 내며 눈을 위로 퍼트렸다. 그래서 눈이 하늘과 땅 사이의 공간을 모두 뒤덮어 버리기도 했다.

그러나 하느님께서는 나무를 훔쳐가지 못할 정도로 폭풍을 내려 보내시거나, 눈이 모든 것을 뒤덮어 하얀 무덤이 되도록 만들지는 않으셨다. 초봄이 되기까지 목재가 10월[41] 정도 줄어들었다. 멧돼지 떼가 옥수수 대신 장작을 먹기나 하듯, 늑대나 여우들이 고기 대신 장작을 먹기나 하듯이

40) 홀드는 헝가리에서 옛날에 사용하던 면적의 단위로 1홀드가 5,755㎡.

41) 월히 또한 옛날에 헝가리에서 사용되던 길이 단위로 약 6피트.

말이다. 게다가 봄이 지저귀기 시작하는 때가 되었으니!

버라토시는 "아이고, 이렇게는 안 되겠어!"라고 하더니, 화가 잔뜩 나서 집으로 돌아왔다.

아들, 뢰린츠가 아빠에게 물었다.

"아빠, 토끼 봤어요?"

"토끼에 관심 없다."

"왜요?"

노인은 눈을 반쯤 뜨고 어린애를 바라보더니, 이렇게 말했다.

"너를 숲에 데리고 가마, 좋으냐?"

뢰린츠는 착한 아이였기 때문에 이렇게 대답했다.

"아빠가 데려가는 곳이 어디든, 거기에 있을 게요."

"자 그럼 내일 아침에 출발해야 하니, 준비해라. 사람들이 나무를 너무 많이 훔쳐가고 있어, 누군가가 그곳에서 지켜야만 하겠다. 거기에 작은 오두막이 하나 있는데, 그곳으로 너를 데리고 가주마, 게다가 너에게 총도 마련해 주마. 누가 나무를 훔치러 오면, 네가 나타나는 거다. 어떠냐?"

"도둑이 도망가면 좋겠어요." 뢰린츠가 말했다.

"어떻게 도망을 안 가겠느냐, 너는 총을 가지고 있고 도둑은 총이 없는데!"

"그러면 총이 보이도록 갖고 있을게요."

그들은 의견일치를 보았고, 다음 날 아침 허르기타로 나섰다. 노인은 뢰린츠에게 준비를 시키고, 모든 일에 대해서 알려주고, 저녁 무렵에 작별을 고했다.

"자 겁내지 말거라!" 아빠가 말했다.

"그럴 필요가 없지요." 뢰린츠가 대답했다.

소년은 혼자 남게 되자 머리를 긁적이더니 주위를 둘러보다가 이렇게 말했다.

"적어도 큰 소음은 없군."

오두막으로 들어가, 정돈을 하고, 전력을 기울여 식사를 했다. 그리고는 누웠다. 하지만 쥐들이 갉아대는 소리가 나고, 딱따구리가 연이어서 딱딱거렸다. 장난스런 유령이 솟아나와 귀에다 고요를 채워 넣는 그런 순간은 없었다. 어두워지자, 그는 즉시 문을 걸어 잠그고 빛이 어떻게 서서히 침잠하는 지를 작은 창가 너머로 살펴보았다.

몹시 무서워지기 시작했다.

도둑을 그리로 오도록 유인할까 등잔불을 켤 엄두도 내지 못했다.

한참을 귀퉁이에 웅크려서 걱정을 하다가, 나중에 무기를 집어 들고, 창문 너머 앞으로 내밀고 결연하게 소리가 나도록 쏘았다. 총소리가 원시림의 사방으로 울리며 휘돌았다. 그 즉시 뢰린츠는 가슴을 쭉 펴고 이렇게 말했다.

"총은 대단한 거야!"

그는 이미 두렵지 않았다, 단지 저 멀리서 아주 약간 두려움을 느꼈다. 등잔에 불을 켜기까지 했고, 좋아하는 노래를 한 두 곡 부르면서 기분을 좋아지게까지 만들었다. 그러나 밤에도 옷은 벗지 않았다.

다음 날 날이 밝자마자 일어났다.

오두막에서 밖으로 발을 내딛자, 거대한 숲의 쾌활함과 향기가 부드럽게 그를 둘러쌌다.

행복했다.

조금도 두렵지 않았다.

마치 에덴동산을 돌보는 것처럼, 기쁨에 넘쳐 그는 깡충 뛰었다. 넉넉한 마음으로 이렇게 말했다:

"아담, 너 어디 있니?"

그런데 갑자기 무언가 지나가는 소음이 그의 귀에 들려왔다. 그는 멈추어 서서 귀를 기울이며 냄새를 맡았다. 그러자 두 마리의 작은 말이 보였다, 말 옆에는 모자를 쓴 한 교활한 사람이 보였다.

"오늘은 도둑질을 못 할 거야!" 뢰린츠는 이렇게 말하고 총을 꺼내왔다. 나무 뒤에 서서 모자 쓴 남자가 마차를 정확하게 목재 더미 옆에 세울 때 까지 기다렸다. 남자가 첫 번째 목재를 들어 올렸을 때, 벌써 뢰린츠는 그 남자가 볼 수 있는 곳에 있었다. 소년은 아주 가까이로 가지는 않았다. 스무 걸음 쯤 떨어진 곳에 서서 남자에게 인사했다.

"나무를 내리시나요?!"

모자 쓴 남자는 그 소리에 오그라들 정도로 놀랐다.

"일어날 겁니다." 마침내 이렇게 말했다.

뢰린츠는 가슴을 내밀고, 총에 기대면서, 크게 이렇게 말했다.

"일어나시죠, 나무를 내리시는 것도 봤습니다."

"하지만 여기에는 목재가 충분하게 있잖니." 그 사람이 친근하게 말했다.

"충분하게 있지만 다른 사람 것이지요!"

"나무는 하느님이 주신 것이야."

"그렇지요, 하지만 나무를 베도록 돈을 낸 사람은 누구지요?"

모자 쓴 사람은 타협을 해보려고 시도했다.

“마차를 가득 채우지는 않을게.”

“가득 채워서도 안 되고, 조금 채워서도 절대 안 됩니다.”

“너 아주 큰 아이구나.”

“도둑을 만나면, 커지지요!” 뢰린츠가 대답하고 무기를 약간 높이 들어올렸다.

“이게 뭐지요?”

“총같이 보인다.” 그 사람이 말했다.

“총처럼 보이는 게 아니라, 진짜 쏠 수 있는 총이지요.”

그 말은 효과가 있었다. 그 사람이 목재를 더미 위로 던져놓았기 때문이다.

“다 처먹고 숨이 막혀버려!” 그는 이렇게 말하고 말을 출발시켰다.

그 사람이 가버렸고, 뢰린츠는 노래를 부르면서 겅중겅중 오두막 쪽으로 되돌아갔다.

가끔 멈추어 서서, 장난스러운 눈길을 던졌다.

반시간 쯤 지나서 다시 한 번 다른 목재 도둑과 싸워야했다. 오후에는 두 사람과, 저녁 어스름 무렵에는 한 사람과 싸워야했다. 처음에는 말로 하고, 마지막에는 무기를 내보임으로써 어느 정도 위협을 했다. 말다툼이 일어나지도 않았고, 총을 쏘는 일이 생겨나지도 않았다. 도둑들이 부끄러워하며 놀라서 총총 걸음으로 무대에서부터 사라져 갔기 때문이다.

이렇게 뢰린츠의 날들이 조용하게 지나갔다, 작은 기쁨 속에서, 채워지지 않은 소망이 아무 것도 없는 채로.

오직 부활절의 대 축일만이 마음을 약간 어지럽혔다. 이때까지는 이 기쁜 날이면 언제나 어머니가 새 웃옷을 입혀주셨다. 그리고 어머니는 꽃다발이 피어나듯 노래 부르면서 그리스도가 부활하셨다고 선포하였다. 성주간의 비탄과 궁핍이 지나가고 나면, 마치 하늘과 땅이 뒤바뀐 것처럼, 기쁨과 즐거움이 넓게 파도치면서 빛나는 부활절 날이 찾아왔다. 모두 깨끗한 옷을 입고, 기쁜 얼굴로 빛났다. 하루 종일 그랬다. 마치 하느님께서 당신 아들의 부활의 기쁨에 넘쳐 사람들에게 음악을 연주해주는 듯이.

하지만 이곳, 향기가 가득하고 늘 즐거운 원시림 안에서는 이 날이 다른 날과 별 다르지 않았고, 다른 날들 가운데에서 큰 소리를 울리며 붉게 튀어 나오지도 않았다.

왜냐하면 이곳에는 언제나 부활이 존재하기 때문이다.

“하느님의 일은 홍미로워…”

뢰린츠는 이렇게 말하고 가벼운 몸으로 햇볕에 앉았다.

오랫동안 그곳에 앉아있을 수 있었다.

"무언가를 먹어야만 해!" - 마침내 식욕이 동했다.

바로 그 순간 부활절의 주요한 관습이 머리에 떠올랐다. 음식을 축성 받는 일반적인 관습이.

갑자기 어떤 특별한 슬픔이 그의 몸 안에서 갈래갈래 터져 나왔다. 마을에 있는 집에서 하는 것처럼 고기와 껄라치 빵과 달걀을 성당으로 가져가고 싶었다. 이전에 맞이했던 아름답던 부활절처럼 집에 돌아오면서 그 음식을 먹고 싶었다.

그는 주변을 둘러보았다.

"성당이 없어!"

슬프게 고개를 끄덕였다.

"신부님도 안 계셔!"

얼마 지나서 갑자기 아름다운 노래를 부르는 황금 새처럼 한 생각이 그의 마음으로 날아 들어왔다.

그는 다시 주변을 둘러보았다.

"여기 숲이 성당이야!"

빛나는 눈으로 다시 고개를 끄떡였다.

"하느님 자신이 신부님이시지!"

급히 껄라치 빵과 고기를 바구니 안에 집어넣고, 바구니를 장대 끝에 매달아서 하느님이 보시도록, 오두막의 지붕 위에 솟아나오게 했다. 그런 후에 아래로 내려와서 가까운 풀밭에 드러누워 하느님이 오셔서 음식을 축성하시기를 기다렸다.

햇살이 그의 몸 위로 내렸고 피부 아래에 빛을 가득 뿌렸다.

누군가 요람을 흔들 듯 땅을 흔들기 시작했다. 그런 뒤에 세상이 사라지더니 다른 세상이 밝아오기 시작했다. 어떤 인간 세상보다도 더 빛나는 세상이었다. 천사와, 부활하신 행복한 그리스도와 미소 짓는 하느님도 함께 나타났다.

저 위 하늘에 꽃들이 피어났고 천사들의 입에서 나온 노래가 시냇물에서 흘렀다.

그러고 나자 하느님께서 성수 뿌리는 대를 들어 노래의 시냇물 속에 담갔다. 그리고 저 위 막대에 매달린 고기와 껄라치 빵을 축성하셨다.

"은총과 맛이 가득하여라!" - 이렇게 말씀하셨다.

태양이 하느님의 모자였다.

크게 깍깍거리는 소리와 날카로운 소리가 뢰린츠를 풀밭에서 놀라 일어나게 했다. 그는 벌떡 일어났다. 열 마리의 까마귀가 막대 주변에서 싸우고 있었다. 서로를 물고 찢었다. 서로를 또 고기를.

"이런, 원수들!"

뢰린츠는 이렇게 말하고는 뛰어서 총을 가지고 나왔다. 다리를 넓게 벌리고 까마귀를 향해 조준했다.

"축성 받은 고기가 필요했던 거야?!"

그렇게 소리를 치며 까마귀 가운데로 총 한 방을 쏘았다.

비명을 지르며 까마귀들이 흩어졌다.

그러나 한 마리가 날개를 다쳐 천천히 아래로 빙빙 돌면서 땅에 떨어졌다. 뢰린츠는 그쪽으로 가서 까마귀에게 물었다.

"왜 축성 받은 고기를 먹었어?!"

그러고 나서 지붕 위로 올라가서 컬라치와 고기를 가지고 내려왔다. 자기 옆에 상처 입은 까마귀를 놓고 맛있게 먹기 시작했다. 가끔 새에게 한 입 거리를 주면서 이렇게 말했다.

"자, 지금 내가 줄게!"

그리고 식사를 마치고 다시 누워서 저녁때까지 한 숨 잤나.

그 날은 하루 종일 까마귀 이외에는 다른 도둑이 오지 않았기 때문에 아주 편안하게 행동할 수 있었다.

머이테니 미하이 Majtényi Mihály (1901-1974)

1901 현 유고슬라비아의 크로아티아 지방에서 출생
원래 이름은 머르코비츠 미하이
1927 지방의 신문 기자로 활동
1928 <습지>로 서버드카 지방지인 <너플로>의 작품상 수상
1929 <새 소식>이라는 정평 있는 잡지사에서 근무
1944 헝가리 문인 협회 회원

특별한 선물

Különös ajándék

아이들이 벽에 한가득 무언가를 끼적인다. 오후가 되자 그들 속으로 악마가 스며들고, 아이들은 온통 덜거덕거리는 뼈를 지닌, 수염이 덥수룩한 인물, 돈키호테의 특별한 엽서에 등장하는 인물들을 그려댔다. 제일 어린 애가 부지런히 여기저기로 다니며 그림들을 이어서 완성했다. 수염 난 말들의 입뿐만 아니라 사자의 입에도 담배 파이프를 그려주었다. 담배 파이프에서 나온 구불구불한 담배연기가 회청색 벽 위에서 빙빙 돌고 있었다. 방의 한 구석이 기이하고 불쾌한 꿈같이 변했다. 시간이 조금 더 지나서야 아이들은 신비한 낙서의 홀림 상태에서 벗어나더니, 깜짝 놀라 그림을 지우기 시작했다. (지우려고) 문지른 곳 아래에 지저분하게 검은 얼룩이 생겨났다, 제일 어린 로베르트가 그린 담배 연기와 파이프만이 칠의 제일 깊숙한 곳에서 떨리고, 두려운 형태 그대로 남아 있었다. 머리카락이 굽실거리는 인물들을 빵 껍질로 긁어 보았지만 아무 소용이 없었다. 이것은 입체적이며, 삼차원적인 일이었고 아무 것도 낙서를 지우는 일에는 도움이 되지 못했다. 호된 따귀와 매질의 그림자가 피할 수 없이 드러났다.

아이들은 침대 속으로 숨었다. 피곤한 사람, 바로 아이들의 아빠가 늦은 밤에 집에 돌아왔을 때, 커티 아줌마가 계속 한숨 쉬는 소리만 들려왔다. 한숨 소리는 이미 절반은 차려진 식탁과 거기 놓인 음식 위로, 폭우가 내리고 난 뒤 시작되는 폭풍의 첫 신호처럼 윙윙거리는 소리를 냈다.

"무슨 일이에요?" 아빠가 갑자기 머리를 들었지만, 한숨 뒤에 곧바로 대답이 나오지 않았다. 그저 "흑연 연필을 이 집으로 가지고 온 그 사람에게 화를 내세요."라고 하는 대답만이 있었다. 연필을 가지고 온 그 사람, 아빠는 포크로 다진 고기를 푹 찔렀고, 접시 뒤에서부터 눈을 들었다.

"흑연 연필?" 자기 자신에게 묻는 듯 이 말을 웅얼거렸다, 자기 앞을, 그리고 다른 방의 아이들 침대 쪽을 쭉 살펴보았다. 그리고는 다시 나이가 든 아주머니를 쳐다보았다. 그리고 방을 빙 둘러 살펴보았다, 하지만 모든 것이 제대로 되어 있는 것처럼 보였다.

"흑연 연필이요?" 그는 이제 더 이상 참을 수 없어서 물었다. 그 때 커티 아주머니가 무의식적으로 구석, 그림이 그려져 있는 곳을 힐끗 보았다. 비밀을 폭로해 버린 것이다.

"저기 저 연필을 말하는 거예요··· 자, 이제 저 벽을 보세요. 다시 칠을 해야만 하는데, 어쩌지요, 칠 값이 싸지는 않은데"라고 한숨을 내쉬며 덧붙였다.

이렇게 해서 나흘 뒤에 한 칠장이가 그 집으로 오게 되었다. 휘파람을 부는, 명랑한 젊은이였는데, 받침대가 두 개인 긴 사다리 위에 올라가서는 많은 페인트 통 사이로 이리저리 왔다 갔다 했다. 머리에는 종이로 만든 모자를 멋지게 걸치고 있었다. 구석에 있는 얼룩과 낙서 자국들, 즉 낙서를 문질러서 생긴 얼룩과 어린 로베르트가 구불구불한 연기를 긁어낸 것을 모두 긁어내고는, 전문가의 눈으로 검사를 했다.

"너희들 무얼 그린 거니?" 그는 공범처럼 아이들을 향해 물었다. 서로 붙어있던 세 아이는 모자 쓴 사람을 의심하듯 바라보았다. 다시 매를 맞지는 않을까, 이 때문에 또 매를 맞지는 않을까? 그러나 아이들의 혀는 어느새 녹아버렸고 어떤 그림책에서 본 단순한 동화의 내용을 재미나게 이야기 해주었다. 그랬다, 그들은 벽에다 그 이야기를 그리고 싶었다. "하지만" 여자아이가 말했다. "아저씨, 얘 임레가 얼마나 멍청한지 아세요? 임레가 진열대에서 그 그림책을 봤어요, 그리고 그 동화를 그릴 수 있다고 생각했다니까요? 근데 얘가 못 그려서 제가 도와준 거예요. 그리고 멋지게 거의 완성이 되어 가는데 남동생이 와서 사자 입에까지 파이프를 그렸으니 얼마나 웃기게 되었겠어요…"

"그리고 얼른 그 그림을 다 지워야 했어요, 왜냐하면 벌써 저녁이 되었고 커티 아줌마가 오셔서 우리가 혼났거든요…"

칠장이는 눈을 깜빡이며 사다리 꼭대기에서 아이들을 내려다보았다. 잇달아, 사다리 위에 올라서서 한 두 걸음을 그들에게 걸어와서 이렇게 물었다.

"근데 너희들 엄마 없어?"

"있어요." 머리를 땋은 여자아이가 말했다. 이 말은 무서워하면서 지르는 비명같이 들렸다. "있다고요!"

"있어요." 파이프를 그린 로베르트도 더듬거리며 말했다. "저기 저 밖의 무덤에 있지만, 돌아올 거예요…"

모자를 쓴 사람은 이제 큰 남자아이를 쳐다보았다. 마치 그 아이로부터 설명이라도 듣기 원하는 듯. 하지만 그 아이는 눈을 내리깔았다, 그리고는 한참 지난 후에야 자신감 없이 사다리 위의 사람에게 윙크를 하는 듯, 눈을 한 번 끔뻑였다. 그리고 어린 로베르트를 꾸짖었다.

"입 다물어, 멍청아!"

이제 방안에 침묵이 깔렸다. 계속 움직이는 사다리만이 쿵쿵 소리를 냈고, 넓은 페인트 붓이 독특한 냄새를 풍기며 천장을 왔다 갔다 했다. 방 한 가운데 모아놓고 종이로 덮어놓은 가구들은 천장에서 아래로 뚝뚝 떨어지는 페인트 방울을 받아냈다. 지붕이 하얀 색 피를 흘리는 것 같았다.

휘파람을 불며, 즐겁게 일하던 칠장이가 이제 휘파람을 불지 않고, 눈만 끔뻑였다. 아이들을 힐끗힐끗 훔쳐보면서, 머리 땋은 여자아이가 말했던 것을, 대체 왜 그 어려운 동화를 그리려고 했는지를 곰곰이 생각했다. 혹은 로베르트가 말한 엄마의 무덤에 대해서 생각하는 걸까?

이제 벽 하나만 남았다. 하지만 칠장이는 점점 더 우울해졌다. 이제 그곳, 동화가 그려진 구석에 도착하여 제일 먼저 얼룩들을 지웠다, 그러고 나서 그의 손은 아주 장난스럽게 움직였다. 아주 가는 붓을 꺼내들었다. 그의 손이 점점 더 빠르게 움직였다. 그러면서 양동이 하나에다 빨간 색을 섞었다. "자 봐라, 어휴, 보라니까, 덧칠을 하니 말 위에 타고 있는 게 사람 같지 않니? 동화에 나오는 대로, 바로 뒤쪽에 사자가 한 마리 있어, 맹수가 입을 쫙 벌리고 달려간다. 오, 어쩌나, 어쩌나, 저기 보름달이 있네, 봐라, 동화랑 똑같지!"

어리벙벙한 아이들이 점점 더 가까이 왔다. 이 그림은 그들이 어제 연필로 그리기 시작한 동화의 줄거리였기 때문이다. 로베르트가 파이프를 여러 개 그려 넣었다, 기사와 말과 사자의 입에도… 하지만 이제는 그들의 입에 파이프가 없었다. 말을 탄 기사는 달리고 있고, 사자가 그 뒤를 쫓고 있다. 그리고 멀리 보이는 곳에 달빛이 비치는 숲이 있고, 이 숲이 도망자에게 피난처를 제공하고 있다. 오, 이런, 그들의 동화가 저기 저 벽 위에 그려져 있다. 모자를 쓴 사람이 아이들을 놀리듯이, 그들을 향해 눈을 깜빡였다. "뭐가 마음에 들어?" 동화는 벽 위에 영원히 남을 듯 완성되었다. 오, 맙소사, 칠하는 사람이 벽에다 동화를 그린 것을 보고, 커티 아주머니가 뭐라고 할까? 그에게 엄청나게 많은 돈을 주어야만 하는데, 그런데 제일 멍청한 로베르트가 좋아서 소리를 지르기 시작했다, 다른 두 아이는 그들 앞에 펼쳐진 기적에 놀라서 바라보기만 했다.

그 때 모자 쓴 사람이 그림 전체에 테두리를 둘렀다. 그림 주위로 빨간 테두리를 그리고, 멀리 떨어져 몇 분 동안 자신이 만든 작품을 감탄하며 바라보았다. 그림을 바라보며 흡족해하던 그는 갑자기 회청색 용액이 반짝이는 염료 양동이로 다가갔다. 그러나 넓은 페인트 붓으로 그림을 없애기 전에 그는 왼손을 입에다 가져다 댔다.

"쉿!"

그러더니 네 번째 벽을 칠하기 시작했다. 그리고 그림 쪽에 이르자, 아이들에게로 몸을 돌렸다.

"이제 우리 멋지게 커튼을 내리자."

그리고는 그림 전부를 청회색으로 칠해버렸다.

로베르트는 입을 삐죽이며 울음을 터트렸다, 모자를 쓴 사람이 아이의 머리에 손을 얹고 속삭였다.

"저기 커튼 뒤에 전부 있어. 보여? 저기 너희들의 동화가 있어, 하지만 누구에게도 말하지 마. 너희들이 착하게 있으면, 언젠가 내가 다시 와서, 커튼을 올려줄게. 그때에는 다시 그 그림이, 그 동화가 너희들 것이 될 거야."

로베르트는 코를 훌쩍거렸고, 눈물을 흘렸다, 그리고 콧물을 들이마시며 더듬더듬 물었다.

"그런데 사자가 그 사람을 잡아먹지 않아요?"

모자를 쓴 사람이 어깨를 들어올렸다. 커튼 뒤에서 무슨 일이 일어나고 있는지 자기도 모른다는 것을 말하려는 듯이. 그들이 착하게 있으면, 앞으로 언젠가 그가 다시 와서 커튼을 올려줄 것이다, 아마 그 때에는 무슨 일이 일어났는지 밝혀지겠지. 하지만 그때까지는 입을 다물어야 한다!

그는 휘파람을 불며, 어깨에 사다리를 지고 나갔다. 주방에서 나온 커티 아주머니가 애달파하면서 그의 앞에 가려서 모아놓은 돈을 받아들고는 문 밖으로 나갔다. 창문 아래에서 종이 모자를 벗었다. 거리에서부터 한동안 그의 휘파람 소리가 들려오더니, 조용해졌다.

아이들은 문 옆에 꼭 붙어 웅크리고 앉아있었다. 한 쪽 벽을 오래도록 쳐다보았다. 그들은 거기 칠해진 회색은 커튼일 뿐이고, 그 뒤에는 그림이, 동화가 살고 있다는 것을 알고 있다. 하지만 쉿, 다시 매를 맞지 않으려면, 이 얘기를 해서는 안 된다…

"우리, 엄마한테만 말해 주자!" 어린 로베르트가 속삭인다. "엄마가 무덤에서 돌아오시면 말이야."

다른 두 명의 큰 아이는 그저 어리벙벙한 채 서 있을 뿐이다. 점점 더 커져가는 석양 속에, 온통 뒤죽박죽인 새 칠을 한 방안에서.

외르케니 이스트반 Örkény István (1912-1977)

1912 부다페스트 출생

1934 약학 학사학위 취득

1942 군대 징집

1943 소련군의 포로가 됨. 다른 포로에게서 수집한 자료로 <회고록>을 씀
<보로네즈>라는 드라마 집필했으나 헝가리 서커스 단장과 소련 여교사 사이의 사랑을 묘사했기 때문에 상연되지 못함

1948 <부다의 단식>

1949 <이국 땅>

1956 혁명기간 동안 절필하고 제약 공장에서 일함

1963 <고양이극>

1966 <예루살렘의 귀공녀>

1964 <토트씨 가족>이라는 헝가리의 대표적인 부조리극 발표
이 작품으로 1970년에 프랑스에서 블랙 코미디상 수상

1970 아내 러드노티 주저의 편집으로 전집 1권 출간

1975 <피의 친척들>

1977 <열쇠를 찾는 사람들>

1977 <장미 전시회>라는 마지막 소설 출간

일분 소설

Egyperces novellák

<자동차 운전자>

Egy autóvezető

운송자인 요제프 페레쓰레니는 거리 모퉁이에 있는 신문 가판대 앞에 CO 75-14 번호판을 단 바르트부르크 자동차를 세웠다.

"부다페스트 신문 주세요."

"다 팔렸습니다."

"그러면 어제 것도 좋습니다."

"어제 것도 다 팔렸어요. 하지만 뜻하지 않게 내일 신문이 벌써 있습니다."

"그 안에 영화 프로그램이 들어있습니까?"

"그럼요. 이 신문에는 날마다 영화 프로그램이 들어 있더군요."

"좋아요. 그럼 내일 신문 주세요." 운송자는 그렇게 말했다.

그는 차에 와서 앉았다. 영화 프로그램을 찾아 신문을 넘겼다. 잠시 후 그는 볼만하다고 들었던 체코 영화 '금발 여인의 사랑'이라는 광고를 발견했다. 영화는 스타치오[42] 거리에 있는 푸른 동굴 극장에서 상영되고 있었다. 공연은 5시 30분에 시작했다. 시간이 맞았다. 게다가 약간의 여유도 있었다. 신문을 넘기며 내일의 기사를 보았다. 그러다가 뜻밖에 운송자 요제프 펠레스레니에 관한 그 날의 사건 기사를 보았다. 그가 CO 75-14 번호판을 단 바르트부르크 승용차로 스타치오 거리를 제한속도보다 빠르게 지나다가, 푸른 동굴 극장에서 멀지 않은 곳에서 마주 오던 트럭과 정면충돌하였고 부주의한 운송자는 현장에서 즉사했다는 기사였다.

"거참, 말도 안 되는 일이로군" 페레스레니는 혼잣말을 했다.

시계를 보았다. 곧 5시 30분이었다. 그는 신문을 주머니에 쑤셔 넣고, 출발했고 제한된 속도보다 빠르게 가다가 푸른 동굴 극장에서 멀지 않은, 스타치오 거리에서 트럭과 정면충돌했다.

---

42) 원어는 Stáció. 이 단어는 1. 역 2. 갈바리아 근처의 지역. 예수가 십자가를 메고 지나간 거리를 의미한다.

그는 다음 날 신문을 주머니 속에 넣은 채로 현장에서 즉사했다.

<수학>
Matematika

그들은 사도신경이라는 식당에 들어가 앉았다. 유명한 물리학자는 베르무트 한 잔을 마시고 싶었다. 썰러디는 맥주가 취향이었다. 하지만 그럼에도 불구하고 사건은 전혀 다르게 일어났다. 뛰어난 물리학자는 베르무트를 주문했다. 과학은 변덕스러운 즉흥성과 어울리지 않기 때문이었다. 그러나 대식가인 썰러디는, 그의 앞에 놓인 음식을 보면 멈추지를 못했다.

그는 멍청하게, 신경을 쓰지 않고 먼저 다섯 개의 포가치 빵을 먹었다. 그리고 나서야 접시 위에 호두크림 케이크가 있는 걸 알아차렸다. 케이크를 먹고 맥주 한 병을 마셨다. 그러는 가운데 전혀 비현실적인 생각 - 혹시 주방에 마리네이드 소스로 맛을 낸 잉어 요리가 있는가 하는 생각이 들었다. 그래서 물었더니, 요리를 가져다주어, 그가 천천히 편안하게 잉어를 먹고 나자 정말로 배가 불렀다. 그런데도 가는 국수가 들어있는 고기 스프와 훈연한 고기가 올려진 콩 요리 1인분을 더 주문했다. 이 음식을 한 가닥, 한 조각씩 골라가며 조금씩 먹었다. 그리고는 집에 가면 따뜻한 저녁 식사가 기다리고 있을 테니, 아무 것도 안 먹었다고 말할 것이었다. 그가 "계산합시다."라고 뛰어난 물리학자에게 말했다. 왜냐하면 그의 어머니는 시계와 같아서, 저녁 식사시간에 5분만 늦으며 초인종 소리가 나기를 기다리며 안절부절못하기 때문이었다.

지난 5년 동안 자기가 먹은 모든 음식을 생각해 낼 수 있는 실러디가 그가 먹고 마신 것을 계산하는 종업원에게 말했다. 계산을 끝낸 종업원이 테이블 한 구석에 계산서를 내려놓았다. 그리고는 "1120입니다."라고 말했다.

유명한 물리학자가 지갑에 거의 닿았던 손을 갑자기 멈췄다.

"당신을 귀찮게 하려는 것은 아닙니다." 그는 미안하다는 미소를 지으며 말했다. "제 생각은 1110인데요."

종업원은 재빨리 계산서를 치웠고, 얼굴이 약간 빨개졌다. 그리고는 새 종이에다가 음식 값을 쓰고 더했다. 그러고 나서 유명한 물리학자를 바라보고는 이렇게 말했다.

"죄송합니다. 분명 1120입니다."

그리고 이 계산서도 탁자 위에 내려놓았다.

유명한 물리학자는 그것을 쳐다보지도 않았다. 그에게 종이와 연필이 필요했던가! 태양계 구조와 은하가 그의 머릿속에서 떠다니고 있는데, 그러나 그는 겸손하게 낮은 목소리로 그의 생각에 따르면 주인장의 계산이 틀렸다는 말만을 했다. 올바른 계산은 1110이라고…

그리고 부드러운 미소를 지으며 덧붙여 말했다. "토를 달아 죄송합니다. 저는 아인슈타인입니다."

매니저는 가만히 바라보았다.

"오, 이런" 그는 거의 들을 수 없게 작게 말했다. 이 사람을 못 알아보다니. 이 세계적으로 유명한, 특별한 얼굴을! 그는 몸을 굽실거리며 뒤로 물러나 옆 자리로 갔다. 그러더니 떨리는 손으로 연필심을 뾰족하게 다듬더니, 큰 종이 한 장을 꺼내서 음식 값을 줄을 맞춰 다시 한 번 반듯하게 썼다. 모두 더했다. 다시 더했다. 세 번을 다시 계산했다. 그의 이마가 땀으로 뒤덮였다. 그러고 나서 그가 일어서서 흔들리는 무릎으로 맥주집의 뒤로 갔다. 그는 다른 종업원과, 맥주집 사장인 프뢰리히를 불렀다. 엄청나게 크게 자른 종이를 가져와서 따로따로 계산을 했다. 그러고 나서 서로 머리를 맞대고, 수군거렸다.

"존경하는 교수님!" 프뢰리히가 그 쪽으로 걸어왔다.

"제 마음을 짓누르는 말을 어떻게 드려야할지. 저희의 대단치 않은 계산능력에 따르면 음식 값은 전부 1120입니다. 저희를 속 좁다고 생각진 말아주십시오. 저희는 식사 값을 받지 않아도, 세계적으로 유명한 교수님을 손님으로 뵈올 수 있다면 행복하겠습니다… 하지만 저희 매니저는 30년 동안 이 일을 해 온 사람입니다. 게다가 아이가 넷이나 있는 가장입니다. 그는 이 10 필러로 자신의 위신을 찾고자 합니다."

아인슈타인은 상황을 이해하고 고개를 끄덕였다. 그는 잠시 눈을 감고, 베르무트에서부터 시작하여 콩 요리까지 머릿속에서 계산했다. 그리고서 그는 한숨을 쉬었다.

그는 말했다.

"이보시오 친구들. 나는 옛날에 갈릴레이가 교회 재판관 앞에 앉아 있었던 것처럼 여기 앉아있습니다. 하지만 제가 뭘 할 수 있겠습니까? 과학은 위신을 알지 못합니다. 제겐 아이도 없지만 존경받는 매니저가 자신의 착오를 부끄러워하듯, 저도 저의 착오를 부끄러워해야만 하겠지요… 다시 말하자면 이 논쟁은 승부가 가려져야만 합니다."

프뢰리히는 고개를 끄덕였다.

"저희 종업원도 같은 생각입니다."

"혹시 이것이 문제일지 모르겠습니다." 유명한 물리학자는 계속해서 곰곰이 생각했다. "우리는 모두 너무 숫자계산을 많이 하고 있어요, 그런데 이 문제는 우리에게는 작습니다… 여기 가까이에 대학교육을 받지 않고, 대학 입학 자격시험을 치지 않고, 그저 계산을 제대로 할 수 있는 사람이 없나요? 이런 자잘한 논쟁은 평범한 사람들이 가릴 수 있을 거요."

운이 좋았다! 사도라는 식당에는 소리를 못 듣는 맥주 따르는 직원이 있었다. 그를 불렀다. 자리에 앉혔다. 그의 앞에 베르무트부터 콩 요리까지 값을 써놓은 종이를 내려놓았다. 그는 시간을 끌었다. 신음을 했다. 한숨을 쉬었다. 땀을 흘렸다. 계산을 끝내기까지는 20분이 걸렸다. 그가 계산결과를 프뢰리히에게 주었다.

프뢰리히는 아무 말을 하지 않았다. 계산결과를 힐끗 보고 제일 먼저 계산을 한 종업원에게 주었고, 그가 다른 종업원에게 그 종이를 주자, 그 종업원이 아무 말 없이 위대한 물리학자 앞에 내려놓았다.

알베르트 아인슈타인이 일어서서 후한 팁을 덧붙여 돈을 세어 꺼내놓았다. 그리고 세상에서 가장 겸손한 미소를 지으며 이렇게 말했다.

"아이고! 알베르트 아인슈타인이 계산을 잘못했습니다. 잘 지내십시오."

아인슈타인과 씰러디는 식당 종업원이 늘어 서 있는 밖으로 나왔다.

식당 종업원들이 줄을 서서, 현대 물리학의 선구자 앞에 깊이 몸을 숙여 인사했다. 그들은 아무 말 없이 식당에서부터 밖으로 나왔다. 거리로 나온 아인슈타인은 이제는 미소를 짓지 않고 있었고, 심지어 아주 심각한 얼굴을 하고 씰러디에게 물었다.

"자네, 이 일에 대해서 어떻게 생각하나?"

"난 저녁 식사하기 위해서 서둘러 집에 가야만 해." 씰러디가 말했다. "하지만 내 생각에, 이 세상에서는 도울 수 없네."

<클라이맥스>
Klimax

집을 관리하는 사람이 가스 냄새를 맡았다. 그는 문을 부수고 들어갔다. 부엌의 돌바닥 위에 유서가 놓여있고, 그 위에 도자기로 된 재떨이가 있고, 그 안에 마지막으로 피운 담배꽁초가 들어있었다.

"오늘이 나의 54번째 생일이다. 이 집에서는 아무도 (나를) 좋아하지 않는다. 지붕에서 물이 새는데 아무도 수리해주지 않는다. 나는 죽고 싶다. 베르게르 미하이의 미망인."

담배꽁초에는 립스틱이 묻어있었다.

<11월>
November

아침에 안개가 끼어 있었고, 교통흐름은 느렸다. 그가 타기 직전에 전차가 떠나버렸다. 로얄 식당의 48세 먹은 식료품 구매담당자인 모르도반 모르도버는 화가 나서 정거장에 서 있었다. 갑자기 기다리는 것이 싫증이 났다, 왼손 엄지손가락을 오른손 손바닥으로 움켜잡고는, 한 번의 과감한 동작으로 잡아 뽑았다.

뽑은 엄지를 두 손가락 사이에 끼우고 자세히 검사했다. 그런 후에 손수건을 꺼내 차곡차곡 싸서, 외투 밑으로 넣어 바지 뒷주머니 속에 집어넣었다. 주위를 둘러보았다. 전차는 여전히 오지 않았다, 하지만 그는 어깨를 들어 올렸을 뿐이다. 이런 작은 일에 분노해서는 안 된다.

<성격 테스트>
Jellempróba

나는 케레케시 쿠트 근처에서 내렸다. 거기에서부터 공장 대문까지는 겨우 백 걸음 정도 떨어져 있었기 때문이다. 공장 주위로 빙 둘러 산이었다. 산에는 포도나무, 숲, 빈터가 있고, 빈터에는 고압 송전선이 있었다.

시골에서는 개가 감자밭을 지키는 것처럼 공장도 지켰다. 나를 보자 개가 즉시 화를 내더니, 거품 문 입으로 이빨을 번득이면서, 안내실로부터 으르렁대며 밖으로 뛰어나왔다. 반쯤 오다가 멈추어 서서, 머리를 옆으로 돌린 채 앞으로 내 몸의 어디를 깨물까 부위를 찾았다.

이미 양치기 개가 나를 문 적이 있었다. 내 친구가 개를 데리고 왔었는데, 진짜 아팠다. 나는 멈췄다 그리고 과연 이런 이상한 양치기 개가 물까를 곰곰이 생각했다. 이런 비참한 잡종 개 가운데 아주 소수의 개만이 양치기 개였다. 그 밖에 대부분은 피에 굶주리고 상처받은, 비열하고 추격하려는 욕구를 가진 개였다. 나는 양치기 개를 가만히 쳐다보았다, 그리고 뒤로 물러섰다.

다시 차에 탔다. 내가 내렸을 때, 양치기 개가 다가왔다. 꼬리를 흔들며 왔다, 무릎에 힘이 풀린 채로. 개는 나를 좋아하며 쳐다보았다. 그는 내게 자동차가 있다는 것을 보았다. 개는 내가 머리를 쓰다듬도록 머리를 쑥 내밀었다. 나는 개의 귀를 긁어주었다.

"썩어빠진 벌레 새끼" 나는 속으로 생각했다.

"썩어빠진 벌레 새끼" 양치기 개가 생각했다.

<직업적인 자신감>

Szakmai önérzet

사람들이 단단한 나무를 가지고 나를 조각했다!

나는 자신을 자제할 줄 안다.

나에게는 아무 것도 드러나지 않고, 단지 오랜 세월동안 열심히 일한 노동과, 내 능력에 대한 인정을 받고 있음이 나타난다. 그렇지만 나의 미래는 위험에 처해있다.

"저는 동물 예술가입니다." 내가 말했다.

"뭘 할 줄 아시죠?" 단장이 물었다.

"새소리를 흉내 냅니다."

"아쉽습니다." 그는 손을 내 저었다. "그건 이미 유행에 뒤떨어져서."

"네에? 멧비둘기의 꾸꾸 우는 소리가요? 검은 머리 쑥새의 찰랑거리는 소리가? 메추라기의 쭈루루하고 노래하는 소리가? 갈매기의 날카로운 소리가? 나이팅게일의 노래가 유행에 뒤떨어졌다고요?"

"더 이상 얘기 맙시다!" 단장이 지루해하며 말했다.

이 말은 나를 아프게 했다. 하지만 내게는 아무 것도 드러나는 것이 없다고, 생각했다.

"안녕히 계십시오." 나는 정중하게 말했다, 그리고 열어놓은 창문을 통해 밖으로 날아갔다.

<역사적인 착오>
Történelmi tévedés

“여보세요? 몰로코인가?”
“네?”
“몰로커야?”
“브이 퍼루스키 고보리테?(러시아 사람이세요?)”
“죄송합니다만 무슨 말인지 모르겠네요.”
“무슨 말을 하시는 겁니까, 부인?”
“제 사위와 통화하고 싶어요.”
“그렇다면 왜 몰로코라고 하셨죠?”
“그렇게 말하면 왜 안 됐나요?”
“그 말은 러시아어로 우유를 의미하기 때문입니다.”
“하지만 저는 제 사위를 이렇게 부르는데요.”
“저는 그 사람이 아닙니다.”
“전화번호가 맞는데요?”
“그렇다면 부인, 여기 무언가 잘못된 것이 있습니다.”

<끈질긴 오타>
Makacs sajtóhiba

지난 화요일자 본보에서 한 헝가리 학자가 스웨덴 학술원의 명예박사학위를 수여받았다는 뉴스를 보도했습니다. - 솔직하게 사과드리자면 - 그 학자를 “팔페테르 페테르 팔 박사”라는 이름으로 언급하였습니다. 기사 내용에서뿐만 아니라, 기사의 제목에서 까지 팔페테르 페테르 팔이라는 이름으로 잘못 보도하였습니다.

뛰어난 헝가리 학자의 이름은 정확하게 팔페테르 페테르 팔 박사입니다.

<어떤 에로틱한 사건>

Egy erotikus esemény

이 날은 졸로즈머이에게 대단한 날이었다. 그는 언제나 위대한 도덕적 권위자로 인정을 받고 있는, 시인 다비드에 관한 비평을 썼다. 그는 비평에서 다비드가 쓴 시에서 사용한 운율의 울림이 에로틱하다고 밝혔다. 게다가 시행의 끝부분에 쓰인 단어는 서로 밀접하게 연관되면서 성적인 생명력을 서로에게 부여한다고 평했다.

졸로즈머이는 금욕적인 삶을 살았다. 예를 들자면, 자신의 몸을 거의 쳐다보지 않았다. 목욕을 할 때에도 희고 긴 목욕셔츠를 입었다. 셔츠에는 알맞은 자리에 구멍이 나 있었고, 아내의 셔츠에도 똑같이 그곳이 찢어져 있었다. 바로 이 덕분에 그들의 세 자녀는 소위 말해 때 묻지 않고 세상에 태어났다.

이 비평으로 그는 인생의 정점에 올라섰다. 그는 기분이 한껏 좋아서, 편안하고, 만족스럽게 라코치 거리 끝까지 거의 둥둥 떠다니며 거닐었다. 지금은 이 도시가 포르노그라프의 상징과, 두 팔을 벌리고 있는 경찰들과, 광고 기둥들로 가득 차 있는 것도 거슬리지 않았다. 푸우. 버스가 한 대 있었다. 그 앞쪽에 무엇이 있는 걸까? 두 개의 조명등? 그렇지 않았다. 두 명의 아름다운 아가씨였다. 한 자동차가 주유소 옆에 서고, 주유원이 기름을 채우기 시작할 때, 이는 무엇을 의미하는 걸까? 졸로즈머이는 계속 걸어갔다. 그가 이것을 견디어낼까? 하지만 그보나 조금 너 가서, 한 가게의 진열장 앞에서 그가 분개하며 걸음을 멈추었다.

판유리 너머에는 젊은 아가씨 하나가 두 조각으로 된 비키니 수영복을 입고 서 있었다. 머리 위로 빨간 색 큰 공을 들어 올리고 있었다. 아가씨는 밀랍인형이었는데, 수영복과 공에 가격표가 붙어 있었다. 그럼에도 불구하고 졸로즈머이는 소름이 돋았다. 그는 마네킹이 옷을 입지 않은 것이 구역질을 유발한다고 진단했다. 게다가 고무공을 머리 위에 들어 올려 이 여자 몸의 풍만함을 더욱 강조했다고 평가했다. - 갑자기 - 그는 아가씨가 자기에게 눈짓을 한다는 생각을 했다.

졸러즈머이는 모퉁이를 돌아야만 하는데도, 깜짝 놀라 모자를 들어올렸다. 이 모습에 아가씨가 관능적인 소리로 웃기 시작했다, 그 순간 아가씨가 자신의 몸에 붙은 가격표를 떼어버리고, 진열장 유리를 공으로 부수더니 졸로즈머이에게 덤벼들었다.

비평가는 걸음아 날 살려라 도망쳤지만, 뒤따라오는 여자에게 붙잡혔다. 행인들 가운데 일부가 그들 뒤를 따라왔다. 국립 극장 주위에서 패싸움이 벌어졌다. 귀퉁이에서 신문을 파는 소년은 정치적인 혁명이 일어난 줄로 오해하고, 밤, 새로운 헝가리, 여명 같은 호르트 시대의 신문이름을 크게 열성적으로 외치기 시작했다. 이 소리로 소란은 점점 더 커졌다. 마침내 한 용감한 군인이 여자의 길을 막아서서는 연달아 총을 쏘았다. 유감스럽게도 총알들은 밀랍 인형의 몸을 통과해서 택시의 연료탱크를 터트렸다. 그러자 택시는 전속력으로 모퉁이에 있는 뷔페식당 안으로 돌진했다. 이 과정을 적는 동안 뷔페는 훨훨 치솟는 불길과 함께 타올랐다.

비키니 소녀는 이런 정신없는 상황을 잘 활용했다. 무대 장식물을 쌓아두는 국립극장의 뒤까지 계속 그를 추격했다. 여기에서 그녀는 게르투루디스 왕비의 침대위에 나가떨어지도록 그를 때려 기절시키고 이렇게 말했다.

"당신의 사랑스러운 코에 뽀뽀해줄게!"

그녀는 졸로즈머이의 코끝에 입을 맞추었다(코수트 상을 수상한 비평가에게), 그리고는 진열장 속으로 되돌아갔다.

<끝이 안 나는 동사 어미변화>

Bevégezetlen ragozás

종종 나는 그렇게 내 앞을 바라만 본다
종종 너는 그렇게 네 앞을 바라만 본다
종종 그는 그렇게 그의 앞을 바라만 본다
종종 우리는 그렇게 우리 앞을 바라만 본다 - - -

<운 좋게 끝난 사건>

Szerencsés kimenetelű baleset

도쿄의 번화한 거리 위에서, 게다가 오후 교통량이 가장 많은 시간에 잇달아 두 건의 할복사건이 일어났다. 오로지 우연 덕분에 그들에게는 몇 군데 조금 긁힌 상처와 극도로 놀란 것을 제외하고는 다른 문제가 발생하지 않았다.

<1949년>
1949

당을 위해 예전부터 전투를 벌여온, 러이크 라슬로[43)] 외무장관은 자신이 사형선고를 받기를 청했다.

양측의 동의와 믿음 안에서, 초청된 소수의 사람 앞에서 사형이 집행되었다.

<석탄>
A szén

수요일이다.

이 날은 아파트 2층의 5호에 사는 베르메시 씨가 지하실에서 석탄을 가지고 가는 날이다.

또 이 날은 건물의 수위인, 끼라이 씨도 그러는 날이다.

7층의 임대 아파트에는 석탄을 나르는 데 사용하는 바구니가 단 두 개만 남아서, 석탄 나르는 날자를 요일별로 나누어야만 했다. 베르메시와 끼라이 가족은 수요일 오후에 한 주 동안 쓸 석탄을 운반했다.

베르메시와 끼라이는 아무 말 없이 석탄을 삽으로 퍼 층계로 올렸다. 층계는 전쟁이 끝난 지 1년 6개월이나 지났지만 아직도 무너져 있었고, 그들은 층계 위로 숨을 헐떡이며 발걸음을 옮겼다. 계단이 하나 없는 곳에서, 어떤 곳에서는 한 사람이, 또 어떤 곳에서는 다른 한 사람이 균형을 잡으려고 비틀거리며 숨을 몰아쉬었다. 그들은 인사도 하지 않았다. 미움이 최고점에 도달한 상태에서는 소리를 내지 않는다.

전쟁이 일어나기 전에 베르메시 씨는 광범위한 할부 판매망을 지닌 악기점을 소유하고 있었다. 그는 "집집마다 피아노를"이라는 표어를 찾아냈다. 그는 자신이 그 아파트에 사는 사람 가운데 가

---

28) Rajk László(1809~1949). 공산주의 운동가이던 그는 1944년에 공산당 중앙위원회 비서가 되면서 현실정치에 몸담게 되었다. 내무부 장관과 외무부 장관을 하면서 공산당의 주요 지도자로 부상하였으나 소련의 도움을 받아 정권을 잡은 라코시 마티야스에 의하여 구금, 재판, 사형을 언도받고 1949년 10월 15일에 처형되었다. 56년 봄 그의 매장 식에 참여한 수많은 인파가 대규모 반정부 시위를 하게 되는데, 이 시위가 스탈린 독재에 대항한 56년 시민혁명이 발발하는데 단초를 제공했다고 볼 수 있다.

장 잘 사는 사람이라고 여겼지만 밤에 문을 열어주는 수위에게 수고비를 주고 싶지 않았다. 그래서 출입문이 닫히기 직전에 서둘러 돌아오고는 했다.

끼라이는 이런 행동에 화를 냈다. 그래서 전쟁 때 베르메시 가족을 고발했다. 위조된 서류로 유태인임을 숨기고 있기 때문이 아니라, 15킬로의 동물성 지방을 숨기고 있어서 밀고한다고 인정해야만 했다.

끼라이 씨는 15킬로에서 포상금으로 1.5킬로의 지방을 받았다. 하지만 그들은 베르메시 가족에게서 지방뿐만이 아니라 카펫과 액세서리도 몰수했다. 그나마 베르메시 부인이 당당하게 처신한 덕분에 끌려가지는 않았다.

전쟁이 끝나자마자, 이번에는 베르메시 가족이 수위를 고발했다. 끼라이 씨는 8개월간 수용소에 감금되었고, 그 곳에서 전염성이 있는 고름이 생겼다가 딱지가 앉는 피부병(의학 용어로 농가진)에 걸렸다. 그 병 때문에 지금도 얼굴로 쳐다보기가 힘들 정도로 얽고 고름 투성이의 얼굴을 가지게 되었다. 그래서 그의 부인이 수위 노릇을 하게 되었다.

한때 악기점의 제왕이었던 베르메시 씨는 지금은 피아노를 조율하기 위해 집집마다 돌아다녔다. 빈곤하고, 조용히 살고 있어 그들을 고발할 것은 아무 것도 없었다. 끼라이 가족은 기껏해야 쓰레기통을 비워주지 않는 것으로 복수를 했다. 그리고 그들에게 인사를 하지 않았다.

베르메시 씨도 인사를 하지 않았다. 무거운 바구니를 들고 지하실 층계에서 조용히 비틀거리며 부딪쳤다가, 다시 또 2층으로 올라가며 비틀거리고 부딪쳤다. 세 개의 척추골이 석회질인 끼라이 씨는 헐떡거리지 않고 신음을 했다. 그는 층계위로 올라갈 필요는 없었다, 하지만 마당의 건너편으로 바구니를 끌어가야만 했다.

그들은 네 번을 왕복했다. 네 번째로 옮기기는 첫 번째보다 더 어려웠다. 베르메시 씨는 갑자기 지쳐서 바구니를 층계에 내려놓고, 석탄 위에 앉았다. 끼라이 씨가 자기 석탄 바구니를 어깨에 짊어지려고 하지만 그렇게 못하는 것이 보였다.

베르메시 씨에게는 이제는 어떻게 되도 상관이 없었다. 그래서 말을 걸었다.

"자, 끼라이 씨" 그는 툴툴거렸다. "이제 아시겠는가."

"뭘 알아야 하는데?"

"우리 가족이 어떻게 되었는지."

"알지." 수위가 곰곰이 생각을 했다. "당신들이 잘못이야."

"어떻게 이런 말을 할 수 있나? 우리는 이렇게 되고 싶지 않았어."

"그럼 누가 원했나?" 수위가 물었다.

"누구?" 베르메시 씨가 곰곰이 생각했다. "아마 아무도 원하지 않았겠지."

그들은 조금 더 쉬었다, 그리고는 바구니를 들고 층계로 올라섰다.

미러이 샨도르 Márai Sándor (1900~1989)

1900 커서 출생(현재 슬로바키아의 카사우)
본명은 그로스슈미트 샨도르(Grossschmid Sándor)
1917 부다페스트 카톨릭 고등학교에서 공부
첫 번째 문학작품이 <페스트 신문>에 실림
1918 <부다페스트 신문>에 칼럼 연재
일간지 <헝가리>의 기자
1919 <붉은 깃발>의 통신원으로 공산주의 문단에 가담, 혁명 실패 후 망명
1920 프랑크푸르트 정착, <프랑크푸르트 신문>에서 일함
1921 베를린에서 잠시 공부하다 중단
1930 문단에서 확고한 자리를 차지, 하지만 아들을 잃고 몹시 절망하다 전쟁 때 부모를 잃은 야노시라는 아이를 양자로 들여 친아들처럼 키움
1948 공산화한 헝가리에서 망명을 떠남, 전 세계로 떠돌다 마지막으로 미국의 샌디에이고에서 세상을 뜰 때까지 이곳저곳으로 거주지를 옮김
1952~67 미국 뉴욕에 거주하며 문학적 활동
1957 미국 시민권 획득
1958 망명기간 중의 체험을 담은 <일기> 출간
1960 워싱턴에서 <베니스에서 온 한 남자, 볼자노에서의 손님극>이라는 소설이 연극으로 공연됨
1967 이태리 남부 살레르노로 이사
1970 <판결>이 헝가리에서 출판됨
1972 회고록 <육지다, 육지!> 출간
1978 <돌고래가 되돌아 보았다>라는 제목의 시집 출간
1980 샌디에이고로 이사
1986 부인 로라 사망
1987 양아들 야노시 사망으로 크게 상심함
1988 <사춘기 아이들>, <샘내는 사람들>, <상처받은 사람들> 3부작 발표

식물 책

Füves Könyv

<12. 매일 네가 계속 걸어가야만 하는 것에 대하여>

12. Arról, hogy mindennap tovább kell menned

그대는 방랑자이기 때문에, 매일 길을 계속 걸어가야만 한다. 그것이 유일한 그대의 목적이다, 그리하여 그대의 영혼과 그대 영혼 안에 숨어 있는 신적인 내용을 인식하는 방향으로 인도되리라. 이러기는 쉽지 않다. 길을 걷는 도중에 쉬라고, 그대의 길을 중단하라고, 다른 일을 하라고 불러대는 얼마나 많은 유혹이 있을지 생각해 보아라! 길 가에 아름다운 여인이 서서 우아한 미소를 지으며 너를 향해 손짓한다. 너의 몸과 감정은 그 부름에 대답을 한다. 이 아름다운 몸과 하나가 되기를 원하고 탐욕의 달콤한 도취에 너 자신을 내맡기고 싶다. 하지만 거짓되고 탐욕스런 순간 뒤에는 완전한 황폐함과 난감함이 따라온다는 것을 알아야만 한다. 너의 육체가 다른 육체의 진한 향신료를 맛볼 때, 너의 영혼은 다른 것을 원하기 때문에 배고프고 목이 마른 채로 남겨진다. 돈, 훈장, 직함, 지위들이 너의 길에 숨어 있다. 그러나 이것들로 무엇을 시작할 수 있는가? 주목, 피곤, 시간, 세상을 알아가는 데 지불하는 값이 네 영혼의 가장 큰 힘을 신적인 인식에서부터 빼앗는다. 친구들이 길가에서 환호한다, 그리고 자기들과 같이 가게에서 게임을 하면서 무엇을 얻을 수 있는지 음흉한 거래를 하자고 설득한다. 네가 게임 탁자나 술집 탁자 옆에서 멈추어 있으면, 그 사이 너의 영혼은 고통스러운 재촉을 하며 묻는다. “왜 여기서 시간을 낭비하느냐? 이 모든 것은 철없고 속되다. 너는 할 일이 있기 때문에 계속 가야만 한다.” 삶은 매일, 매순간 대략 이렇게 너에게 말을 한다 - 쉬라고, 탐욕을 채우라고, 즐기라고, 어리석음과 권세에 취하라고. 그러나 언제 이것이 네 일이 아니라고 (멈추지 않고 계속 걸어갈까)! 그대는 방랑자니 매일 계속 걸어야만 한다. 언제까지 살지, 요컨대 너에게 시간이 있을지, 네 길의 최종 목적지에 도달할지, 너의 영혼과 신적인 인식에 도달할 지 그대는 알 수 없지 않은가? 그러므로 상처 난 발로, 가난하게라도 매일 계속 걸어야만 한다. 그대는 방랑자이기 때문에.

<13. 유혹과 경험에 대하여>

13. A kísértésről és a tapasztalásról

과연 경험이 인생의 값싸고 위험한, 큰 힘을 지니고 말을 걸기 시작하는 유혹에 맞서 무장을 시킬 수 있는지에 대한 의문에는 부정으로 대답해야만 한다. 이런 유혹은 거짓 명예욕, 사랑, 역할 맡기, 세속적 성공, 감각의 유혹, 건강을 위험하게 만드는 과식, 술과 흥분제, 육체적 열정과 같은 본능적인 가능성이다. 그러나 이것보다 더 유해하고 위험한 정신적이고 특성적인 탈선은 복수욕, 거짓, 탐욕과 같은 것이다. 이런 위험과 유혹은 인생 내내 고집스럽게 반복적으로 인간을 부추긴다. 경험은 모든 과도함과 거짓, 깨끗하지 못한 의도가 환멸과 권태, 창피를 주고 질병으로 인도한다는 것을 가르쳐 주지만, 우리가 이러한 유혹의 희생물이 되는 것에서 보호해주지 못한다. 경험이 아니라, 오직 우리 특성에 충실한 것만이 우리를 몰락에서부터 보호해준다. 천성에는 무조건적인 선함과 악함이 없다. 그러나 우리가 자신의 특성과 깨끗하게 호응시키지 못하는 것이 그 사람에게는 무조건적으로 나쁘다. 그러므로 선택해야만 하는 순간, 언제나처럼 여기에서도 주어진 유혹이 그 자체로 선하거나 악한지 찾아내려 하지 말자, 오히려 우리의 특성과 잘 맞아서, 우리가 그것을 따르려고 하는가?를 묻도록 하자. 세속적인 경험은 우리 특성의 기본적이고 무조건적인 인식만큼 중요하지 않다. 자신의 특성에 충실하여 세상의 시험에 떨어지지 않는 무경험한 사람들이 있다. 또 자신의 욕구를 자신의 특성에 맞추어 조정하지 못하는 교활한 여우같은, 영리한 노인들이 있다. 그들은 그 때문에 새롭게 또 새롭게 추락하며 부끄러움에 빠지게 된다.

<27. 가슴에 따라 살아야 함에 대하여>

27. Arról, hogy a szívünkkel is kell élni

그러나 우리도 한 번은 우리 가슴에 따라 살아야만 한다. 그것은 세상 흐름 질서보다 훨씬 더 비밀스럽고, 숨어 있고, 알아내기가 힘든 또 다른 삶의 박자이다. 누군가에게 80회를 뛸 준비가 되어 있는 심장이 있다면, 마라톤 주자의 방식으로 살려 하지 마라. 계속해서 우리 몸과 특성의 비밀스러운 모르스 부호를 들어야만 한다, 그대 삶의 진정한 박자를 규정짓는 이 섬세하고 단호한

메시지를 들어야만 한다. 명예욕과 열정이 그의 감각들을 마비시키면, 더 이상은 이 소리를 들을 수가 없다. 이런 사람은 자신의 몸과 영혼, 세계의 박자와 반대로 살아간다. 사람에게 마땅하지 않은 방식으로 살기에, 그는 비인간적으로 죗값을 치르게 된다.

<32. 아무것에 대해서도 두려워할 필요가 없음에 대하여>

32. Arról, hogy semmitől nem kell félni

그대가 좋은 일을 변호한다면, 무엇을 두려워하는가? 그대에게 무슨 일이 일어날 수 있는가? 사람들이 바닥에 때려눕히고, 중상하고, 씹어대고, 망신을 주는가? 그대의 반대편으로 돌아서서 비난을 하고, 거짓된 판단을 내리는가? 이 모든 것은 그대가 변호하는 일이 좋은 것이라는 사실을 절대 변화시킬 수 없다. 그러기 때문에 그대가 그 좋은 일을 변호하려고 합류할 때, 그대가 취한 행동 또한 훌륭하다. 이런 때에는 누구와도 어떤 것에도 신경 쓰지 마라. 오로지 그대가 변호해야만 하는 일의 정의에 대해서만 고민하라. 결국에는 정의에 맞서지 못하게 되리라. 사람들은 발로 짓밟을 수 있으리라, 허나 이길 수 없으리라. 사람들이 고발할 수는 있으리라. 허나 계속해서 거짓말 할 수는 없으리라. 그대의 삶을 빼앗아갈 수는 없으리라. 그대의 진실을 빼앗아갈 수는 없으리라. 그대가 선한 일을 변호한다면, 그 때에만은 그대가 삶에서 외롭지 않다. 이런 소송에는 대가나 상도 없다. 그러나 협상도 없다. 그러기 때문에 그대의 온 영혼이 진실이라고 알고 있는 것에 대해서 모두 말하는 것을 결코 두려워하지 마라.

<33. 우리가 자유롭다는 것에 대하여>

33. Arról, hogy szabadok vagyunk

권세 있는 사람들과 마주하였을 때, 그대는 항상 생각하라. 이 사람들이 그의 권력을 누구에게서 받았는가? 그들은 그대에 맞서 무엇을 할 수 있는가? 그대의 재산과 자유와 삶을 빼앗아갈 수 있는가? 또 그 다음에는? 극소의 세균, 전염성 박테리아도 그대의 목숨을 앗아갈 수 있다. 벌레의 목숨처럼 그렇게 깨지기 쉽고 덧없는 그대의 목숨을. 그러나 가장 권세 있는 군주에게도 그대의 영혼을 지배할 진실한 권력은 없다. 그러므로 그대가 정의롭고, 그가 정의롭지 못하다면 그는 아무것도 할 수 없다. 그가 그대에 맞서 무언가를 할 수 있을 때는, 그대에게서 죄를 발견했고 그가 정의로울 때 만이다. 그러므로 위대한 군주에게 무엇을 말할까, 어떻게 행동해야 할까 고민하지 마라. 그대가 정의로운 동안에는 그대는 자유롭고, 위대한 군주도 그대의 정의에 맞서 아무 것도 할 수 없음을 생각하라.

<36. 적수에 관하여>

36. Az ellenségről

냉담한 사람이 있고, 친구가 있고, 어떤 이념이나 신념, 혹은 가치가 명하는 말에 따라 그대와 맞서 싸우는 반대자가 있다. 이것이 인간 삶의 질서이다, 이렇게 하여 인생에는 친구와 반대자, 엄청난 수의 냉담한 사람들 사이에 (살아가는) 아름다운 긴장이 존재한다.

그 다음에는 원수가 존재한다. 그는 적대자가 아니라, 그보다 더한 것이다. 마치 악운이 그대들 두 사람을 일대일로 결투하라고 지명한 것처럼, 그 싸움에는 원인도, 의미도 없다. 그가 아는 것처럼, 그대도 알고 있다. 그대가 삶과 인생행로의 어떠한 곳에서도 그의 길을 방해하지 않았음을. 그런데도 그는 그대를 미워하고, 그대의 빵과 그대의 삶을 파괴하려고 한다. 결코 그에 맞서서 죄를 지은 적이 없는데도. 인생 내내 그대들은 서로를 피하고 서로를 찾는다.

그에 맞서 무엇을 할 수 있는가? 무엇보다도 먼저 그대는 이해하도록 노력하라. 그는 그대 인생의 평형추이다. 그렇지 않았다면 그대는 인생의 싸움에서 미숙하고 서투르게 될 것이다. 그대에게는 그가 필요하다. 그를 이기기 위해서는 그대 자신을 이겨야만 한다. 그와 맞서 그대의 정의를 세우려면 그대가 옳은 사람이 되어야 한다는 사실을 알아야만 한다. 그가 너를 나쁘다고 생각하고 소문을 내기 때문에 너는 그보다 더 나은 사람이 되어야만 한다. 하느님께서 이 땅에서 그를 너의 짝으로 지명하셨다. 그대들은 일대일 대결자로서 공동으로 해야 할 일이 있다. 시간에 앞서 그를 찔러 쓰러뜨리지 마라. 절대로 그를 쓰러뜨리지 말라. 그는 사는 것을, 싸우는 것을, 보호하는 것을 가르치고 있다. 너는 그가 필요하다는 것을, 알아 두어라.

<59. 우정에 대하여>

59. A barátságról

인간관계 가운데 우정보다 더 동요하게 만드는, 더 깊은 관계는 없다. 연인들, 심지어 부모와 자식의 관계에서도 이기심과 거짓이 얼마나 많은가! 오직 친구만이 이기적이 아니다. 만일 그렇지 않다면 친구가 아니다. 오직 친구만이 거짓되지 않다. 그는 자신에게가 아니라 자신의 친구에게 모든 선과 아름다움(이 깃들기를) 바란다. 아이들은 언제나 부모에게서 무언가를 받으려고 하고, 아비를 능가하려 한다. 허나 친구는 무언가를 받으려 하지 않고, 능가하려하지 않는다. 인생에서 입이 무겁고, 호의적이며, 참아주고, 희생할 준비가 되어 있는 우정보다 더 비밀스럽고 더 고귀한 선물은 없다. 게다가 우정은 희귀하지 않다.

몽테뉴Montaigne가 라 보에시La Boetie[44]에게 끌리는 감각 이상의 것에 대하여 숙고할 때 이렇게 이야기했다. "우리는 친구였다… 왜냐하면 그는 그였고, 그래서 나는 나였기 때문이다." 이 말은 너무나 정확하다. 또한 세네카Seneca는 루킬리우스Lucilius[45]에게 이렇게 썼다. "친구인 사

---

44) 라 보시에(1530.11.1~1563.8.18)
오를레앙에서 법률을 공부하고, 1554년 보르도 고등법원 평정관(評定官)이 되어, 57년부터 몽테뉴와 동료가 되어 함께 일하며 친교를 맺었다. 18세에 쓴 『자발적 복종』에서 인간 개개인이 서로 다른 재능을 가진 것은 그것을 나누어 서로 평등하게 살기 위한 것임을 설파했다. 몽테뉴와의 특별한 우정을 나누어 서로의 저술활동과 사상발전에 큰 영향을 미쳤다.

45) 세네카의 저술 가운데 가장 뛰어난 글은 루킬리우스에게 보낸 편지를 모아 놓은 〈도덕에 관한 서한 Epistulae morales(루킬리우스 서한집)〉이다. 이 책에 실린 124편의 편지는 폭넓은 주제에 관하여 다루고 있다. 삶에서 지켜야 할 도덕적 태도를 담은 이 편지 가운데 우정에 대하여 담고 있는 편지의 내용은 이러하다. "오늘은 자네에게 우정에 관한 이야기를 해보려고 하네. 우정에 관해 해 주고 싶은 충고는-우정을 맺기 전에는 판단을 잘 내리고, 우정을 맺은 뒤에는 신뢰를 두어야 한다는 것이네. 하지만 이 순서를 거꾸로 하는 자들은 우정에 대한 양심으로 혼란을 겪을 수밖에 없다네. 즉 먼저 우애를 품고는, 판단을 내리고, 돌아서 버리는 경우에는 말이지… 그러므로 누군가를 자네의 우정으로 받아들일지 아닐지에 대해서는 충분히 시간을 두어 생각해보아야 한다네. 그리고 일단 받아들이기로 결정하였다면, 친구에게 마음을 열게나. 그 사람과는, 자네 자신과 이야기하는 것처럼 두려움 없이 이야기해도 좋네. 우정이라는 것은 진솔한 것이어서~ 자네가 상대를 성실한 사람으로 생각하면 상대도 성실해 질 것이지만… 배신당하는 것이 두려워, 상대에게 먼저 배신을 가르쳐 준 사람도 있네. 자꾸만 의심의 눈총을 보냄으로써 잘못을 범할 기회를 주고 만 것이지. 또한 이런 경우도 자네는 경계해야 한다네. 사람에 따라서는 친구에게만 털어놓아야 할 비밀을 길에서 만난 아무개에게도 거리낌 없이 이야기하며. 마음을 짓누르고 있던 무거운 짐들을 아무개의 귀에다 내려다 놓으려 한다네. 하지만 반대로- 아무리 소중한 사람일지라도 마음을 터놓고 이야기하는 것을 꺼리고, 되도록 자기 자신조차 믿지 않으려고 하면서, 모든 비밀을 가슴 속 깊이 밀어 넣으려고 하는 사람도 있다네. 하지만 자네는 그 어느 쪽도 하려고 해서는 안 될 것이네. 상대를 가리지 않고 믿는 것도, 아무도 믿지 못하는 것도 잘못이니까. 전자를 '의로운 잘못'이라고 한다면, 후자를 '전한 잘못'이라고 할 수 있겠지. 하지만 매한가지 잘못이라는 점에는 변함이 없다네. 그리고 마

람은, 사랑한다. 그러나 사랑하는 사람이 항상 친구는 아니다." 이 진술은 정확함 이상의 것이다. 이것은 진실이다. 모든 사랑에는 이기심과 인색함이 재속에 숨어 있기 때문에, 의심스럽다. 오직 친구의 호의만이 이기적이지 않고, 그 속에 이익이나 감정 놀이가 개입되어 있지 않다. 우정은 봉사이다, 강력하고 엄숙한 봉사이며, 가장 중대한 인간의 시도이며 역할이다.

<102. 큰 아픔과 마음가짐에 대하여>

102. A nagy fájdalomról és a magatartásról

커다란 타격이, 정신적인 고통이 다다르면, 모든 것에 앞서 생각하라. 이것이 자연스러운 것이라고. 왜냐하면 그대는 사람이기 때문이니. 무엇을 꿈꾸었던가? 그대는 사람이다, 그러므로 사랑하는 이가 죽고, 친구가 떠나버리고, 그대가 모으고 사랑했던 모든 것이 사라져 버린다. 마치 폭풍에 먼지가 날아가는 것처럼. 이것은 놀랄 일이 아니다. 자연 질서에 따른 것이고, 이것이 단순하고도 자연스러운 것이다. 이보다 더 놀라운 것은 매일 커다란 타격이 다다르지 않는다는 것이다. 그대는 사람이다, 그러므로 괴로움을 겪어야만 한다. 그리고 그대의 괴로움은 영원히 지속되지 않는다, 그대가 인간이기 때문에.

슬픔 속에서 타격의 한 가운데에서 그대의 마음가짐은 이 진실에 따라야 한다. 절대 그대의 아픔을 세상에 내 보이지 마라. 자만심과 자신감도 내 보이지 마라. 그대 앞에 놓인 아픔을 부정하지 마라. 그러나 아픔과 타격은 언제나 추락이라는 것도 알아 두어라. 사람들은 이렇게 생각할 것이다. "누군가가 사랑했고, 누군가에게 소중했던 사람이 죽었다, 보라, 그 사람도 같이 추락하였다."라고. 아픔을 느껴라, 그러나 신음 소리는 들리지 않도록. 한 편으로는 그대가 신음할 때, 눈물이 떨어져 이미 그 순간에 그대가 조금 착각할 수 있기 때문이다. 진정한 아픔은 말이 없다. 눈

지막으로 이 점에 대해서도 고려해 주게나. 언제나 성급한 사람… 언제나 침착한 사람… 자네는 이 양쪽 모두를 비판해야 한다네. 떠들썩한 것을 좋아하는 것은 부지런한 것이 아니라 조급한 마음에 동분서주하는 것일 뿐이고… 어떠한 행동에도 열정이 없는 것은 침착한 것이 아니라 해이해지고 무기력해진 모습일 뿐이니까. 그러므로 폼페이우스의 작품에서 읽은 다음과 같은 구절을 마음에 잘 새겨두도록 하게. '어떤 사람들은 깊고 으슥한 자신만의 은신처에 몸을 숨겼다. 그리하여 밝은 곳에 있는 모든 것을, 오히려 탁한 것으로 생각하였다…' 자네는 양쪽을 혼합하지 않으면 안 되네. 자연의 이치를 자네의 의논 상대로 여기도록 하게. 자연은 분명, 자네에게 도움 되는 무언가를 말해줄 것일세. 자연은 낮과 밤… 양쪽 모두를 만들었다고… 그럼 잘 있게." 서한집.

물과 고함은 이미 아픔의 경감이다. 그대 자신을 속이지 마라, 그리고 세상을 기쁘게 하지 마라. 침묵하라. 그대의 얼굴과, 행동을 훈련시키라. 그리고 아픔과 함께 혼자 남게 되거든, 이렇게 말하라. "자, 아픔이여. 그대가 앞으로 어떻게 아픔을 주더라도, 나는 이것이 이렇게 되는 것이 좋다는 것을 알고 있다. 왜냐하면 나는 인간이기 때문이다."

<179. 올바른 이들에 대하여>

179. Azokról, akiknek igazuk van

정의를 지니고 있는 사람들을(올바른 이들을) 아주 조심해야만 한다. 예를 들어 거대한 불공정함이, 비열함이 그들에게 들이닥친다. 그들이 일한 결과물이나, 자유와 사랑하는 것들을 빼앗아간다면, 이런 모든 일들은 욕심 많고, 저열하고 잔인한 사람들이 권리 없이 자행한 것이다. 이 사람들이 옳다. 그들은 세상에서 불타는 횃불처럼 그들 주위에 불을 지르고 자신들의 잔인한 정의를 지니고 다닌다. 그들은 배상을, 혹은 복수를 원한다. 그러나 때로 그들도 자신들이 무엇을 원하는지 알지 못한다 - 그저 무언가 일어나기를… 이러한 불행은 아주 위험하다, 왜냐하면 그들에게 정의가 있기 때문이다. 올바른 사람과 자신이 올바르다는 것을 아는 모든 사람은 위험하다.

실생활에서는 죄의식이 있는 사람과 함께 일을 도모할 수 있다. 그들은 이렇게 저렇게 잘못을 저질렀고, 잘못을 저질렀다는 것을 아는 사람들이다. 이런 사람들과 사회를 움직여 나갈 수 있다. 상처 받은 사람들, 무조건적인 정의가 있는 사람들은 단순한 사람보다 더 나쁘다. 왜냐하면 이 사람들에게는 정의가 있기 때문이다. 그들은 온 세상이 단 하나의 정의를, 그가 받은 부당한 고통을 밝혀주는 정의를 실현해주기를 원한다. 지성적인 증거와 감정적인 증거로는 절대로 그들과 가까이 할 수 없다. 시간이 그들의 정신에서 첫 번째 고통의 독을 빨아내기를 기다려야만 한다. 그 때에는 그들도 편안해진다. 어느 날인가 그들은 부정하게 추적하였고 고통을 주었다는 것을 깨닫게 된다. 또한 그들에게 일어난 일에 그들도 책임이 있었음을 깨닫게 된다. 모든 사람은 자신에게 일어난 일에 책임이 있기 때문이다. 바로 그 때에 그들을 위로하라, 그 때가 되기 전에는 위로하지 마라.

작품 해설

헝가리 문학이 제일 처음 나를 끌어당긴 요인은 〈낯설다〉라는 요인이었다. 이제까지 알았던 영미문학, 서유럽 문학에 비하여 무지의 상태에서 장님 코끼리 코 더듬듯 하나하나 알아 가는 과정이 그 자체로 진지한 모험이었기 때문이다.

이 책에 등장하는 단편들이 바로 낯선 모험에서 발견한 보석들이다. 낯설면서도 친근한 이중적인 면을 지닌 이 작품을 처음 접했을 때의 경이로움과 감동은 지금도 생생하다. 헝가리 문학의 진가를 보여주는데 손색이 없을 것으로 생각되는 작품만을 골라 헝가리 단편 선집을 펴내게 되었다.

서유럽과 동유럽의 사이에 위치한, 지리적인 요인으로 항상 전쟁과 파란의 역사를 보내야 했던 헝가리. 먼 동방에서 유럽으로 이주해 가, 낯선 이국땅을 고향으로 일구어 나간 머저르 민족. 이들의 모습이 현재의 헝가리를 이루고 있는 기초이며, 헝가리 문학의 근간을 이루는 기저가 되고 있다.

동방민족이지만 서방세계에 예속되기 위해 가톨릭을 국교로 받아들였고, 현재도 국민의 85%가 가톨릭을 믿고 있다. 하지만 터키의 침입과 150년의 지배는 그들의 생활양식을 상당히 변화시켜 놓았다. 터키를 몰아내고자 협력했던 합스부르크가 다시 헝가리를 지배하게 되고, 제1, 2차 세계대전에 전범국가가 되는 비운을 겪게 된다.

전범국가로 분류되어 1920년의 트리아농 조약에서 국토의 50%를 이웃 나라에 빼앗기게 된다. 그 때문에 루마니아, 유고슬라비아에서 머저르 민족이 소수민족으로 전락, 동유럽의 민족문제를 배태하게 되며, 헝가리 내부에서도 잃어버린 국토를 찾기 위해 국수주의적인 정치 세력이 등장하게 된다.

제2차 세계대전에도 잃어버린 국토를 찾기 위해 오스트리아에 가담한 헝가리는 패전 후 극도의 경제적 피폐와 국제 사회에서의 위치 하락 등을 경험하게 된다. 그리하여 많은 국민들이 사회주의를 원하게 되며, 결국 공산정권이 수립되게 된다. 공산 정권이 헝가리에 가져 온 것은 경제적인 낙후와 국민간의 감시, 불신이었다. 모든 출판물이 검열을 받아야했고, 체제에 비판적인 학자, 작가들은 신변의 위협을 느끼며 살아야 했다.

이런 굴곡의 역사 속에서 배태되어온 민족성은 여러 작품에 다양하게 드러나고 있다. 어려움 속에 매몰되어 버리지 않고 굳건히 헤쳐 나가는 헝가리 농민의 모습이 모리츠의 작품에 등장하는 주인공의 모습이다. 단돈 7푼이 없어 빨래를 하지 못하는 어머니는, 그 상황을 비극적으로 연출하지 않고 아들과 함께 보물찾기하듯 끝까지 웃음을 잃지 않는다. 거지에게 도움을 받아야 할 처지일 만큼 극도의 빈곤을 겪고 있음에도 아들에게 불만과 불평을 표출시키지 않고 있다.

당시 헝가리는 1차 세계 대전의 패배로 전 국민의 삼분의 일이 거지와 다름없는 생활을 하고 있었고, 〈7푼〉의 주인공도 바로 이런 현실 속에 있었던 것이다. 하지만 작가는 주인공을 결코 빈곤에 허덕이는 비극적인 인물로 묘사하지 않는다. 오히려 담담히 현실을 받아들이고 그 안에서 해결을 모색하는 인물로 묘사하는데, 이것이 모리츠의 작술기법 중 유명한 양면주의 기법이다. 모든 일에는 양면이 있으니, 한 쪽에 초점을 주어 작품을 구성하지 않고, 한 걸음 떨어진 곳에서 양면을 고찰하는 기술 방법을 양면주의 기법이라 한다.

〈7푼〉과는 달리 〈비극〉의 주인공 끼시 야노시는 자기로서는 받아들일 수 없는 빈곤을 자기 목숨을 바쳐서라도 타개하기 위한 소극적 반항을 개시하고 있다. 비록 그가 왜 죽었는지 아무도 알 지 못하지만, 그는 자신의 가난이 지주의 부유함에서 유래했다는 사실을 알고 있었고, 그 부당함을 깨부수는 방법으로 - 지주의 음식, 재산을 모두 먹어 치우려는 시도를 하다가 죽음을 맞게 된다.

중편 〈가난한 사람들〉에서는 앞의 주인공들보다 더 격렬하고 극한 대응방법이 등장한다. 군인으로 징발되어간 주인공은 세 아이의 아버지이다. 28일 간의 휴가를 받아 집에 오니, 집안 꼴은 말이 아니다. 아이가 딸린 아내는 일을 할 수 없고, 결국 먹고 살기 위해 세간을 다 팔고, 빚까지 얻어다 쓰고 있었다. 아빠가 함께 있는 동안에는 날품팔이라도 해서 아이들을 먹여 살릴 수 있지만, 다시 전쟁터로 돌아가고 나면 아이들이 이 겨울동안 굶어 죽지 않으리란 보장이 없다.

군인은 적군과 싸움을 벌이는 전장에서만 전쟁이 일어나는 것이 아니라, 이 삶에서도 부유한 자와 가난한 자의 싸움이 벌어지고 있다고 생각한다. 그래서 이 인생이라는 전쟁터에서 살아남기 위해 부유한 자를 죽이고 돈을 빼앗아야만 한다고 결심한다. 일련의 살인을 저지르고 돈을 얻은 그는, 한 순간 의식이 돌아오고 자신이 저지른 어처구니없는 상황에 절망하지만 지속적으로는 올바른 정신을 유지하지 못한다.

하지만 사건을 조사하러 온 경찰에게 아버지가 손에 피를 묻히고 왔음을 증언하는 사람은 다름 아닌 그의 맏아들이다. 아버지는 경찰에게 끌려 나가는 비참함을 아들에게 보이기를 거부하고, 아들의 관심을 꿀 바른 빵으로 돌린 뒤 살그머니 집밖으로 끌려 나간다. 그가 죄를 저지른 이유도 아들 때문이지만, 그를 범인으로 밝힌 사람도 아들이다. 하지만 아버지는 그런 아들을 나무라지 않고 따스한 시선으로 바라보고 있다.

작품 활동 초기에 담담하게 농민의 처절한 궁핍을 묘사했던 모리츠는 점차 극렬한 행동을 보일 수밖에 없는 농민을 부각시킨다. 하지만 후기에 와서는 많은 농민들이 산업화되어 가는 도시로 몰려들어, 다시 도시 빈민자로 전락해 가는 과정에 주목하게 된다. 이 과정에서 〈야반도주〉 같은 작품이 등장한다.

위 작품들의 색채와는 전혀 다른 작품이 〈끼시 셔무 요시커〉이다. 전장의 소용돌이 속에서 인간애와 우정을 나누는 주인공들의 모습이 너무나 뜻밖이다. 죽고 죽이는 살육의 상황에서 이토록 진한 인간애가 등장한다는 것이 가능한 일일까? 하지만 작가는 인간성이 말살되고 있는 전쟁터에서도 죽지 않는 인간 본연의 고유한 사랑의 힘을 강조하고 있다.

모리츠는 삶 자체가 전쟁이라는 사실은 인정하지만, 그 전쟁에서도 인간성은 살아 있으며, 이런 사랑을 나누는 사람들이 많아지면 많아질수록 삶의 잔악성은 감소할 것이라는 희망을 전달하고 있다. 그 사랑은 〈7푼〉에 등장한 엄마와 아들에서 시작하여, 그들에게 적선 받은 돈을 전하는 거지라는 마음 따뜻한 이웃으로 확산된다. 더 나아가 〈야반도주〉에서처럼 가난한 여니를 이해하고 동정하는 많은 거주민들로 확산되며, 마침내 〈끼시 셔무 요시커〉에서는 총부리를 겨눈 적 사이로 확산된다.

코스톨라니는 도시의 문제에 집착한 도시 중산층 작가이다. 그는 도시가 가진 익명성, 사기성, 집단성에 거부감을 가지고 있다. 〈정직한 도시〉는 그가 열망하는 이상향이기도 하다. 하지만 모든 것이 정직하다 못해 상대방의 진의조차 거짓으로 변질시키고, 자신의 정직을 지키기 위해, 다른 사람의 불의를 파악하려는 의심의 눈빛을 번득이는 사회가 될 수밖에 없음을 간파하고 있다. 결국 사회나 인간 조직은 불완전하기에 그 안에서 완전한 이상적 사회를 구현할 수 없다는 한계를 드러낸다. 이와 더불어 전면적인 개혁이나 혁명이 사회를 완전하게 할 수 없다는 사실을 피력하고 있다.

〈열쇠〉는 도시 빈민 노동자 가족 사이에서 벌어지는 이야기이다. 집에서 언제나 위엄을 갖추고 이야기하던 아빠의 〈사무실〉을 방문한 아들은 초라하게 자리 잡고, 한 구석에서 일하고 있는 아빠의 모습을 발견한다. 한 가족의 존경을 받는 가장이 사회에서는 보잘 것 없는 위치에 머물러 있는 현실이 그려진다. 아들은 아버지의 모습을 통해 사회구조를 알게 되고, 폐쇄적인 사회 - 이 작품에서는 사무실이 있는 건물 - 의 미로를 헤매다 울며 밖으로 나오게 된다. 아빠가 일하는 사무실이 있는 건물로 들어가서 밖으로 다시 나오는 몇 십 분 사이에 소년은 이미 소년이 아닌 젊은이로 변모하였다. 단편으로서는 드물게 시간과 공간이 완결된 이 작품에서 소년은 어른이 되어가며 현실을 깨닫는 아픔을 표출하고 있다.

〈13명의 못된 소녀들〉은 실험극의 성격이 가해진 드라마이다. 하지만 일반 드라마와는 달리 지문과 대화가 없다. 마치 소설처럼 상황을 묘사한 것이 전부이며, 무대와 의상에 관한 몇 줄의 글이 이 글이 소설이 아닌 드라마라는 사실을 느끼게 해 줄 뿐이다. 대화가 아니라 모든 것이 설명으로 되어 있기에, 이 극이 상연되려면 연출가는 이 설명에 합당한 대화를 자유자재로 집어넣을 수도 있을 것이다.

착한 남편이 아내에게 버림받고, 딸들에게 아무 도움을 못 받은 채 죽어가는 이야기에서 우리는 이해할 수 없는 〈부조리〉를 발견하게 된다. 더군다나 부정을 저지르고 집을 떠난 아내 편에서서 딸들이 사악하게 서서히 아버지를 죽음으로 몰고 가는 상황에서는 분노까지도 느끼게 된다.

〈따귀〉는 사춘기, 혹은 아직 어른이 되기 직전의 젊은이들이 주인공으로 등장한다. 또래끼리 모여 악의에 찬 장난을 꾸며내는 청년들. 그들은 정신적으로는 이 세상 누구보다도 뛰어나고 강건하지만, 현실적으로는 어떠한 기반도 가지고 있지 않다. 그래서 자신들이 가지지 못한 사회적 명성과, 재산, 지위를 가진 나이든 신사들을 골려 줄 방법을 모색하고 있는 것이다. 그들의 비밀스런 장난은 사회를 전복시킬 힘이 있는 위력을 가지지는 못 하지만, 성인이 되기 직전에 가지는 기성세대에 대한 반발감과 막연한 미래에 대한 두려움을 분명하게 드러낸다.

이상에서 살펴 본 코스톨라니의 작품에는 현실이 완벽하고 만족한 것은 아니지만, 그것을 전부 변혁하거나 뜯어고치는 직접적인 행동이 묘사되지 않는다. 미완의 완성이랄까. 부족한 대로나마 그대로 흘러가도록 두면, 어느 순간 굽이를 돌아 다시 크고 넓은 길에 이르리라는 작가의 따뜻한 시선이 작품 곳곳에 숨어있다. 모리츠와 코스톨라니는 20세기 초반 헝가리 문학을 이끌어간 두 거봉이다. 그들은 보다 나은 헝가리의 건설이라는 동일한 문학적 지향점을 가지고 있었지만, 그 소재와 의지 표출에 있어서는 상당한 차이점을 지니고 있었다.

이 시대 이후의 작가들은 더욱 폭 넓은 소재와 내용을 담은 작품을 펴내게 된다. 문자화된 글보다 더 많은 독자층을 확보할 수 있는 신문의 만평이나 방송극의 형태로도 많은 작품이 등장한다. 이와 더불어 동화의 형식을 빌려 현실을 풍자적으로 묘사한 작품도 등장한다. 신문에 소개한 스케치로는 믹사트의 작품이, 방송극으로는 머이테니의 작품이, 동화로는 모라의 작품이 해당된다.

하지만 사회주의가 들어선 20세기 후반의 헝가리에는 무겁고 어두운 분위기가 드리우게 된다.

작가들은 절필을 하거나, 아니면 당의 선전도구로 사용될 수 있는 혁명전사의 이야기를 써야했다. 간혹 비유적으로 당을 비판하거나 체제를 비웃는 풍자를 쓰는 작가가 등장하기도 한다. 이런 작가들 중 가장 뛰어난 작가가 디리 티보르이다.

디리는 체제를 비판하기 위해, 극단적인 소재보다는 너무나 친근하고 자연스러워서 아무 의심도 받지 않는 〈사랑〉이라는 소재를 선택한다. 하지만 사랑을 확인하고 B가 자신의 삶으로 복귀하기까지는 눈물겹도록 많은 시간과 노력이 필요함을 우리는 알고 있다. B는 헝가리 사람 가운데 사회주의 정권의 탄압을 받은 모든 사람을 대표하고 있고, 이들이 받은 상처는 오랜 시간동안 개인적으로나 사회적으로 많은 문제를 만들어 냈음을 암시하고 있다.

이런 체제 비판에서 한 걸음 더 나아간 것이 외르케니의 소설이다. 〈일분짜리 소설〉은 현대를 살아가는 우리 모두가 현실 속에서 부딪치는 부조리한 상황과 사건을 보여준다. 상황을 모르면서 앞만 보고 돌진하거나, 예고된 경고를 무시하고 끝없이 전진하는 사람들의 미래. 갈등과 고독의 인간관계 등이 세밀하게 드러난다.

마러이는 짧은 경구 형식의 글을 통해 현대사회에서 상처받고 절망하는 사람들에게 다시 일어서라고 용기를 주고 있다. 자신의 모든 것을 다해서 성취하려고 했던 것들이 사라지고, 믿었던 사람에게서 배신당하는 것은 가장 인간다운 것이라고… 또한 나를 이유 없이 미워하고 괴롭히는 원수마저, 내 인생을 한 단계 성장시켜주기 위해 파견된 사람이니 그를 절대로 쓰러뜨리지 말라고… 상처받을 수밖에 없는 존재가 인간이니, 상처 때문에 삶을 버려서는 안 된다고 격려한다.

마러이의 글은 인간적인 유한함과 불완전함을 그대로 인정하고, 자신에게 허락된 길을 계속 달리는 것만이 우리의 과제임을 알려준다. 그 길을 잘 달렸는지, 누구보다 빨리 달렸는지는 중요하지 않다. 수많은 유혹과 상처를 이기고, 앞으로 나아가는 것만이 우리가 가치 있게 사는 유일한 방법이기 때문이다. 그는 또 권유한다. 인생에서 나그네처럼 한 곳에 오래 머무르지 말고, 많은 것을 소유하지 말라고. 그리고 또 다른 목적지를 향해 계속 걸어가라고. 그의 글은 힘겨운 인생길에서 누구나 한 번쯤 주저앉고 싶을 때 다시 일어서도록 힘을 준다.

여기에 소개된 단편들은 헝가리의 독특한 민족성과 문화적 내음을 잘 표현하고 있다. 각각의 작가들은 자신이 살았던 시대와, 그가 중요하다고 생각하는 가치관을 담아 저마다 다른 주인공을 통해 독특한 이야기를 전개하고 있다. 그럼에도 불구하고 이 모든 작품은 하나같이 동일한 메시지를 전하고 있다.

그 메시지는 우리에게 새로운 인간이 되기를 촉구한다. 다시 말해 나만이 아니라, 다른 사람도 나와 같이 외롭고 나약하며, 인생길을 걸어 나가기 힘든 사람임을 인정하라고 한다. 그러니 이제는 목소리를 높여 나만의 권리를 주장하지 말고, 남이야 쓰러지든 말든 내가 위로 올라서기 위해 남을 밟고 올라서지 말라고 한다. 이제 우리는 서로 나약하고 상처받은 친구로 서로서로를 이해하고 사랑하며 손을 잡고 함께 걸어가자고.

사랑, 그것은 인간에게 부여된 특별한 선물이며, 누군가를 위해 자기 것을 내어주는 고귀한 순간을 맛보게 해 준다. 이 책도 독자들에게 사랑을 담은 특별한 선물이 되었으면 좋겠다. 누군가 이 책을 읽으며 자신이 얼마나 고귀한 존재이며 사랑받는 존재인지를 느끼게 되기를… 자신이 사랑받는 존재임을 깨달은 후, 그 사람이 그 아름다운 사랑을 가족과 이웃에게 나누어주는 행복을 맛보기를… 이렇게 우리는 서로에게 사랑을 전해주고, 서로에게 특별한 선물이 되어줌으로써 행복의 씨앗이 되어 퍼져나가리라 믿는다.

사랑-특별한 선물

초판 1쇄 인쇄 • 2013년 7월 11일
초판 1쇄 발행 • 2013년 7월 15일

역 자 • 한경민
발행인 • 박성복
발행처 • 도서출판 月印
서울특별시 강북구 노해로25길 61(수유2동 252-9)
등 록 • 제6-0364호
등록일 • 1998년 5월 4일
전 화 • (02) 912-5000
팩 스 • (02) 900-5036
www.worin.net

ISBN 978-89-8477-543-5 93890

값 8,500원